設計殺人

第二屆「島田莊司推理小說獎」決選入圍作品

陳嘉振——著

關於「島田莊司推理小說獎」

華文世界近年來掀起了一股推理小說的閱讀風潮，大量日本、歐美的推理作品被譯介出版，也深受讀者喜愛，但以華文創作的推理小說相對來說卻仍然偏少。皇冠文化集團為了鼓勵華文推理創作，並加深一般大眾對推理文學的討論與重視，特別徵得日本本格派推理大師島田莊司先生的同意與支持，舉辦兩年一屆的「島田莊司推理小說獎」。

第一屆「島田莊司推理小說獎」已於二〇〇九年九月圓滿落幕，並獲得日本、台灣、中國大陸、東南亞等各地讀者和媒體的高度重視，成功地將華文推理創作推向另一個新的里程碑。而二〇一一年的第二屆「島田莊司推理小說獎」，我們更將合作的觸角擴展到了歐洲，也使得這項小說獎成為亞洲推理文壇空前未有的盛事。

誠如島田大師的期待：「向來以日本人才為中心的推理小說文學領域，勢必將交棒給華文的才能之士，我可以感覺到這個時代已經來臨！」我們也希望透過這項小說獎的舉辦，發掘更多年輕一代深具潛力的推理作家，並將華文推理創作推廣到世界各個角落。

推薦序──精巧的精心設計

資深影評人、名譯者／景翔

第一屆「島田莊司推理小說獎」的得獎作品《虛擬街頭漂流記》中，作者把推理和科幻兩種類型相互融合，營造出全新的書寫形式與風格，也成為具指標性的得獎原因之一。因此第二屆的參賽作品中，很多作者都加入某些學術理論，如神學、哲學、心理學等等來鋪陳案情或破解謎題；也有一些作者結合其他類型，如奇幻、冒險、歷史、武俠等不一而足，甚至出現類似電玩遊戲的結構與趣味。而陳嘉振的《設計殺人》則維持了推理小說的傳統風格，再加入「設計」這個元素。

設計這門學問，當然也可以稱為一種特殊的專業知識。將專業知識寫入大眾文學作品中，是很受讀者歡迎的常見手法。專業知識不必是艱深的學術理論，可能是引人興趣卻未必會去研究的東西，例如京極夏彥的作品中常討論的妖怪傳說，或是接近生活的諸多問題，如約翰葛里遜在《造雨人》中檢視保險條例，或如宮部美幸在《火車》中探討的塑膠貨幣的問題，乃至於如岡嶋二人在《寶馬血痕》裡所談論的賽馬幕後等等……以深入淺出的方式，讓讀者在閱讀時兼有「學習」的效果，也更達到開卷有益的目的。

不過陳嘉振在《設計殺人》一書中，使用「設計」此一元素卻是更為徹底。從書名開始，全書先依所謂「產品週期」的四個階段分為「發表、成長、成熟、衰退」四部，再細分為十六章，每章的標題都是一條設計法則，而內容則不僅和標題緊密結合，而且渾然天成，毫無勉強和牽就之感。

兇手是設計師，受害者多半也和設計公司有某種關係，警方又請了設計師來協助辦案，陳屍現場經過設計以符合某些設計理論或經典的設計作品，或許是某些讀者可以想見的手法，但連兇手「簽名式」的變化過程都符合設計的法則，而最後的結果和目的又大出人意料之外，就不能不佩服作者的用心「設計」了。

作者在第二章就先揭露兇手的身分，實在是一個優劣互見的大膽決定。這樣的做法，優點在於讀者站在旁觀者的立場，洞悉雙方一切的行動，但兇手與警方彼此並不知對方的想法如何，因而在相互猜測下攻防，而一切了然於胸的讀者則不免會感到懸疑和緊張。劣勢當然是早知兇手身分，在警方推出結論緝兇時，便失去了驚喜之感。但陳嘉振扭轉此一劣勢的辦法，是雖然識破兇手，全案卻未完全破解，而等到真相揭露，又再衍生出案外案來，而有進一步的最後轉折。

全書在詭局的設計和謎題破解上都有極佳的成績，當然也有可以更好的地方，如最後真相的偵破來得有點突然，而比較之下原始的犯案動機也顯得小了一點。不過以人的心理和情緒而論本來就很難測，尤其崩潰或爆發的「臨界點」之高低，確實也不能定於一尊。對於全書的精巧設計來看，也算瑕不掩瑜。

在台灣推理作家中，陳嘉振的創作力可謂十分豐沛。他的第一部長篇推理小說是曾在《推理》雜誌連載過的《布袋戲殺人事件》，和第二本推理長篇《矮靈祭殺人事件》一樣，都選擇特有本土文化為題材，以突顯出「台灣的推理小說」的特色來。第三本推理長篇小說《不實的真相》以轟動一時的蘇建和案為藍本，檢討冤獄和法律問題，並以之角逐第一屆「島田莊司推理小說獎」，雖然在複審後未能進入決賽，但一謎數解且都能言之成理的設計給評審留下深刻的印象。除了推理長篇創作之外，陳嘉振也以推理題材寫成電影劇本《雙重對決》參加新聞局年度優良劇本甄選，榮獲佳作獎。這一次以他的第四部推理長篇《設計殺人》再度競逐「島田莊司推理小說獎」，終於入圍決選，除了可以看出他的用心和努力之外，也讓我們對他的未來發展有更多的期待。

目次

產品週期（Life Cycle）——所有的產品會相繼走過四個存在階段：
發表、成長、成熟、衰退。

——威廉・立德威、克莉汀娜・荷登、
吉兒・巴特勒《設計的法則》
William Lidwell, Kritina Holden, Jill Butler,
Universal Principles of Design

第一階段

發表

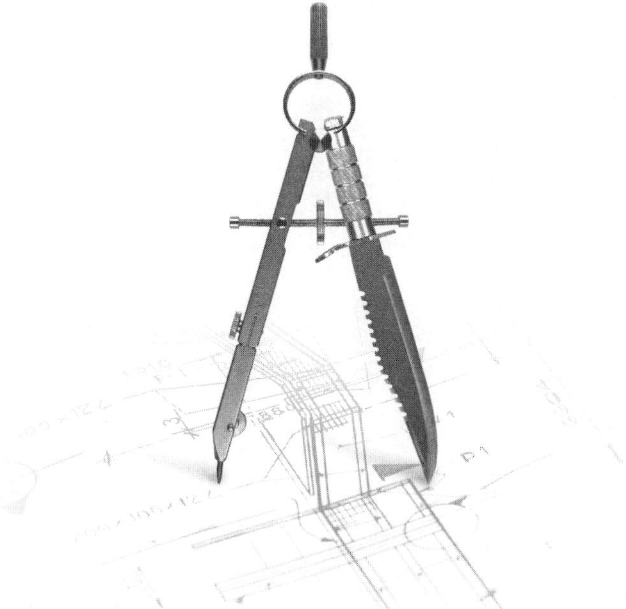

第一章——重複 Iteration

一種過程；一直重複一套操作，直到達到特定結果爲止。

——《設計的法則》重複

1

夜幕深沉得令人憂鬱煩躁——我瞄了窗外一眼，得到這樣的感覺。

這樣的念頭很富詩意嗎？我一點都不覺得，特別是我們市刑大最近為了「奪命設計師」的案子忙得焦頭爛額，我的頭腦不可能會產生任何富有詩意的念頭。

鈴——鈴——

一陣響亮的電話鈴聲在空盪的辦公室內盤旋，坐在我對面的明鋒連忙丟下手邊的卷宗，接起電話答應。

「喂！」

明鋒聽著話筒另一端傳來的話語，表情也開始起了變化，他長時間因疲憊鬆垮的臉龐逐漸緊繃了起來。

「好的，我馬上趕過去。」說完，明鋒將手中的話筒掛回去，接著他轉向我。

「有民眾報案說天津路上的一條窄巷內發生命案，已經有轄區派出所員警過去了解情況，他們在屍體上發現S形的刀傷。」

「S形的刀傷？」我聞言猛然自座位上站起來。

「對，很有可能是『奪命設計師』再次犯案。」

說完，明鋒拿起掛在椅背上的外套穿上，我也趕緊穿上外套，跟著明鋒走出辦公室，火速趕往案發現場。

「智誠，友實她最近好嗎？我好久沒她的消息了。」手握方向盤的明鋒側著頭看向我。

「算好吧，至少比我好。」我勉強擠出一點笑容。

說「擠出」一點也不誇張，因為這段期間執勤的辛勞已經快把我的體力榨乾了。

「友實在忙什麼啊？」明鋒又問。

「最近她晚上都跑去補習班學日語，說是要利用年假去日本玩一趟。」

「聽到她日子過得這麼充實，我就放心了……對了，你們兩個什麼時候結婚啊？」

「結婚？」我乾笑了一聲，「目前還沒這個打算，我還沒想得那麼遠。」

「你們都已經交往了三年，應該認定彼此是終生的歸屬吧，既然如此，就趕緊結婚，也算是給彼此一個交代……」明鋒伸出右拳，輕輕捶了我一下，嘴角還冒出淺淺的笑意，「你是男生，可能不是很在乎結不結婚，可是人家女生可能會很在意結婚的事啊……所以聽我的勸，趕快結婚吧！」

看見明鋒的微笑，我也跟著笑了起來，想當初我與明鋒在追友實的時候，雖然兩人處於競爭的狀態，卻又沒傷了彼此的友誼。即便最後是我追到友實，但是明鋒還是給了我最真摯的祝福，因此我真的很重視我跟明鋒之間的這份友誼。
車子開到案發地點的路段，我看見圍觀的人群擠在橫越一條小巷子口的黃色封鎖線外，巷子口外有一盞路燈，散發出白色亮光。
我和明鋒下了車，擠進圍觀的人群，對看守命案現場的員警出示證件，這時我突然發現有一隻黑色漆皮高跟鞋掉在巷子口，這隻高跟鞋似乎有點眼熟，我好像在哪裡看過……
經員警的認可，我和明鋒彎下身子穿過封鎖線，走進巷子內。巷內有五名刑事鑑識人員，看起來採證過程已經完成了，我們兩人一邊點頭向鑑識人員們示意，一邊小心翼翼地朝倒在巷子中段的屍體走過去。
那具屍體位於巷子裡的路燈下方，我們兩人朝躺在黃色光圈內的屍體走去，大約距離屍體十公尺左右的時候，有一陣香味撲鼻而來，這股香味有點熟悉，我在友實身上聞過相同的香水氣味，友實似乎也擦同一個牌子的香水……
我突然注意到那具屍體的衣著，死者穿著紅色橫紋針織棉料短裙，纖細勻稱的雙腿包裹在具透明感的黑色絲襪裡……
這個死者的下半身看起來好像友實，友實彷彿也做過同樣的打扮……等等，友實好像也有我剛剛看到的那隻黑色漆皮高跟鞋……
我搖了搖頭。
不可能，一定是碰巧而已，友實現在應該在家裡睡覺才對，怎麼可能……
隨著我的腳步越來越逼近屍體，死者的臉孔也因為觀看的角度而越來越清晰可辨……
「智誠！」明鋒驚叫出聲。

我緩緩轉頭望向明鋒，看見明鋒的表情驚恐地扭曲成一團，他的眼底盡是驚恐。

他的表情確認了呈現在我眼前、但心中卻不敢承認的事實——這名死者就是友實。

2

周智誠自睡夢中驚醒。

全身被汗液浸濕的他氣喘吁吁地望著天花板，良久才起身下床，朝臥室外頭走去。

走到廚房，周智誠打開櫥櫃取出一瓶威士忌，旋下瓶蓋，在空杯子裡斟滿酒，然後一飲而盡。

威士忌嗆辣的口感無法驅離心中的悲痛，周智誠在下一秒鐘痛哭失聲。

已經持續好一段時間了，幾乎每個禮拜，這個夢境從友實死去之後的每個禮拜至少都會重複一次。

周智誠永遠忘不了看見友實屍體的那一刻，他不敢相信自己的女友竟然會慘遭「奪命設計師」這個連續殺人魔的毒手，他原本看似順遂的人生也就在友實喪生的那一天後完全變了調。

比方說：周智誠在執勤的時候會不經意地失了神，好幾次他的好友兼搭檔張明鋒叫他，他都沒有回應，一直要到張明鋒提高音量再度叫喚，他才驚覺自己剛剛陷入了恍惚失神的狀態裡。

周智誠也不知道自己是怎麼了，他以前不曾這樣，從來不會有精神渙散注意力不集中的情況，由於情況越來越嚴重，他在朋友的勸告下去看心理醫生，經醫生診斷的結果是「創傷後壓力症候群」。

除了藥物治療之外，醫生還建議他轉移注意力，將注意力投注在某件事物上，以暫時忘卻痛苦。

在周智誠找到可以讓自己轉移注意力忘卻傷痛的事情之前，犯下兩件命案的「奪命設計師」又再度犯案了。

3

那天周智誠和張明鋒在車上收到警方無線電通報的資訊——有人在成都路旁的暗巷內遇襲，但行兇歹徒並未得手，受害人經過一番抵抗後順利脫逃，附近恰好有巡邏的警車經過，車上的員警注意到這名女性受害人身上有S形的刀傷，驚覺兇手極有可能是犯下兩件命案的「奪命設計師」，因此趕緊依據受害人提供的資訊，通報給各個警察同僚。

據受害人表示，她在逃離犯案現場的時候，有轉頭察看兇手是否有追上來，只見兇手跑到停在對街的一輛藍色CAMRY旁，像是要開車逃逸。

無線電才剛講完藍色CAMRY，周智誠就看見對向的車道出現一輛藍色CAMRY，而且以極快的速度行駛。

「智誠！是那一輛嗎？」張明鋒指著那輛闖紅燈、急速穿越十字路口的藍色CAMRY。

「很有可能！」周智誠抬起頭看著那輛已經駛離視線的藍色轎車，車上的駕駛還套著頭套，「這個駕駛戴著帽子和口罩，形跡可疑，而且根據行車路線來判斷，有可能是從命案現場那邊過來……」

周智誠話還沒說完，張明鋒連忙轉動方向盤，將車子迴轉到對向車道並緊踩油門追了上去。

警車緊跟著那輛藍色轎車，在大馬路上疾速追逐狂飆。

「確定是『奪命設計師』嗎？」張明鋒問。

「一定是的，S形刀傷，這是『奪命設計師』留下特有的標記，這個細節我們警方保密得很好，沒有走漏任何風聲給媒體……換句話說，除了警方和兇手之外，沒人知道『奪命設計師』的特有標記。」周智誠邊說邊自腰際右邊的槍套裡掏出手槍，卸下彈匣檢查裡頭的彈藥。

張明鋒從周智誠說這段話的語氣中，聽見了他蠢蠢欲動的復仇情緒，而他的動作更是說明了一切。

三分鐘的追逐後，警車與藍色轎車之間的距離已經逐漸拉近。

「快要上中興橋了，這傢伙要逃到台北縣嗎？」

周智誠沒有答話，僅是打開車窗，把持槍的右手伸出窗外，瞄準十五公尺距離外的藍色轎車。

「智誠，你幹什麼？」張明鋒目瞪口呆地問。

「還用說嗎？」周智誠冷冷地回答。

砰！

槍聲在暗夜中爆開，子彈射進藍色轎車的後車廂，擦出耀眼的火花。

「智誠，我們還沒確定那個人就是『奪命設計師』……」

砰！

張明鋒話還沒說完，又爆出一聲槍響，只見藍色轎車的右後輪凹陷下去，緊接著藍色轎車開始失控，車身先是偏向右邊，然後又猛烈地偏向左側，最後車子一個一百八十度的大迴轉，重重地擦撞橋旁的護欄，整輛車子隨著護欄的脫落而衝出橋外。

張明鋒見狀緊急踩下煞車，尖銳的煞車聲才一消失在空氣中，隨即就聽見車子落入河裡的噗通聲。

周智誠連忙下車，朝護欄脫落的地方衝過去。

「智誠！」張明鋒邊喊邊解開安全帶，然後下車追了上去。

周智誠一跑到橋邊，隨即舉槍朝尚未完全沉入水中的藍色轎車連開數槍。

砰！砰！砰！砰！

「智誠！你在幹什麼？」

張明鋒難以置信地大喊，但周智誠不為所動，一直到彈匣內的子彈擊發殆盡，他的目光依舊死盯著中興橋下方的河面，沒有偏移半寸。

此時，張明鋒的心底有股難以言喻的感受，眼前的周智誠，這位他認識五年多的好友，好像完全變了個人似的，以往的冷靜沉穩已不復見，取而代之的，是熾熱滾燙的復仇意念。

不久，藍色轎車完全沒入河中，只剩湍急的水流聲在暗夜裡徘徊。

4

周智誠坐在客廳的沙發上，左手拿著一個相框，裡頭是他與女友簡友實的合照。

友實的個頭很嬌小，留著一頭俏麗的短髮，滿臉甜蜜地倚靠在周智誠的肩膀上，兩人身後是山光水色的美景——這張照片是他和友實到南投日月潭遊玩所拍攝的。

那陣子友實老是抱怨周智誠沒時間陪她，一直嚷著要出去玩；為了安撫女友浮動的情緒，周智誠特地趁著休假，帶她到日月潭去玩。

即便只是看著照片，但是周智誠依稀可以感受得到女友倚靠在他肩上的觸感，依稀可以聞得到友實慣用的「CHANEL No.5」的香水氣味。

由於感覺太過強烈真實，一時之間，悲痛的情緒再度自心底湧出，周智誠眼底的淚水再度滿溢而出。

——我的人生原本是那麼美好，有友實陪在我的身邊，我對現狀沒有什麼不滿，也沒有什麼了不起的夢想，我只希望能跟友實共組一個家庭，也許生一、兩個小孩，就這樣平平淡淡地度過餘生，我要的不過就是如此……然而，這一切全被「奪命設計師」給毀了，他從我的身邊奪走了友實……我的人生從這一刻偏離了軌道，朝著另外一個我從未預期過的方向前進……

周智誠擦乾臉頰上的眼淚，拿起擺放在桌上的酒杯，喝了一口，接著一臉茫然地環顧散落著雜物的客廳，這間房子以往整齊清潔的模樣早已不復見。

——是從什麼時候開始，原先井井有條的生活變得如此雜亂無章？……如果友實還在，一定不會允許我過得這麼邋遢……

一想到這裡，周智誠很清楚，只有一個方法可以療癒自己心中的傷痛，那就是找到「奪命設計師」並親手殺了他——他要「奪命設計師」血債血償。

那天警方沒有打撈到「奪命設計師」的屍體，他們派了大批人馬在中興橋下方搜尋「奪命設計師」的下落，但是卻一無所獲。

同事們都說「奪命設計師」應該已經溺斃，可能是因為河水湍急將屍體沖走才不見下落。可是周智誠卻不這麼認為，沒有看到屍體，沒有得知「奪命設計師」的真實身分為何，他一輩子都不會善罷干休。

周智誠突然懷疑起這段日子不斷重複的惡夢是友實從另外的一個世界傳來的訊息，提醒他一定要替她報仇。

如果達不到這個目標，也許這個惡夢將會不停重複下去，困擾著他一輩子。

第二章 專心一志 Immersion

一種極度的專注心情，喪失對周遭「真實」世界的感受。通常這種情況是由喜悅或滿足所引起的。

——《設計的法則》專心一志

1

劉雨儂身體僵直地往旁邊一倒，倒地時發出沉悶的碰撞聲，一陣灰塵隨之揚起。

陳傑鴻穿戴乳膠手套的左手中握著一條藍色尼龍繩，站在一旁冷眼觀望劉雨儂死去倒地。他感到有些可惜，來不及用手機拍下這一幕。雖然他不是專業的攝影師，不過對於自己的攝影技術還算有自信。

陳傑鴻卸下臉上的口罩，低下身子湊近倒在地上的劉雨儂，看著她那張漂亮卻了無生氣的臉龐。

——真是可惜，虧這個女人長得還算標致，就這樣死了……

陳傑鴻把劉雨儂整個人翻過來，讓她仰臥臉部朝上，然後伸手去解開她襯衫的鈕釦，露出伏貼住圓潤乳房的粉綠色華歌爾胸罩。

陳傑鴻稍稍瞄了那對能激起正常男人性慾的乳房一眼，體內沒有激發任何情慾的反應，並非是對女體不感「性」趣，而是眼前這具屍體對他來說，只是一堆「材料」而已。

陳傑鴻自認自己是一個腦中充滿設計意念的設計師，既然腦中充滿設計意念，那麼在做設計的時候，就不會有任何的雜念，只會全神貫注在「設計」這件事情上頭；就好比一個畫家在畫人體素描時，眼中所見的是一個展露自己胴體的裸體模特兒，而非一具煽情能挑起性慾的肉體。

陳傑鴻解開劉雨儂白色襯衫的全部鈕釦，然後把襯衫脫下，替她換上鵝黃色的襯衫，但只扣上一半的鈕釦。

接著陳傑鴻放下手中的藍色尼龍繩，從外套左邊的口袋拿出刀子，將刀尖抵在劉雨儂的肚臍上方約十公分處，沒有遲疑劃下一道約十五公分長的S形刀傷，鮮紅的血液沿著刀鋒切割的路徑流出。

陳傑鴻仔細端詳他剛劃下的S形刀傷，確認沒問題之後，再以那道S形刀傷為基準，轉個九十度，劃下另一道S形的刀傷——兩道S形的刀傷形成一個十字狀。

看著眼前的十字形刀傷，陳傑鴻露出淺淺的微笑，那是滿意自己設計作品的微笑。

2

陳傑鴻離開案發現場後，搭捷運回到自己的住處裡，他住在一棟公寓小套房裡，坪數雖然稱不上大，但就他一個人住，所以居住環境還算寬敞舒適。

陳傑鴻把門鎖上，走到書桌前坐了下來。他自最底下的抽屜取出聖經本大小的深藍色膠皮活頁式萬用手冊，然後拿出原子筆記錄下今天的「成果」。

即便現代科技已經生產出ＰＤＡ這類好用的電子工具，不過萬用手冊並未被完全取代，至少對陳傑鴻而言，他還是習慣使用萬用手冊。

以設計的角度來看，萬用手冊還真是一項堪稱經典的設計品，規格化且多樣式內頁替換的便利性與彈性，延續了萬用手冊的壽命，免於被ＰＤＡ這類電子工具完全取代。

身為一個設計師，陳傑鴻相當重視自己的手工技巧，雖然最終交給客戶的設計圖大多是用電腦繪圖軟體完成，但是在構思靈感的初期，他仍然使用紙筆繪製草圖。

相較於觸控筆繪圖的冰冷陌生觸感，傳統紙筆繪圖能激發的靈感較為直接且具人性化，因此他依舊選擇使用萬用手冊來保存不時在腦中閃現的靈感。

記錄完今天的「工作」之後，陳傑鴻將萬用手冊放回抽屜並上鎖，接著打開書桌上的筆記型電腦，連上網路，到「設計接案網」去看看上頭是否有新的案子，當中有篇文章吸引了他的目光，內容是台灣某家電影公司在徵求新片的海報設計，陳傑鴻立即依那篇文章內提供的電子信箱資訊，寄了封E-mail過去。

瀏覽完「設計接案網」今日所有的最新徵才文章，陳傑鴻起身離開書桌，躺在床上休息片刻。

盯著米白色的天花板，陳傑鴻沒來由地想起了自己的人生。他今年三十歲，對於目前的生活還算滿意，至少跟台灣其他的ＳＯＨＯ設計師相比，自己的處境可以說是相當不錯，至少光靠自由接案的工作型態就能過活。

不過這樣愜意的生活卻是他犧牲掉許多東西換來的，這一切要從他小時候開始說起。

陳傑鴻自小就對繪畫很有興趣，國小一年級的他很喜歡在課本上拿色筆塗鴉，替書上的人物加上一些有趣的特殊造型，然後把課本讓同學們傳閱，逗得大家哈哈大笑。

有次上課，老師發現他的課本上有塗鴉的痕跡，隨即生氣地將他斥責了一頓，並且打電話告知家長這件事。

回到家後，爸爸不由分說地將他痛罵了一頓，要他從今以後專心讀書，別再做一些「有的沒的」的事情。

陳傑鴻那時年紀還小，既不清楚自己的興趣志向，也不懂得要堅持反抗，面對大人的斥責，他只能淚眼汪汪地聽話順從，把畫筆收起來，並暫時封印心中繪畫的衝動。

然而，看似乖巧柔順的陳傑鴻卻也有頑固倔強的一面，比方說他小時候被父母強硬糾正，要他從左撇子改為右撇子，但是他卻怎麼也不肯改，最後他父母放棄了糾正，他也因此保留住這一樣與大多數人不同的特質。

陳傑鴻長大後回顧這件往事，他認為自己依舊以左手為慣用手的這點，對他日後走向設計這塊領域有很大的影響，因為這不僅讓他擁有與大多數人不同的特質，偏向從獨特的角度觀察事物，更令他保有一個真正的自我，一個懂得在逆境中堅持、不屈服於權威的靈魂。

陳傑鴻對讀書沒什麼興趣，不過憑藉著聰穎的天資，還是可以在班上保持一定水準的課業成績；另一方面，他的創作才能開始急速成長茁壯，不時代表學校參加校外繪畫比賽，屢屢獲獎。

然而，陳傑鴻的父母依舊沒認真看待孩子的創作才能，僅要他在課業上繼續努力，至於那些繪畫比賽的獎項只被視作課外活動的戰利品，一項錦上添花的特殊才藝。

到了高中，陳傑鴻對繪畫的興趣突然沒來由地消退，那陣子他拿起畫筆對著繪本好一會兒，卻遲遲下不了筆——面對這樣的困境，他掙扎了許久。

陳傑鴻很清楚自己遭遇到前所未有的瓶頸，他自認無法在這個領域裡繼續獲得突破性的進展，那時又恰逢大學聯考，所以他索性把這項熱情消退的興趣丟到一旁，專心準備考試。

大學聯考才剛結束，陳傑鴻就出國到歐洲自助旅行，好好放鬆一下疲憊不堪的身心，同時趁著這趟旅行來尋找自我。

正當他迷惘於該如何解決自己在繪畫方面的困境之際，他在義大利米蘭設計名校ＤＡ（Domus Academy）舉辦的設計展當中參觀到一些創意十足的設計，像是建築、裝置藝術、跑車、手工樂器等等各式各樣的工藝設計，他當下所受到的震撼難以言喻，整個人像是發現了寶藏那樣，將展覽上所有高質感的設計反覆欣賞好幾遍，等到展覽會場關閉才依依不捨地離開。

回到旅館後，陳傑鴻馬上拿起鉛筆，憑藉著記憶把當天所看見的設計，逐一描繪在繪本裡。

除了重現記憶當中的設計之外，陳傑鴻還畫了一些自己想像的理想設計，等到畫完後，他揉了揉惺忪的雙眼，朝牆上的時鐘看去，赫然驚覺現在已經凌晨三點！

陳傑鴻驚訝地笑了出來，就算以前對繪畫再狂熱，但是也沒有如此沉迷專注，就在這一刻，他知道自己找到了終生的志向，於是他帶著心滿意足的疲憊昏沉睡去。

早上八點一起床，陳傑鴻又立即跑去ＤＡ看那個令他意猶未盡的設計展，原先他計畫「周遊列國」，遊覽歐洲幾個國家，但是設計展卻讓他決定把時間全都耗在義大利米蘭這座充滿藝術氣息的都市裡。

這趟旅行改變了陳傑鴻的人生，回到台灣後不久，聯考成績也恰好公佈，依分數他可以填成大企管系，不過他卻打算選填實踐大學工業產品設計學系。

這件事讓陳傑鴻的父親暴跳如雷，母親雖然沒有反對他的選擇，但也不表示支持，畢竟母親是那種不敢忤逆丈夫的傳統女性。

即便得不到父母的支持，但是陳傑鴻心意已決，他從小已經妥協太多，這次他要為自己的人生負責，義無反顧選擇自己的終生志向，也就是設計。

繳交志願卡的隔天，陳傑鴻整理好行李，隻身一人到台北找房子，由於父母反對他的決定，因此他完全瞞著父母，也不打算伸手跟他們要錢。他先用銀行戶頭裡的存款付了房租，然後找了份餐飲業的工讀，打算半工半讀來完成自己的學業。

跟其他的大學生比起來，陳傑鴻幾乎沒有任何課外活動，他不跟同學們去聯誼、夜遊、唱ＫＴＶ，而把所有的課外時間全都拿去打工賺錢。除了最先找到的餐廳外場工讀生之外，他還兼了一份英文家教，後來還利用課堂上學到的專業，上網接一些美工繪圖的案子。

雖然一開始覺得辛苦，但是時間一久也就習慣了。對於自己未能跟同儕一樣過著典型的大學生活，陳傑鴻絲毫不以為意，他本來就不喜歡與人互動，他厭惡無意義的交際，所以他對這種孤獨倒還甘之如飴。

自從一個人到台北之後，陳傑鴻就再也沒跟家裡有任何聯絡，雖然父母親每個禮拜會打電話給他，但是電話裡卻常常相對無語，他似乎覺得跟父母之間沒什麼話好講。

後來見到父母，是在他大三時參加國內「新一代設計競賽」的頒獎典禮，陳傑鴻以「Puzzles Map拼貼地圖」這項設計獲得金獎。

「拼貼地圖」這項設計是將一整張地圖切割成數塊同等面積的正方形，然後在每片「拼圖」背面邊緣標記數字，只要想看地圖上的某個區域，就挑出內含那個區域的拼圖，配合背面標記的數字，放進可容納四片拼圖或九片拼圖的正方形框架內——這項設計既沒有平面地圖攤開後面積過大不便拿著觀看的缺點，又沒有地圖書要翻前翻後比對的麻煩，巧妙地結合了平面地圖和地圖書的優點，是極具巧思的一項設計。

那天他是在鎂光燈的環繞下，瞥見父母坐在最後一排的位置、臉上掛著既欣慰卻又百般愧疚的神情凝視著他，不過他很快收回眼角的餘光，因為他知道這個時刻百分之百屬於自己，他的父母沒有資格跟他分享這一切。

頒獎典禮一結束，他沒跟他的父母打招呼就逕行離去。

念完四年大學，陳傑鴻接著攻讀研究所，期間又陸續奪下國際設計比賽獎項。連連獲獎的榮耀並無法滿足陳傑鴻，他相信自己的設計才能還能更為精進。他認為國內的環境無法完全開發他的設計天賦，唯有回到那個啟發他設計才能的原點——義大利，才有辦法再更上層樓。

服完一年多的義務兵役後，陳傑鴻先到一家小型的設計工作室工作一年，再到義大利留學。這一年除了賺留學的學費和生活費之外，他還希望藉由業界的磨練，多累積一些作品量，好讓申請入學用的作品集看起來更豐富、更有份量。

陳傑鴻原本想就讀全球十大設計學院之一、同時也是啟迪他設計才能的義大利名校ＤＡ，然而，基於學費的考量，他改選讀ＳＰＤ（Scuola Politecnica di Design）視覺設計的一年制課程。

到了義大利留學，陳傑鴻才完全明瞭環境對一個設計師有多大的影響。米蘭不像義大利其他都市那樣外表景觀光鮮亮麗，更遠不及法國巴黎的耀眼奪目，但是米蘭是義大利的設計重鎮，義大利多數著名的設計學校都集中在這裡，光是在街上行走，舉目可見各式各樣形形色色的設計。

比方說：高貴典雅的櫥窗設計或是牆上大膽狂野的塗鴉，可以說只要用心，就能感受到四周環境散發出的設計元素與氣息。

在這短短的一年內，陳傑鴻將自己的設計才能發揮得淋漓盡致，東西文化撞擊所產生出的火花，照亮了他未來的方向，讓他知道自己該往什麼地方走。他在SPD屢屢發表極具視覺震撼力的作品，引起了同學與教授的注目，不過得到的評價卻相當兩極化。

「你的設計很棒，很有創意，不過卻缺少點人味……更精確地說，我只從你的設計看到你自己。」教授刻意放慢速度、用咬字清晰的義大利語，對著陳傑鴻評析他的設計，「要記住一件事：你是設計師，不是藝術家，除了表達出自我獨特的設計意念之外，也要考慮客戶的需求。」

對於教授的評語，陳傑鴻這麼解讀：我並非歐洲當地人，在設計上自然會有一種與當地學生截然不同的觀點，他們不能理解我的創意與風格是很正常的。

雖然自認已經超越了極限，但是實際上陳傑鴻卻未獲得大多數人的認同，他不可一世的自信也漸漸動搖，原先想留在義大利發展的念頭也跟著潰散。

最後，陳傑鴻不得已回到台灣。雖然是帶著挫敗的情緒回國，但他相信以自己豐富的學經歷，一定能在台灣的設計界闖出一片天。

一開始似乎是如此，頂著留學義大利的光環，陳傑鴻輕鬆進入台灣一家最具知名度的設計公司「創迷設計」當設計師。

說是輕鬆，倒也不完全正確，陳傑鴻至今還記得他在面試時侷促不安的表現，即便極力壓抑惶恐的情緒，卻還是被面試官輕而易舉地一眼看穿。

「你的手在抖。」面試官面無表情地指著陳傑鴻拿著作品集的手說道。

「對不起。」

這句抱歉說得輕描淡寫，但陳傑鴻的心裡卻非常激動，因為他自認自己向來是喜怒不形於色，不管是什麼樣的情緒他都隱藏得不著痕跡，此刻他很驚訝自己竟然無法保持冷靜。

「還有，你的作品集是要給誰看的？你拿那樣子我怎麼看得清楚？」面試官的語氣變得有點苛刻。

陳傑鴻一開始還不明所以，等到他發現作品集展示的角度是比較偏向自己的時候，他連忙調整角度，讓作品集正對著面試官。

設計師解說創意的方式，跟創意本身同等重要——他那時想起了英國資深設計人Adrian Shaughnessy在他的作品裡講過的這句話。

很明顯的，陳傑鴻並沒有做到這點。面試結束後，他繃著張臉走出「創迷設計」，他氣自己竟然會搞砸了面試，即便這不過是他回台之後的第一場面試，但是「創迷設計」在台灣很有知名度，前景也相當看好，可以說是台灣設計師夢寐以求的工作機會，所以面試失利著實令他感到萬分氣餒。

正當陳傑鴻打算要投履歷給下一家設計公司的時候，「創迷設計」來電告知他獲得錄用。

聽到這個消息，陳傑鴻欣喜若狂，不過他並沒有高興得又叫又跳，只重重地呼出一口氣，這是他用來表現興奮的一貫方式。

「創迷設計」的設計承接項目相當廣泛，像是平面設計、包裝設計、產品設計、室內空間設計、建築設計，有時甚至會替一些公司行號做品牌行銷的工作。

陳傑鴻在公司內主要是負責平面設計，平日大多處理海報或是名片之類的設計，不過有時也會支援同事做其他方面的設計。

原本一切都很順利，但是陳傑鴻卻慢慢發現自己不適合團體工作。一方面固然是自己的個人特質太過強烈顯著，難以融入團隊。這點他自己也很清楚，一個才華洋溢、風格獨特的設計師免不了會有些自以為是，甚至帶點狂放不羈的個性。

然而，真正讓陳傑鴻無法待下去的原因，是他的一位同事在暗中搞鬼，搬弄是非，向其他的同事說他的壞話，使他變成了公司內最不受歡迎的人。

諷刺的是，陳傑鴻當時並未察覺那名同事心懷不軌，還把他當朋友，誤信他的建言，離開「創迷設計」到另一家規模較小的設計工作室，以避開這邊的紛紛擾擾。

原以為換到小型設計工作室上班後，可以如那位同事所說的「更受上司的重視，能夠有更多發揮的空間」，不過陳傑鴻很快就發現事與願違。

小型設計工作室的老闆非但沒有更重視設計師的設計專業，往往還要設計師們遷就客戶的要求，這讓陳傑鴻的設計才華無法盡情伸展。

由於小型設計工作室經營不易，對於承接的每個案子都錙銖必較，戒慎恐懼，生怕得罪客戶，失去這筆生意，所以上司往往不是要求他做出好的作品，而是做出讓客戶滿意、符合客戶要求的作品，完全抹煞設計師自身的創意。

因為陳傑鴻在這家小型設計工作室做得不快樂，也看不到未來，所以他做不到一年就離職，後來他萌生出獨立接案的念頭，決定當個在家工作的ＳＯＨＯ族。

即便對自己的能力有信心，但是他也很清楚在台灣要光靠獨立接案過活不是一件很容易的事，畢竟台灣沒有一個尊重設計專業的環境（其實不只設計，其他的產業大多也是），台灣不少業主非但沒有欣賞設計的美感，而且還只重視實際產出的成品和看得見的勞力，輕視抽象的創意和無形的心力。

開始當ＳＯＨＯ族接的第一個案子是某間貿易公司的名片設計，最先他以藍底白字來設計整張名片，並畫出精美圖案當作背景，他自認這張名片是自己的得意之作，不過當客戶看到樣本圖稿的時候，卻一直搖頭說不滿意，認為名片的背景圖案可以再「活潑」一點。

陳傑鴻捺著性子照客戶「極為抽象且不著邊際」的意見修改，修改到第五次之後，客戶勉為其難地接受，但是口中依舊念念有詞，說什麼「很難想像這樣簡單的設計要花這麼久的時間來做」之類的抱怨。

這種話中有話的批評令陳傑鴻怒火中燒，他感覺到自己的專業被侵犯了，不過拿人手短，也只能讓怒火在胸口裡悶燒，臉上硬擠出帶有歉意的笑容向客戶賠不是。

時間一久，他也漸漸習慣一些台灣業主的毛病，基本上只要不找藉口延遲付款，那一切都還算好談。然而，光憑這樣的接案量根本無法過活，他只能倚靠銀行帳戶裡的存款硬撐下去。

一直要到自己發表在部落格的作品被某位出版社編輯看上，他拮据過活的日子才宣告結束。

陳傑鴻在工作之餘會在部落格和Facebook上發表自己的得意之作，像是海報設計、名片設計、包裝設計等等，甚至會發表一些產品設計。在部落格上發表的作品，大部分都是不受客戶青睞的退稿，不過純粹從設計的角度來看，這些作品相當精巧細緻。

一位出版社的編輯在網路上搜尋資料的時候意外發現陳傑鴻的部落格，上頭展示的平面設計令那名編輯大為讚嘆，她當時正好要替出版社三個月後的主打新書尋找製作封面設計的設計師，而陳傑鴻的設計風格深得她的喜好，因此那名編輯在部落格留下聯絡資料，希望陳傑鴻能跟她聯絡。

陳傑鴻看到留言，立即依照那名編輯留下的資料回了封電子郵件，從編輯的回信得知那家出版社即將要出版一本義大利的翻譯小說，需要書籍封面設計。即便對方開出的價碼稱不上優渥，而且時間有點急迫，但他依舊接下這件案子。

三個月後，那本小說出版上市，意外造成暢銷的景況，除了那本小說的內容不錯之外，暢銷的部分原因是讀者們被那張視覺震撼力強烈的書籍封面激起購買慾，不少人買這本小說是衝著設計精美的封面。

後來這本小說甚至一度登上誠品書店的外國文學暢銷排行榜，也連帶引起了大家對這本小說封面的熱烈討論。

就這樣，「陳傑鴻」這個自行接案的設計師名字很快就在台灣的平面設計業界裡打響名號，他的身價也跟著水漲船高，舉凡書籍、唱片或電影海報之類的平面設計案絡繹不絕地找上門來——此刻，他的設計之路才開始變得寬廣平坦。

即便自己在平面設計業界的知名度頗高，但是陳傑鴻一直保持著低調的行事作風，他從不接受媒體採訪，最多就是接受設計雜誌的邀稿或學校社團的演講邀請。

陳傑鴻很慶幸自己能夠保持低調的姿態在設計界裡生存，不僅是因為不受打擾的環境有益於他設計靈感的滋生；更重要的是，低調，才能保有自己的另外一個身分……

登登登登——登登登登——

貝多芬〈第五號交響曲〉突然在耳畔響起，陳傑鴻很喜歡這首曲子，除了氣勢磅礴、旋律雄壯激昂之外，還符合「費布納西數列」（Fibonacci Sequence）的設計美感，基於這個理由，滿腦子設計意念的他選用貝多芬〈第五號交響曲〉作為自己的手機鈴聲。

陳傑鴻拿起手機一瞧，螢幕顯示來電者是「沈百駒」。

這個名字讓他厭惡地皺起了眉頭。

3

「有沒有搞錯？我每次看你都是這一副邋遢的窮酸模樣。」沈百駒指著陳傑鴻腳底下的涼鞋，咧嘴笑道，「你好歹也是位名設計師，還是個留學義大利的設計師耶！竟然不懂得要好好打扮自己。」

此時，兩人坐在星巴克裡談話，沈百駒點了一杯Mocha咖啡，陳傑鴻則是點了一杯Cappuccino。

「不要叫我名設計師，我配不起這樣的稱號。」陳傑鴻面無表情地說道。

「好好好，我知道，大師總是很謙虛的。」沈百駒拿起咖啡杯啜飲了一口，然後繼續說道：「不過說真的，不是玩笑話，我還以為到義大利留學的設計師平常應該穿著ARMANI的西裝，戴著Gucci的手錶，踩著PRADA的皮鞋，開著Ferrari的跑車呢！」

「你不也到過義大利嗎？不過你也沒那麼打扮啊。」陳傑鴻的語氣很冷淡。

「我又不是設計師，打扮成那樣對我來說沒多大意義。」

「我很窮的，沒什麼錢可以買這些名牌來打扮自己。」陳傑鴻話中有話地說道。

「你很窮？哈哈哈……」沈百駒哈哈大笑，同時從外套口袋取出一份廣告傳單，攤在桌上，「你真是愛說笑，我今天下午在街上拿到一份設計精美、風格獨特的DM，是某家建築公司的廣告，我一看就知道，這份DM是你設計……」

「好了，廢話少說。」陳傑鴻不耐煩地打斷沈百駒的話，「你找我到底有什麼事？」

沈百駒收起笑容，但他的嘴角依舊揚起，歪向一邊，接著他伸出右手，拇指不停搓揉併攏在一塊的食指和中指。

這個表示「我需要錢」的手勢令陳傑鴻臉色大變。

「我上禮拜不是才給過你三萬元？」他不自覺提高音量。

「你別那麼激動嘛！你給的那些錢我很快就花光了。上個禮拜三是我馬子的生日，我不但帶她去吃頓大餐，還買了個LV包包送她……」

沈百駒的話讓陳傑鴻不由自主地緊握拳頭。

「你的日子一定要過得這麼奢華嗎？做設計沒有你想的那麼好賺啊！」陳傑鴻壓抑著滿腔怒火，一臉無奈地說道。

「我知道，我知道，我真的很抱歉。」沈百駒雙手合十，臉上盡是裝出來的歉意，「可是我還要兩萬塊，可以嗎？」

「難道我能說不嗎？」說完，陳傑鴻不悅地瞪了沈百駒一眼，對方則是吃吃地笑了出來，

「……不過，這個禮拜沒辦法給你錢，我的手頭也很緊，前幾個做完的case請款要到月底才會發放，到時我再拿錢給你。」

「這樣啊……」沈百駒的表情有點失望，但是很快又露出酷似爬蟲類的笑容，「沒關係，我們互相體諒，那我就月底的時候再跟你拿錢。」

鈴——鈴——鈴——

一陣手機鈴聲響起，沈百駒自腰間拿手機一瞧。

「不好意思，查勤時間到了，是我馬子的電話，我去回一下電話啊，失陪一下。」沈百駒邊說邊起身朝廁所的方向走去。

此刻，心中一股厭惡感油然而生，令陳傑鴻頭痛欲裂想要嘔吐，但是他強忍了下來。他在心底埋怨：自己的運氣怎會這麼差，竟然會跟這種小人牽扯不清？

陳傑鴻是在義大利留學的期間與沈百駒結識，某天他在米蘭市區逛街購物時，偶然發現一間服飾店的店員是年紀與他相近的黃種人，一問之下，才知道此人跟自己一樣，都是來自台灣。

即便陳傑鴻不是一個很愛與人互動的人，但是獨居在異鄉的鄉愁讓他打開了話匣子。這名店員名叫沈百駒，他告訴陳傑鴻說自己有親戚住在義大利，他每年冬天都會抽出一些時間到義大利拜訪親戚。沈百駒的叔叔在米蘭開服飾店，所以在義大利的期間他會幫忙顧店。

兩人聊了一陣子之後，陳傑鴻覺得沈百駒這個人雖然健談外向，個性卻相當輕浮，跟自己截然不同。

即便話不投機，但能在異鄉遇到同胞還是讓陳傑鴻相當高興，因此兩人很快就混在一起。

沈百駒在義大利的時間比陳傑鴻久，對這裡環境的認知也比陳傑鴻深，沈百駒常常約陳傑鴻出來，帶他去餐廳吃道地美味的義大利麵，或是到一些觀光景點遊玩。

某天兩人逛完比薩斜塔，回到旅館後，沈百駒脫下上衣準備要洗澡，陳傑鴻發現他的肚臍上方有一塊紋身——四道圓弧曲線分居上下左右，正中央有一個紅點。

「那個刺青是？」陳傑鴻好奇地問。

「喔，就一時無聊去刺的，沒什麼特殊的意義。」沈百駒不以為意地說道，「……怎麼了嗎？」

「還滿好看的，線條簡單，但卻頗有設計感。」

陳傑鴻的回答讓沈百駒愣了一下，稍後他露出微笑。

「要不要刺一個？我可以帶你去刺。」

也不知道哪來的興致，陳傑鴻竟然想都不想就答應了。當天晚上，沈百駒帶陳傑鴻到羅馬市區一間紋身的店家，裡頭音樂相當嘈雜，兩人走到後方的房間，一個兩手刺滿圖案的義大利青年手持紋身工具在裡面等候，陳傑鴻就在那裡被刺上與沈百駒身上圖案一模一樣的紋身。在紋身的過程中，沈百駒還拿出手機替陳傑鴻拍照。

「留作紀念。」當時沈百駒這麼對他說。

後來有一天，沈百駒找陳傑鴻出來喝酒，到了酒吧，陳傑鴻發現裡頭坐著五個年紀約三十歲左右的義大利青年，舉手投足充滿江湖氣息，他本想藉故離開，但是看在沈百駒的份上，他還是坐了下來。

大夥在聊天的時候，陳傑鴻大多保持沉默，只聽不說，即便有人問他問題，他也只簡單回答幾句而已。

陳傑鴻注意到他們當中有一人不停用輕薄的言詞騷擾隔壁桌的女性客人，那位女性客人看起來似乎不堪其擾。

不久，有三名義大利青年從門口走進來，對著那位騷擾女客人的男子破口大罵，雙方一言不合，隨即打了起來，與陳傑鴻同桌的男子們也挽起袖子聲援他們的夥伴。

拳腳相向的場面讓陳傑鴻的內心忐忑不安，他從小到大從未跟人打過架，遇到這樣的場面，他只想躲得遠遠的，但是對方早已把他當作那群人的一份子，不分青紅皀白地向他揮出一拳，把他的眼鏡打飛。

為了自保，陳傑鴻隨手拿起酒瓶，朝出拳打他的那人頭上砸去，只見對方血流如注，倒地哀號不起。

陳傑鴻一看到血，整個人都嚇呆了，立即把瓶子丟掉，慌亂地撿起眼鏡，想要逃出酒吧。很不湊巧的，警方正好趕來現場維持秩序，並將在酒吧內打架的一群人帶回警局。當然，陳傑鴻和沈百駒也在其中。

後來，陳傑鴻也不大清楚這件事情是怎麼收尾的，只隱約知道靠著沈百駒的朋友幫忙，才得以離開警局。

從那天起，陳傑鴻就與沈百駒保持距離，即便他打電話來邀約，也會假裝自己在忙無法赴約，他再也不想跟沈百駒這個人有任何瓜葛，就連從學校畢業返台也沒有知會他。

回到台灣，陳傑鴻以為從此可以把在義大利發生的鳥事拋到九霄雲外，但就在他剛以一本暢銷小說封面設計在台灣的設計界闖出名號之際，沈百駒出現了。

那天陳傑鴻受邀到某大學社團演講，演講結束後，陳傑鴻離開校園，這時有個人影從一旁冒出來，擋住他的去路。陳傑鴻定睛一瞧，赫然發現此人竟是許久不見的沈百駒。

「欸！忘了老朋友啊？」

陳傑鴻本想裝作沒看到，直接繞過他走人，但對方卻直接開口叫他，讓他不得不停下腳步。

「啊，抱歉，我剛剛在想事情，所以才沒注意到你。」雖然嘴巴說著抱歉，但是陳傑鴻說這話的表情卻明顯看得出來是言不由衷。

「哈哈，好久不見，看來你混得不錯嘛！」沈百駒露出他的招牌笑容。

這個笑容看在陳傑鴻眼中，像極了令人作噁的爬蟲類。

「還好，馬馬虎虎。」陳傑鴻說完就往前走，一副不想搭理他的樣子。

不知是故意裝傻，還是真的看不出對方不想搭理他，沈百駒跟了上去。

「我知道你在設計界很混得開喔，看到老朋友能有這麼傑出的成就，真是與有榮焉啊。」

陳傑鴻對沈百駒的話置若罔聞。

「喂！傑鴻，能跟你商量一件事嗎？」沈百駒快步走到陳傑鴻的前方，擋住他的去路。

陳傑鴻沒有回應，但沈百駒自顧自地說下去。

「我去年回到台灣，不過找工作卻處處碰壁，我想你可以幫我……」

「幫你什麼？幫你找工作嗎？抱歉，我的人脈沒有你想的那麼廣。」陳傑鴻直截了當地請對方吃閉門羹。

「不，你誤會了，你不必幫我找工作，你直接給我錢就可以了。」沈百駒再度露出酷似爬蟲類的笑容。

「我他媽的為什麼要幫你？」見對方如此寡廉鮮恥，陳傑鴻的口氣也開始變得很衝。「為什麼要幫我？你也不想一想過去在義大利的那段期間，我是怎麼照顧你的，現在要求你回報，過分嗎？」沈百駒迅速地拋開笑容，目露兇光地齜牙咧嘴。

「照顧？你是照顧到我什麼？」陳傑鴻不客氣地反問。

「沒想到你竟然是這麼忘本的人，沒有當初我在義大利的照顧，你會有今天的成就嗎？」

「笑話，我現在的成就跟你有什麼關係？沒有你，我的設計之路會走得更順遂，可以更早功成名就也說不定……我只知道我差點被你害死，要不是跟你保持距離，我現在可能連命都沒了呢！」

這番話說得沈百駒啞口無言，不過他隨後抽出一張照片，擋在欲離開的陳傑鴻面前，上頭是陳傑鴻光著上身，露出腹部刺青的畫面。

「你看看這個！」

「你幹嘛？」陳傑鴻不解地問。

「這是你的刺青，我拍下來了。」

「那又怎樣？」

「你腹部的那個刺青是義大利某個幫派的標記圖案。」

「是黑手黨嗎？」陳傑鴻無奈地笑了出來，他心想：原來這傢伙早就心懷不軌，所以才會在那時幫我拍照。

「不，層級沒那麼高，不過也是有一定的知名度。」

「所以你想幹什麼？」

「你還不懂嗎？你在義大利留有滋事打架的案底，身上又有這個幫派的標誌，只要我把這件事傳出去，對你的形象一定會有損害，你現在的事業才剛起步，你絕對不希望這件事情曝光吧？」

陳傑鴻惡狠狠地瞪了沈百駒一眼，雖然自己並沒有加入幫派，也不在乎別人的眼光，但沈百駒說得沒錯，他現在還只是個剛起步的設計師，形象十分重要，要是沈百駒造謠生事，將此事鬧得業界眾所皆知，肯定會影響他的接案情況。

即便對此人十分厭惡，但為了不讓自己在業界的形象受損，陳傑鴻還是接受了他的勒索，他每個月固定付三萬塊給沈百駒。

這樣的關係維持了一段時間，雖然每個月三萬塊是筆不小的支出，不過依陳傑鴻的接案量還撐得下去，更何況，沈百駒似乎對這樣的情形相當滿意，沒有得寸進尺地需索無度，所以陳傑鴻也就漸漸不以為意了。

然而，陳傑鴻卻在最近意外發現**沈百駒這個人相當重要**，因為未來有「用得到」他的地方……

「唉，查勤結束囉。」沈百駒回到座位，對陷入沉思的陳傑鴻抱怨，「女人真是麻煩，整天都在疑神疑鬼，只要沒準時回家就會打電話來問東問西。」

陳傑鴻回過神來，不過他沒有附和沈百駒的話。

「好啦，沒什麼事的話，我要先回家囉。」沈百駒將杯中剩餘的咖啡喝完，然後站了起來，原先紮進褲頭裡的衣襬也順勢被拉了上來，露出刺在肚臍上方的紋身圖案。

這一幕不經意地被陳傑鴻的眼角餘光掃到，他的心頭也因此微微抽痛。

「對了，下次找個時間，我們一起喝一杯，我請客。」沈百駒邊說邊拍拍自己大腿左側鼓起的口袋，「你要好好加油做設計賺大錢啊，哈哈，改天見。」

陳傑鴻不發一語地看著沈百駒走出門口。

笑吧，儘管笑吧，你很快就會笑不出來了——陳傑鴻面無表情地拿起桌上冷掉的Cappuccino湊近嘴邊，一飲而盡。

第三章——滿意 Satisficing

人們常常偏愛滿意的解決方式，而不是追求最理想的解決方式。

——《設計的法則》滿意

1

「隊長，找我有什麼事嗎？」周智誠挺直身子問道。

杜明概定定看著站在他辦公桌前方的周智誠，心裡在斟酌該怎麼說出能夠說服他部屬的忠告。

杜明概注意到周智誠雙眼浮腫，下方掛著暗褐色的黑眼圈，以往清爽白淨的臉頰殘留好幾根鬍碴，膚色也變得黯沉無光。

要不是那個連續殺人犯「奪命設計師」，給人開朗陽光印象的智誠也不會變成這個樣子——一想到這裡，杜明概就感到一陣心痛。

從周智誠進到台北市刑警大隊以來，杜明概就很器重他，認為他會是一個前途無量的警察，做事認真負責，辦案實事求是，未來一定會成為警界的中流砥柱；而周智誠也沒讓他失望，屢屢偵破重大刑案，在台灣的警界裡堪稱功績彪炳。

不過，自從女友簡友實被殺害之後，周智誠的人生就逐漸脫離正軌，偏離到另外一個世界。

自從「奪命設計師」落水後，警方連著好幾天的搜尋打撈，仍然沒有發現「奪命設計師」的下落，爾後的兩個月也沒有傳出「奪命設計師」犯案的消息，因此警方認為「奪命設計師」應該已經喪命，屍體很可能被湍急的河水沖走，甚至隨著洋流漂流到台灣海峽也說不定。

最終，警方解散了偵辦「奪命設計師」一案的專案小組，只剩周智誠一個人依舊鍥而不捨地搜查下去。

也就是因為如此，市刑大隊長杜明概把周智誠找來，希望能夠說服他放棄追查下去。

「智誠，有什麼新的進展嗎？」杜明概清了清乾燥的喉嚨後，開口說道。

「進展？」周智誠輕皺眉頭。

「我是指『奪命設計師』的案子。」

「喔……還是老樣子，沒有什麼進展。」

周智誠說這話時，臉上露出淺淺的微笑，杜明概卻從中看到滿溢的苦澀。

「智誠，是該適可而止了。」杜明概以沉重的口吻說出這句話。

「……」

「我知道這不是最好的結果，但是我們也只能接受它……你再這樣下去，身心遲早會累垮的。」

「隊長，我在工作上沒有怠惰瀆職的情形，我都是利用休假來調查……」

「我知道，就是因為這樣，我才要你放下這一切。」杜明概憂心忡忡地說，「你完全沒休息，你的身體到底還能撐多久？……就讓這一切結束吧，雖然沒有找到『奪命設計師』的屍體，但是那個傢伙絕對不可能活著，後來也沒有他再犯案的消息傳出……這個結果雖然稱不上完美，但也還算可以接受……」

「隊長，我比任何人都還想結束這一切，可是我沒辦法！」周智誠表情驟變，嘴唇激動地顫抖，「現在我每個禮拜最少會在夢裡看見一次友實陳屍的命案現場，你知道我有多痛苦嗎？」

周智誠的話讓杜明概無言以對。

「或許這個結果每個人都能接受，但我沒辦法接受，只要沒有抓到『奪命設計師』，或是看到他的屍體，我是不會滿意的。」說這話時，周智誠的雙眼閃著淚光。

「智誠，我真的不想看你一個人這樣孤軍奮戰，我很想幫你，可是你也知道，警方無法投注太多心力在一件懸案上，更何況是一件被大家認為已經完結的案子……」

杜明概至今還記得專案小組宣佈解散時，周智誠不解且激動大聲咆哮的情景——他獨排眾議，認為「奪命設計師」還沒死。然而，他的意見卻沒辦法改變專案小組解散的結果。

「隊長，我不怪你，也不怪任何人。」周智誠再度露出苦笑，「其實我應該要感激你才對，我不顧大家的想法，執意追查『奪命設計師』的案子，你對此能睜一隻眼閉一隻眼，已經算是很體諒我了，所以我不會有怨言，也不會因為大家都不幫我而有任何不滿的情緒。」

「智誠……」

「我只希望能給我一定程度的自由，好讓我能夠把案子查個水落石出，我只有這樣卑微的要求。」

兩人四目相交好一會兒，沉默在乾冷的空氣中擴散開來。

「當然沒問題。」杜明概打破沉默，「這是我應該做的。」

「謝謝隊長。」

說完，周智誠向杜明概輕輕鞠了個躬，然後轉身離開隊長辦公室。

看著周智誠的背影，杜明概心想：一旦抓到「奪命設計師」或是找到「奪命設計師」的屍體，智誠的人生就能夠回到正軌嗎？

2

周智誠自隊長辦公室走出來，將門輕輕帶上，他一臉惆悵地靠在門板上，不發一語，片刻過後，撥了撥略微散亂的頭髮，挺直身子，裝作若無其事狀走回自己的座位——張明鋒一見周智誠朝自己的方向走過來，連忙把投注在他身上的視線轉移到自己桌上的卷宗。

等到周智誠坐好，張明鋒再度用眼角的餘光偷瞄他，他臉上惆悵的表情已經不見了。

張明鋒不用問也知道周智誠適才臉上惆悵表情的成因為何，除了「奪命設計師」的案子，還有什麼能困擾著他的好友周智誠？

張明鋒一臉惋惜地嘆了口氣。

如果沒記錯的話，「奪命設計師」落水失蹤距今已經有半年之久，要是從「奪命設計師」犯下的第一件案子開始算起，則是超過七個月的時間。

第一件命案的死者是國內某知名企業的社長田偕宇，他被發現陳屍在河濱公園附近的橋墩下方空地。屍體四周圍佈滿碎石，那些碎石看起來似乎是經過刻意排列，不過卻又看不出具體的形狀。

隔天早上在河濱公園運動的民眾發現那具屍體，驚嚇之餘連忙打電話報警。後來聞訊趕到命案現場的週刊記者在拍攝命案現場時，意外發現一件事：排列在屍體四周圍的那些碎石從某個特定角度看過去，會呈現一間房子的形狀——整體看起來就像屍體躺在一間房子裡頭。

那名記者後來寫了篇報導，標題為「奪命設計師的犯行，知名企業家的喪命」，以「奪命設計師」的名號，稱呼這個精心設計命案現場的神祕兇手。

自此，「奪命設計師」的稱號聲名大噪，就連警方偵辦此案所使用的兇手代稱也「從善如流」，跟著使用大眾熱烈討論的稱號「奪命設計師」。

第二件命案的死者就是周智誠的女友簡友實，陳屍在窄巷內，這次的命案現場沒有像上回那樣被精心設計，不過卻在簡友實身上找到跟第一件案子死者身上印記完全一致的S形刀傷。也就是兩名死者身上的獨特S形刀傷標記，讓警方把兩件案子連結在一塊。

正當警方還在尋找兩件命案之間的共通點時，「奪命設計師」再度犯案。然而，這回「奪命設計師」失手了。

這名女性被害人蔡榆如被「奪命設計師」從背後以繩索勒住頸部，因為過度驚嚇導致一度昏厥過去，後來「奪命設計師」持刀在蔡榆如的胸口劃下一道刀傷，痛得她驚醒過來，並起身奮力推開「奪命設計師」，朝巷口跑去。

蔡榆如的運氣很好，附近恰好有巡邏的警車經過，她連忙攔下警車向車內員警說明原由，而員警立即通報同仁「奪命設計師」駛離犯罪現場的車種外觀和型號。

張明鋒和周智誠兩人當時正好碰見從犯罪現場逃逸的「奪命設計師」所駕駛的車輛，接著展開一場飛車追逐，後來「奪命設計師」駕駛的車輛失控衝出橋外，掉入河中，從此不見蹤影。

由於往後沒有再出現身上帶有S形刀傷的屍體，警方一致認為「奪命設計師」已經在那次追捕當中墜河喪命，唯有周智誠抱持著不同的看法，他認為沒有打撈到屍體的結果就表示「奪命設計師」還活著。

即便專案小組解散，但周智誠還是持續調查與「奪命設計師」命案相關的人事物。有次張明鋒還在證物室那裡看到周智誠，只見他專注地檢視證物，並在手冊上做記錄。

那時張明鋒還從證物室管理人的口中得知周智誠最近進出證物室的次數相當頻繁——管理人還拿出證物管制登記簿給張明鋒看，上頭有不少的欄位是周智誠的簽名。

這個現象讓張明鋒鼻頭一酸，他對他好友的孤軍奮戰心疼不已。

「需要我幫忙嗎？」張明鋒走進證物室對周智誠說。

周智誠抬頭看著張明鋒，他的臉色盡露疲態。

「謝謝你，不過我自己一個人處理就可以了。」周智誠從臉上擁擠的疲憊中擠出些許笑容。

「智誠，友實的事也是我的事。」

「明鋒，真的很謝謝你。」周智誠保持著笑容，「你能替我分擔平日的工作我就很感激了，我不敢再多要求你什麼，畢竟這是我自己的責任……此外，心理醫生要我找件事來做，藉以分散注意力，好忘卻傷痛……那我現在最想做的事，就是找到『奪命設計師』，我想這是我唯一可以全神貫注的事。」

這番話讓張明鋒差點流下淚來，不過他沒有多說什麼，僅僅對周智誠說了一句「那你加油」，就離開了證物室。

友實的事也是我的事。

此時，張明鋒陷入回憶的眼神與坐在他對面的周智誠的眼神交會。

「明鋒，怎麼了？」周智誠好奇地問。

張明鋒回過神來，眨了眨眼。

「智誠，如果有什麼我幫得上忙的地方，儘管開口，不要客氣。」張明鋒用堅定的口吻說道。

周智誠先是愣了半晌，似乎不明白好友指的事情為何，隨後迷惑的表情在他的臉上消逝。

「ＯＫ。」周智誠露出感激的笑容說道。

「有人報案，有命案發生了。」突然有個警員大喊。

周智誠和張明鋒兩人對望了一眼，然後馬上起身，準備趕往命案現場。

3

周智誠和張明鋒一到命案現場，隨即被眼前的景象嚇了一跳，一具女性屍體倒臥在客廳正中央，脖子上綁著的那條藍色尼龍繩以傾斜三十度的姿態，往上延伸到半空中，而末端延伸出更多的尼龍繩，往客廳的各處放射過去，有的尼龍繩綁在窗戶和家具上頭，有的尼龍繩末端綁著吸盤，吸附在地板和天花板上——整個畫面看起來就像煙火發射到天空中燦爛綻放的畫面定格，這個場景也迫使刑事鑑識人員不得不穿梭在尼龍繩之間進行採樣蒐證。

「哇靠！這是什麼場景啊！」張明鋒見狀不禁咋舌。

周智誠雖然沒有發出驚嘆聲，但這個場景令他心中衍生出一股不祥的預感，他說不上來是什麼，只覺得這個現象似乎有一種懾人的視覺效果，兇手似乎是想要藉此表達什麼。

「啊！」一位蹲在屍體旁邊檢查的鑑識人員突然發出驚叫。

「怎麼了？」周智誠好奇地問。

「呃……」鑑識人員回答，「員警你過來看一下。」

張明鋒和周智誠繞過尼龍繩，走近屍體，朝鑑識人員手指比的地方看去，只見死者的腹部上有兩道S形刀傷交錯在一塊，滲出已經乾枯的暗褐色血液。

第四章——心智模型 Mental Model

人們根據經驗發展出的腦中印象，而了解系統及環境，並與其互動。

——《設計的法則》心智模型

1

「這是『奪命設計師』犯下的案子！」周智誠激動地大喊，「我就說他還沒死，果不其然！」

周智誠的話讓其他人一陣錯愕，一時之間，會議室內彌漫著無言以對的沉默。

「隊長，立即恢復專案小組，我們要把那個連續殺人犯給抓起來。」周智誠對著杜明概說。

「智誠，我們還沒確定這件案子是『奪命設計師』所犯下。」杜明概回答。

「這還用確定嗎？」周智誠拿起鑑識人員在命案現場拍下的照片，指著屍體身上兩道排成十字狀的S形刀傷說道，「除了我們警方之外，只有『奪命設計師』知道S形刀傷，一定是他幹的，不會有別人……S形刀傷就是『奪命設計師』還活著的最好證據……此外，除了那個雜種之外，還有誰會大費周章地把命案現場設計成那樣？」

看見周智誠堅持己見跟隊長爭執的場面，張明鋒完全能理解好友的想法，即便自己也不確定這件案子是否為「奪命設計師」所犯下，但是他很清楚周智誠不肯退讓的原因。

智誠幾乎把所有心力用來追查這件案子，他每天所看見的事物，都跟「奪命設計師」息息相關，他每天所想的一切，就是要將「奪命設計師」繩之以法；而現在出現一具身上有S形刀傷的屍體，深信「奪命設計師」未死的智誠當然免不了會聯想到「奪命設計師」。

「可是前兩名死者和那名逃過一劫的受害人身上都只有一道S形刀傷，這回的死者卻有兩道S形刀傷，所以這件案子很有可能是別的人幹的，S形刀傷不過是湊巧罷了。」

杜明概的反駁讓周智誠一時語塞，不過他稍後再度提出自己的見解。

「……可是這件命案裡的S形刀傷線條和弧線，幾乎與先前案子屍體上的刀傷完全一致，如果說是巧合，那也太巧了吧？」不等杜明概開口，周智誠繼續說道：「再者，如果殺害劉雨儂的犯人不是『奪命設計師』，那兇手會是誰？納粹的餘孽？」

也許是最後的推測太過荒謬，話一說完，周智誠自己都忍不住笑了出來。

「不管怎麼樣，我們還不能貿然下結論，」杜明概對周智誠的荒謬推論置若罔聞，「不要忘了，『奪命設計師』的案子曾引起社會大眾多大的不安，就算真是『奪命設計師』犯案，我們也不宜大張旗鼓。」

「那我們該怎麼辦？就這樣坐視不管嗎？」周智誠收起笑容，態度轉為激動。

「當然不可能坐視不管，不過我們先把這件案子當作一般命案來調查，先調查死者周遭的人際關係。倘若日後再出現有S形刀傷的屍體，我們再另作打算。」

在杜明概作出結論之後，市刑大的警員紛紛回到自己的工作崗位上。

「智誠。」杜明概低聲叫喚沒有任何動作的周智誠。

「隊長，怎麼了嗎？」周智誠抬起頭，表情十分沮喪。
「這件案子的調查工作就交給其他人去做。」
這句話讓周智誠的臉色大變。
「隊長，『奪命設計師』的案子我已經調查了一段時間，這個時候沒道理不讓我插手……」
周智誠還來不及說完，杜明概就將他的話打斷。
「智誠，我不是不讓你插手這件案子，我是要你把這件命案當作『奪命設計師』的案子來辦，看看這件案子跟前三件案子有什麼關聯。」杜明概自上衣口袋抽出一張名片，遞給周智誠，「你可以依據這張名片上的電子郵件或電話，去找這位賴斯哲教授，他常常協助我們警方辦案，或許能夠給我們一點幫助。」
周智誠接過名片，視線停在上頭數秒，稍後他抬起頭，露出感激的微笑。
「隊長，謝謝你。」
這句簡短的道謝彷彿用盡周智誠全身的力氣說出。

2

姜巧謹在警車的接送下，來到了台北市刑警大隊的所在地。下了車，她緩緩走進大樓裡。
姜巧謹搬到台北已經有兩年多，儘管求學時期在台北待過一陣子，不過她到現在還是無法完全適應這個大都市的生活步調。
姜巧謹先前住在苗栗南庄，攻讀心理學的她在那邊的學校擔任輔導老師。那時當地正在舉辦兩年一祭的矮靈祭典（作者註：「矮靈祭」為台灣原住民「賽夏族」的傳統祭典），祭典期間卻發生了一起滅門血案，而巧謹的朋友正好牽涉其中，為了釐清真相，她決定深入調查。

雖然姜巧謹成功協助警方偵破那起滅門血案，將真兇繩之以法，但最終的真相卻是萬般殘酷，毫不留情地給了她重重一擊，讓她的人生頓時全亂了調。

難以調適心情、撫平傷痛的姜巧謹最後決定離開這個傷心地，去台中找她的好友蘇麗卿。

跟好友同住半年後，姜巧謹收到一封電子郵件，寄件者是她就讀台大心理研究所時擔任她的指導教授賴斯哲，內容是說賴教授目前在徵求一名研究助理，問她有沒有意願來應徵。

即便捨不得跟好友麗卿分開，但姜巧謹卻也不好意思一直借住在別人家裡，更重要的是，她想藉由這份工作來讓自己的人生重新步上正軌，好拋開過往的不愉快。於是她答應賴斯哲教授的請求，隻身來到台北。

賴斯哲教授除了平日在台大教學做研究之外，有時也會接受警方的求助，提供給他們建議，協助偵辦一些涉及異常心理的犯罪案件。

這回台北市刑警大隊再度向賴斯哲教授求助，但很不巧的，恰逢賴斯哲教授出國參加學術研討會，無法提供警方協助，不過賴斯哲向警方大力推薦他的研究助理姜巧謹。

「巧謹，妳沒問題的。妳不像我老是紙上談兵，只能在課堂上講解理論、分析案例，妳曾經破過真實案件，認真說起來，妳比我這個專家還厲害……解決這個案子的最佳人選非妳莫屬。」賴斯哲教授在越洋電話裡這樣告訴姜巧謹。

姜巧謹原先游移不決的心意因為教授的那句鼓勵而變得堅定。然而，讓她決定接下這個任務的最重要原因，是她想利用這個機會走出過往的陰影。

在上次的「矮靈祭殺人事件」當中，巧謹意外發掘出自己的偵探破案才能，但解謎之後得知的殘酷真相卻令她傷痛欲絕，而她跟前男友的感情也就此劃下休止符。

這個重大打擊讓姜巧謹決定：她要將自己的偵探推理天賦深埋在心中，絕不再接觸任何一起犯罪事件。

巧謹原本以為這樣做可以一併埋藏過往的創傷，但是偶爾在夜深人靜的時候，關於「矮靈祭殺人事件」的過往回憶竟不時在夢中再度上演。

她發覺她錯了——越是裝作不在意，越是表示自己很在意。

「逃避只能逃得了一時，唯有勇敢面對，才能完全克服它。」當時麗卿用語重心長的口吻勸告一度陷入低潮的巧謹。

一想到麗卿的勸告，姜巧謹拋開所有的疑懼，勇敢接下教授轉交給她的任務。

「你好，我是賴斯哲教授的研究助理姜巧謹，我找周智誠警員。」姜巧謹向大廳櫃檯的員警問道。

「妳……妳是姜巧謹小姐？」員警一臉訝異地看著姜巧謹。

「是，我就是。」看到員警訝異的表情，姜巧謹見怪不怪地回答。

「會議室……往這邊走，周智誠警員已經在裡面等了。」員警的視線忍不住在眼前這名女子身上多停留幾秒鐘。

巧謹露出迷人的微笑表示謝意，然後朝員警指示的方向走去。

3

當姜巧謹一出現在會議室門口的時候，張明鋒簡直看傻了眼，他沒想到這回派來協助警方的學術機構研究人員竟然會長得那麼漂亮——淡褐色呈波浪狀的長髮，標致有型的鵝蛋臉，顯著亮眼的五官，尤其是那雙形狀完美的眼睛，蘊含知性美的神韻。

此外，姜巧謹的身材相當纖細高䠷，跟她身上那件黑色套裝和灰色及膝短裙極為搭調，包裹在透膚黑絲襪裡的勻稱雙腿更增添了幾分性感。

即便張明鋒知道一直緊盯著別人是相當不禮貌的一件事，但他還是不由自主地這麼做。

至於周智誠則是若無其事地起身迎接這位前來協助他們的心理學家。

「姜巧謹小姐，妳好。我是寫信跟賴斯哲教授求援的警員周智誠。」周智誠起身向姜巧謹致意。

「周警員你好。」

「這位是……」

「姜小姐，妳好，我叫張明鋒，是智誠的partner。」不等周智誠介紹，張明鋒就趨前要跟姜巧謹握手。

姜巧謹先是遲疑了一下，稍後大方地與張明鋒握手。

「張警員你好。」

「妳叫我明鋒就可以了。」

看見好友的舉止，周智誠無奈地輕嘆一口氣。

「我想這樣不大好吧。」巧謹有點難為情地說。

「沒關係，我不介意……」

「明鋒，」周智誠打斷張明鋒的話，「時間緊迫，有什麼話稍後再講，我們先請姜小姐閱讀相關資料吧。」

「喔……抱歉。」張明鋒不好意思地搔搔後腦勺。

「姜小姐，這是關於『奪命設計師』命案的所有資料。」周智誠將手中的資料夾和牛皮紙袋遞給姜巧謹。

「看來份量挺多的，我可能要花一點時間來看。」姜巧謹接下資料夾和牛皮紙袋。

「沒關係，妳慢慢看，看完了再叫我。我和明鋒在外面等妳。」

「好！」姜巧謹選了個座位坐下，然後翻開資料夾開始閱讀。

周智誠和張明鋒兩人走出會議室，將門帶上。

「智誠，是美女，是美女耶！」張明鋒興奮地擊掌低吼。

「你說姜小姐？」周智誠面無表情地問道。

「廢話，還能是誰？你不得不承認她很正吧？」

「就學術界來說，算正吧。」周智誠將身子靠在牆上。

「什麼學術界？我看演藝圈也找不到幾個明星比她還漂亮，你不覺得她長得很像第一名模林志玲嗎？」

「林志玲哪有那麼矮？」周智誠不以為然地反駁。

「她的身高大約有一六五，就女生而言，算高了啦，至少可以當空姐。」

「她胸部好小，跟林志玲沒得比。」

「欸！」張明鋒指著周智誠，露出一副「被我逮到了吧」的表情，「姜小姐果然吸引到你的注意了，我先前介紹給你的女生，你根本就沒放在心上，連看都懶得看一眼，這回你竟然會注意姜小姐的身材。」

「你少亂講，我才沒注意她呢！」周智誠白了他的好友一眼，但不帶有任何怒意。

此時，張明鋒收起笑鬧的嘴臉，換上正經八百的表情。

「智誠，我知道你忘不了友實，不過你也不能這樣下去啊，我覺得你應該要試著重新開始……」

「明鋒，我明白你的意思，但我目前沒有談戀愛的念頭，就算我要重新開始，那也是在破案之後。」

周智誠話中流露的堅決心意讓張明鋒知難而退，他知道他的好友在破案之前是不可能接受一段新的感情的。

「好，既然你這麼講，我就不再多說什麼。」張明鋒忽然恢復到先前嘻笑的模樣，「其實這樣也好啦，如果你對姜小姐沒興趣，我就少了一個可敬的對手，那我就不客氣囉！」

「隨你的便。」周智誠自上衣口袋抽出一包煙，「我去外頭抽根煙。」

說完，周智誠拖著疲憊的步伐朝門口的方向走去。

4

花了近一個小時的時間看完四件案子的刑案現場紀錄與照片後，姜巧謹在筆記本上記下幾個她覺得十分重要的資訊：

〔第一件案子〕
死者姓名：田偕宇
案發時間：二〇一〇年五月四日凌晨一點前（五月四日凌晨六點三十分發現屍體）。
案發地點：河濱公園旁的空地。
補充說明：屍體周圍散落的小石子，從某個角度看去會呈現房子的形狀。

〔第二件案子〕
死者姓名：簡友實
案發時間：二〇一〇年五月十九日晚上十一點三十分前（五月二十日凌晨零點三十分發現屍體）。
案發地點：天津路上的一條窄巷。
補充說明：死者的一隻黑色漆皮高跟鞋掉落在巷口外。

〔第三件案子〕

死者姓名：蔡榆如（並未被殺害）

案發時間：二〇一〇年六月四日晚上十一點四十五分。

案發地點：成都路上的一條小巷。

補充說明：兇手並未得手，而警方稍後趕來，在追捕過程中，兇手落水失蹤。

〔第四件案子〕

死者姓名：劉雨儂

案發時間：二〇一〇年十二月十七日晚上八點前（十二月十八日上午九點發現屍體）。

案發地點：自家住處。

補充說明：兇手用一百八十條尼龍繩佈置命案現場（尚未確定是「奪命設計師」犯案）。

〔所有案件總結〕

（1）四件案子當中的死者或被害人身上都留有弧度形狀幾近完全一致的S形刀傷，其中第四件案子的死者劉雨儂身上有兩道S形刀傷。

（2）根據刀傷的形狀與角度，和倖存者蔡榆如的描述，警方推測「奪命設計師」是左撇子。

（3）第一件案子的命案現場有何含意？（空間錯覺？）

（4）第四件案子的命案現場有何含意？（像綻放的煙火？）

（5）犯下劉雨儂命案的兇手是不是犯下前三件案子的「奪命設計師」？倘若不是同一人，那為何兇手會在死者身上留下警方並未向媒體公開的S形刀傷？倘若是同一人，那S形刀傷為何會變成兩道？

（6）這四名被害人之間的共同點為何？（性別、年齡、職業、學歷幾無共通點）

寫完筆記，姜巧謹稍作簡略的思考，五分鐘後，得到了初步的結論。她起身朝門口走去，將在會議室外頭守候的張明鋒和周智誠叫進來。

5

「這三件命案，外加那件被害人倖存下來的案件，經我個人的判斷，應該是有極大的關聯。」姜巧謹看著攤放在桌上的命案現場照片作出結論。

「果然沒錯。」周智誠說道。

此時姜巧謹聞到了周智誠身上的煙味，不自覺地皺起眉頭。

「不過最新的這件案子有很多可疑的地方，咳。」

由於煙味過於嗆鼻，巧謹半憋著氣說完這句話，語末還咳了一聲。

「你是說最近一位死者身上的S形刀傷多了一道嗎？」

「對，這當然是最主要的，因為連續殺人犯通常有一種固定的犯罪模式，他們當中有些甚至會在命案現場留下signature aspect，作為一種宣示。」

周智誠察覺到姜巧謹的表情有異，不過他沒有多說什麼。

「妳說sig什麼？」張明鋒開口問道。

「signature aspect，這是連續殺人犯相關研究的專門用語，我記得中文好像是翻成『簽名特徵』……嗯，對，就是簽名特徵。

「所謂的簽名特徵，指的是連續殺人犯有時會在犯罪過程中做出與犯罪行為並無多大相關的行為，用來滿足自己的慾望或者是突顯自己的個人特質。

「就拿『奪命設計師』的案子來作講解好了，在這幾件案子裡，『奪命設計師』以勒殺作為主要的行兇手段，但是留下的S形刀傷對於犯罪本身並無任何顯著的影響——除了第三件案子倖存下來的受害者之外，其他三名死者身上的刀傷都是死後造成的。

「在前三件案子我們看到了同樣的S形刀傷，這證明了『奪命設計師』是屬於會在命案現場留下簽名特徵的連續殺人犯，但是在第四件案子，也就是第三個死者身上，卻發現了呈現十字狀的兩道S形刀傷——倘若這四件案子都是同一個人犯下的案子，那兇手沒道理會改變他的簽名特徵。」

「妳的意思是第四件案子不是『奪命設計師』犯下的案子？」周智誠問。

「是有這種可能，但就我所知，當時報章雜誌上的報導都沒有提到S形刀傷，不是嗎？」

「沒錯，除了第一件案子被一個週刊記者拍下命案現場，並且替這個兇手取了『奪命設計師』這個名字之外，我們警方幾乎將『奪命設計師』案子裡的所有線索保密得滴水不漏，我相信除了警方之外，只有兇手本人才會知道S形刀傷的事。」周智誠說道。

「還有『大費周章地佈置命案現場』這點，也像極了『奪命設計師』的作風，」姜巧謹補充說道，「所以我傾向相信這四件案子是同一人所犯下……既然如此，『奪命設計師』改變簽名特徵的原因何在？」

「這很重要嗎？」張明鋒問道。

「當然重要，沒有人會無緣無故改變自己的習慣和喜好。」

「會下手殺害這麼多人，肯定是個瘋子，既然是瘋子，做事情就不會有條理和原則。」張明鋒提出自己的看法。

「不，即使是瘋狂，也是有跡可循。」姜巧謹露出淺淺微笑，同時拿起第一件命案和第四件命案裡被精心佈置過的犯罪現場照片，「更何況這是一個有設計概念的犯罪者，他做事一定有自己的一套規則和風格。**關於『兇手改變簽名特徵』這個現象，如果排除兇手是不同人的情形，倒是有一套理論能夠解釋……**對了，你們有沒有找設計師來當顧問啊？我想聽聽設計師對這件案子的看法。」

「設計師？」周智誠搖了搖頭，「我們沒有找設計師來協助辦案。」

「怎麼會？你們沒有聽取專家的意見？」姜巧謹覺得警方的辦案方法有點荒唐。

「大概是案發速度太快吧，前三件命案的間隔時間稱不上久，我們還沒想到找設計師來協助，『奪命設計師』就在追捕過程中墜河消失無蹤了……」姜巧謹表露出的不滿情緒讓周智誠繼續說道，「更何況，我們警方辦案也不宜讓一般民眾介入調查。」

「可是你們還不是向學術機構求援，所以我才會在這裡啊！」大概是對警方的疏忽有些不滿，姜巧謹不自覺地提高音量。

「那是因為我們沒有料到會再有命案發生，再加上賴斯哲教授不算一般民眾，他已經跟警方合作一段時間了。」

周智誠似乎也有點動氣，巧謹聽得出來他的最後一句話似乎有弦外之音，那就是他認為她是「一般民眾」，換言之，周智誠並不信任她的能力。

聞到話語中些微的煙硝味，張明鋒趕緊出來打圓場。

「呃……姜小姐，妳說聽取專家的意見，不過妳不就是專家了嗎？」

「我是研究心理研究犯罪的專家，不是研究設計的專家。」姜巧謹不著痕跡地收起剛剛不小心顯露出的怒意，「看來這個兇手有受過設計方面的訓練，我們得找一個設計師來替我們解決所有的疑難雜症。」

第二階段

成長

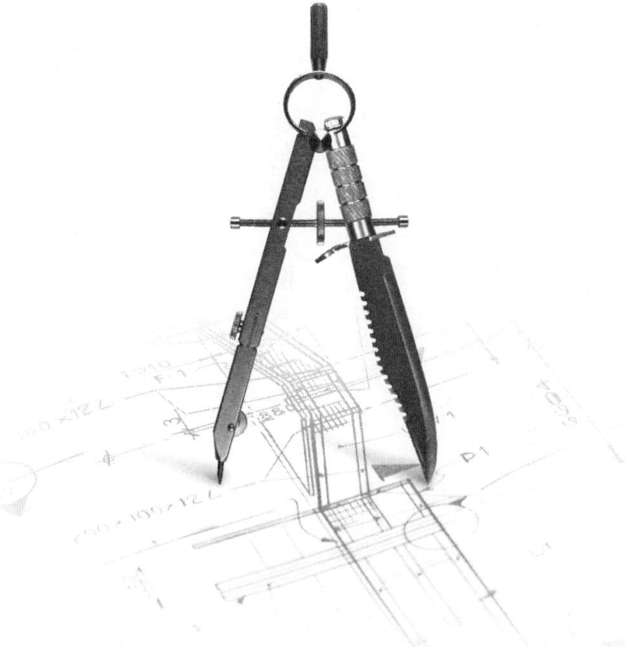

第五章——古典制約 Classical Conditioning

一種技巧；把一個刺激物，串連到無意識的身體上或情感上的反應。

——《設計的法則》古典制約

1

林若蓮坐在桌前對著電腦螢幕沉思，她在思考要如何設計一間二十坪大小住所的內部空間裝潢。

根據客戶王先生的說法，他跟他太太打算日後要生一個小孩，所以除了夫妻的臥室之外，還需要規劃一間臥室，一旦如此，可以使用的空間勢必會減少。

前天與客戶諮詢溝通之後，隔天林若蓮找了技師一起到現場去會勘丈量，得到了初步結論。她根據丈量結果，開始做裝潢設計提案，而現在她正在畫平面設計圖。

除了空間機能和設計風格之外，林若蓮還得考量客戶的預算，這也是令她頭疼的地方，即便有再好的點子，但受限於預算，也會落得「巧婦難為無米之炊」的窘境，而她現在只剩三天的時間可以完成提案。

只要提案過關，陸續接踵而至的合約簽訂、家具裝潢的採購、工務相關技師的聯絡、監工驗收……等等工作，都得由自己一手包辦。

林若蓮摘下銀框眼鏡，閉上眼睛，用手指揉了揉鼻梁，同時吐出一口氣。

好累，快喘不過氣來了，好希望有個人能替我分擔這一切——想到這裡，林若蓮睜開眼睛，目光投向左前方一只平躺在桌面上的相框，她伸手扶起相框，使其站立，相框內是她和她前男友韓德烈的合照，在照片裡兩個人都笑得很開心。

看見照片裡自己臉上燦爛的笑容，林若蓮不由自主地悲從中來。

距離前男友離開林若蓮的那一天至今已經將近一年，他們兩人從原先互信互助的親密伴侶，到現在決裂拆夥各分東西。

老實說，在孤軍奮戰的艱苦時刻，林若蓮有過想打電話給韓德烈的衝動，然而，一想到前男友是因為另結新歡離她遠去，她就嚥不下這口氣，打消向他訴苦的念頭。

叮鈴！叮鈴！

聽見玻璃門上掛的風鈴發出碰撞聲，林若蓮連忙從回憶的漩渦脫身，朝門口看去。

2

「請問這裡是Nolan室內設計嗎？」張明鋒開口問道。

張明鋒、周智誠和姜巧謹三人依據名片上的住址，來到了Nolan室內設計的辦公地點。

「是，我這裡就是，你們要做裝潢設計嗎？」林若蓮邊戴上銀框眼鏡邊起身反問。

「不，我們是警察。」

張明鋒的回答令林若蓮皺起眉頭。

「警察？……你們找我有什麼事情嗎？」

「妳是設計師林若蓮嗎？」

「是，我就是。」

「我們有事情想要請教妳。」

林若蓮沒有回話，似乎是對對方的說法存疑。

「明鋒，你這樣講會嚇到一般民眾的。」周智誠拿出警察證件證明他們的確是警察，「是許警員介紹我們來的，他前陣子家裡裝潢，就是找你們這間室內設計工作室。」

「許警員……」林若蓮歪著頭想了一下，「喔，我記得，那是三個月前的case。」

「他對你們工作室的服務讚不絕口，說什麼可惜他只有一間房子，不然真想叫那家工作室替他再做一個風格典雅的室內裝潢。」

「呵呵，許警員過獎了。」周智誠的話把林若蓮逗笑了，隨後她指著辦公桌前方的沙發，「我們坐下來聊吧！」

姜巧謹注意到這間設計工作室的辦公空間稱不上大，擺放著電腦的辦公桌後面是一個大書櫃，上頭排滿室內設計和建築的雜誌；辦公桌的前方有三張沙發，圍繞著一小張桌子。至於工作室的另外一側有兩個房間，一大一小。

「很抱歉，這間工作室空間不大，」林若蓮不好意思地說道，「我這裡是住辦合一，另外一邊是臥室和浴室，你們也知道在台北寸土寸金，要在這裡討生活相當不容易。」

「你們的員工呢？」張明鋒問。

「就我一個人，沒有員工。」

「可是這張名片上寫的是Nolan室內設計啊！」

「有個公司招牌聽起來會比較專業，我先前做過一陣子的ＳＯＨＯ族，是以本名林若蓮來接案，不過後來我前男友勸我用個公司名稱，這樣更容易吸引到客戶。此外，倘若日後工作量增加，我或許會聘請員工，先有一個公司名稱也比較方便。」

林若蓮注意到周智誠的目光停在辦公桌上的相框，她解釋：「那是我前男友，他本來負責這間工作室的業務部分，後來我們分手，這間工作室就剩我一個人在撐。」

聽到林若蓮的解釋，周智誠沒有多說什麼，或許他認為對方能夠坦然訴說自己的過去，應該是已經走出情傷的陰霾，無所謂的安慰只會把氣氛弄僵，但是有同樣遭遇的姜巧謹卻不這麼認為。

除非是順利找到新的對象，不然任誰都很難對上一段失敗的戀情釋懷——姜巧謹下意識地瞄了一眼自己右手無名指根部那圈因長時間戴上前男友送的鑽石戒指而留下的痕跡。

話說回來，姜巧謹相當佩服林若蓮能若無其事地對陌生人侃侃而談自己過往的情傷，換作是她，肯定辦不到。

「對了，我們還沒自我介紹，我叫張明鋒，這位是周智誠警員，至於這位則是我們警方請來協助辦案的心理學家姜巧謹小姐。」

「呵，果然跟我想的一樣。」

「什麼一樣？」周智誠不解地問。

「我說這個小姐，我就猜她不是警察。」

「怎麼說？」

「她長得太漂亮了，要是有這麼漂亮的女警，我相信早就上新聞，新聞標題應該就是『警界林志玲』吧？不過我卻沒在電視報紙上看到這樣的報導……言歸正傳，你們找我有什麼事？」

「是這個樣子的，妳聽過『奪命設計師』嗎？」周智誠說道。

「奪命設計師？」林若蓮眨了眨眼，「當然聽過啊，之前新聞鬧得很大呢！不過『奪命設計師』不是在警方追捕過程中落水身亡了？」

「我們警方的確是這樣向媒體發佈的，但事實並非如此，我們沒有找到『奪命設計師』的屍體。」

「那你們今天來是為了……」

「『奪命設計師』又再度犯案了。」

「什麼？」林若蓮低聲驚叫，「……那我怎麼沒看到相關新聞報導？」

「因為剛發生沒有很久，我們警方暫時沒有公佈這項訊息，以免造成社會大眾的恐慌。」

「林若蓮小姐，」姜巧謹開口說道，「由於『奪命設計師』在命案現場與屍體留下一些令警方費解的疑點，這些疑點可能需要專業的設計師才能解開，所以我們來找妳，希望妳能當警方的顧問。」

「我……」林若蓮面有難色地說，「……可是我最近有案子要忙。」

「林若蓮小姐，倘若有妳的協助，我相信我們一定可以成功將『奪命設計師』繩之以法。」姜巧謹用極為誠懇的口吻拜託。

林若蓮沉思了半晌，看得出來她正在猶豫。

「很抱歉，」林若蓮的臉上盡是歉疚的神情，「我真的很想幫你們，可是我這幾天很忙，三天後就要對客戶提案，可是我的設計圖還沒完稿。」

林若蓮的話讓姜巧謹感到失望。

「既然如此，那就不勉強了。林若蓮小姐，謝謝妳的協助。」見對方如此回應，張明鋒決定盡速離開這裡，把握時間去找別的設計師。

「怎麼了？」一走出林若蓮的工作室，周智誠就對姜巧謹問道。

「沒怎麼啊。」姜巧謹故作無事地回答。

「還說沒怎麼，妳的表情看起來好失望。」

姜巧謹有點驚訝，她沒想到周智誠會注意到自己失望的情緒。

「我只是覺得可惜。」姜巧謹據實以對。

「可惜？」

「那個林小姐是個很合適的人選。」

「可是你們也聽到了啊，」張明鋒插嘴說道，「人家忙得很，我們就不用勉強了啦，反正設計師這麼多，我在網路上查了一下，據說台灣有上萬家的設計公司，設計師多得是啦，大不了找下一個就好了。」

「可是林小姐的觀察力很強，連周警員在看她的相框，她都能注意到，這說明了她的心思很細膩。」

其實林若蓮令姜巧謹印象深刻的地方是她能夠獨自一人撐起整間工作室，這相當的不容易；更重要的是，林若蓮可以坦然地面對情傷，這點讓姜巧謹對林若蓮有不錯的觀感，她認為能夠克服情傷的女人一定也有辦法面對其他的挑戰。

「妳的意思是說林若蓮小姐的加入能讓破案機率大增？」周智誠問。
「老實說，我沒有什麼根據，但我的確是這麼想的。」
「好，你們在這裡等我。」
語畢，周智誠轉身走回林若蓮的工作室內。

3

叮鈴！叮鈴！
林若蓮才剛坐回辨公桌前，玻璃門板上的風鈴再度發出聲響。林若蓮朝門口一瞧，發現是剛離開沒多久的員警周智誠。
「周警員，還有什麼事嗎？」林若蓮好奇地問。
「林若蓮小姐，我能請妳再考慮一下嗎？這件案子真的很重要，到目前已經有三個人被殺害，另外還造成一個女性被害人的心理創傷，倘若我們不能趕緊阻止『奪命設計師』的犯行，會有更多無辜的人遇害的。」
「周警員，真的很不好意思。」林若蓮朝上頭一片空白的繪圖程式視窗瞧了一眼，「雖然我很想助警方一臂之力，但我現在真的忙不過來。」
「那三個被『奪命設計師』殺害的死者，其中一個是我的女友，或者更精確地說，是我的未婚妻……」周智誠說這話的聲音變得有點混濁，「……所以我發誓：我一定要親手抓到『奪命設計師』……在『奪命設計師』落水失蹤之後，幾乎所有人都認定他已經喪命，但是只有我不死心地繼續追查下去，因為沒有看到『奪命設計師』的屍體，我是絕對不會善罷干休的……」

林若蓮表情專注地聆聽周智誠語帶哽咽地訴說他自己的故事。

「就在我連著數個月遍尋不著『奪命設計師』的下落，心灰意冷打算放棄的時候，『奪命設計師』又再度犯案，我好想趕緊把這個連續殺人犯抓起來，讓他接受法律的制裁，唯有這樣，才能告慰我未婚妻的在天之靈……」周智誠稍稍停頓了一下，他的眼底泛著淚光，「所以，林若蓮小姐，希望妳能夠幫我們這個忙，別讓『奪命設計師』逍遙法外，造成更多天人永隔的悲劇……拜託妳。」

承接周智誠懇切目光的林若蓮沒有立即答覆，而是若有所思地側目看著相框內她與前男友的合照。片刻過後，她輕輕嘆了一口氣。

「呼，好吧，反正設計圖我現在完全畫不出來，或許出去走走，轉換一下心情，可以激發我的靈感也說不定。」林若蓮邊起身邊收拾東西。

「林若蓮小姐，真的很謝謝妳。」

說完，周智誠緩緩轉過身子故作等待狀，實際上卻是利用這個空檔，偷偷地把眼角即將流下的淚水拭去。

4

「林若蓮小姐，謝謝妳在百忙之中抽空來協助我們。」姜巧謹對坐在她旁邊的林若蓮說道。

現在他們四人坐在車內，在回市刑大的路上。

「其實出來走走也好，我現在正面臨瓶頸，沒有什麼靈感，枯坐了好幾天還是畫不出個什麼東西，跑這一趟說不定會有意外的收穫呢……我只擔心我能提供的幫助不大。」

林若蓮的膝上放著一個紫羅蘭色的手提包，左耳戴著耳機，她正用iPod聽著音樂。

「不，我相信妳一定可以提供給我們很大的幫助。」

「希望我不會讓你們失望。」說到這裡，林若蓮嚴肅的表情瞬時轉為俏皮，「對了，姜小姐，警方會找妳來協助辦案，代表妳一定有過人之處囉，那妳能像名偵探福爾摩斯那樣，光憑觀察就能看出一個人的個性或習慣嗎？」

「我沒有那麼厲害，畢竟我不是名偵探嘛……」

姜巧謹說這話時，心裡其實是有點彆扭的，雖然她也不認為自己夠資格擁有「名偵探」這樣夢幻的頭銜，但真正讓她排斥「名偵探」這個辭彙的主要原因卻是他前男友林御潔。

巧謹的前男友林御潔，同時也是個推理小說家，老是不停稱讚她，說她很聰明、頭腦好，夠資格當一個偵探。

「說起來還真諷刺，雖然我寫推理小說，寫那些智慧超出常人的名偵探，但我從不相信這世界上真的存在著名偵探……但是妳卻讓我開始相信了……」林御潔曾經對巧謹說過這樣的一句話。

當兩人陷入熱戀的期間，這樣的稱讚令巧謹無比欣喜（其實對女人來說，稱讚她們的外貌或許才能令她們更開心，不過對巧謹來說，有關於她美貌的稱讚，已經令她感到了無新意）；然而，在兩人的戀情徹底告終之後，前男友林御潔的甜言蜜語就如同咒語那般令巧謹頭痛欲裂。

為了擺脫前男友帶給她的痛苦，姜巧謹費盡所有心力，想要忘掉跟林御潔有關的一切，就好比現在林若蓮說到「名偵探」一詞，巧謹就會刻意去抗拒它。

這彷彿是種制約啊——巧謹在心底苦笑。

逃避只能逃得了一時，唯有勇敢面對，才能完全克服它。

突然，巧謹想到好友麗卿說的話。

「……不過，卻也不是一無所獲。」巧謹隨後又補上一句。

「妳的意思是……」林若蓮不解地問。

「比方說，雖然我今天才見到妳，但是我卻知道妳學過一陣子鋼琴。」

姜巧謹的推論讓林若蓮睜大了雙眼。

「妳怎麼會這麼推論？」

「妳的右手手掌側面有鉛筆碳粉殘留的痕跡，這說明了妳是右撇子，用右手寫字。但是妳離開妳工作室鎖門的時候，我卻注意到妳從褲子左側的口袋拿出鑰匙，換句話說，妳的左手還算靈活。學樂器的人大多都是雙手靈活的人，因為大部分的樂器都需要兩手並用。」

「那，鋼琴呢？」

「妳的辦公桌上有兩份琴譜，把這個現象跟我的推論作連結，不就能得到妳曾學過一陣子鋼琴的結論？」

「呵……」林若蓮笑了出來，「我學過一年左右的鋼琴，不過彈得很差，後來就放棄了，最近因為心情煩悶，所以翻出琴譜來溫習一下……真不敢相信妳竟然可以看出這件事，妳好厲害。」

我從不相信這世界上真的存在著名偵探……但是妳卻讓我開始相信了……

前男友的話在姜巧謹耳畔響起，但是這句話現在對她而言，聽起來就只是一句單純的讚美而已——這個結果讓巧謹露出淺淺的得意微笑，因為她知道自己已經可以坦然面對過往的情傷。

姜巧謹暗自得意的同時，目光不經意地瞥見前座的張明鋒和周智誠兩人相互對看了一眼，他們的臉上不約而同地被驚訝的情緒給佔據。

第六章——顏色 Color

在設計上用顏色來吸引注意、集合元素、表示含意，以增加美感。

——《設計的法則》顏色

1

陳傑鴻拿起這間中式餐廳的菜單，他的注意力並非是在菜單圖片裡的餐點，而是在這份菜單本身的設計。

以設計的角度來看，這份菜單簡直是慘不忍睹，因為當中犯了過多編輯排版的錯誤。首先，字體太小，不便閱讀；其次，是每行文字的行距過寬；第三，字體單調，只選用最基本的細明體，襯托不出這家中式餐廳餐點的特色（倘若是他就會用書法字體）；第四，對比不強，白色背景竟用了淡藍色的字體，造成閱讀不易；第五，餐點的照片跟文字搭配不當，沒有對齊，很容易跟其他餐點搞混。

陳傑鴻環顧這間餐廳充滿中國風的裝潢，感覺相當雍容典雅，十分符合這家中式餐廳的特色。除了菜色之外，裝潢也是吸引他進來用餐的主因之一，可惜唯一的敗筆出現在菜單。

不過話說回來，別說老闆不重視，倘若老闆願意花錢，將菜單重新做一番設計，又會增加顧客多少的用餐意願？

這個想法讓陳傑鴻忍不住一陣苦笑。他最終點了份五更腸旺套餐。

在等待餐點送來的期間，陳傑鴻的視線不停地在下方街道的人群來回搜尋，突然，目標出現了：一名ＯＬ裝扮的女子，停在對街紅綠燈下方等候過馬路。

沒錯，她就是陳可珊，如果我沒記錯的話。

此時，陳傑鴻發現陳可珊腳底踩著一雙黃色高跟鞋——這個發現讓他大喜，這麼一來，他就不用額外再準備了。

只是……該提前動手嗎？如果犯案頻率太高會不會壞了接下來的計畫？

「先生，你的五更腸旺套餐來了。」

女服務生將餐點送上，陳傑鴻連瞧都不瞧對方一眼，完全沒有任何反應——他現在正處於思考狀態中。

「請慢用。」女服務生說完就逕行離去。

陳傑鴻的深思也恰好在這時結束，他認為提前動手應該有利無害，不過……陳傑鴻轉念一想：或許一切就交給命運來決定吧，就讓命運來決定陳可珊是今天死，還是過幾天後才死。

作好決定後，陳傑鴻拿起筷子，開始享用熱騰騰的五更腸旺套餐。

2

林若蓮的視線在會議室內貼滿照片的白板上游移不定，交握的雙手不停地相互搓揉。

看到林若蓮的舉止，姜巧謹可以理解她侷促不安的表現，畢竟一般人很難得碰到這樣的場面，不同於報紙上的命案現場照片大多經過處理，警方拍攝的命案現場照片要儘可能符合真實情況，所以畫面總是不加掩飾地完整呈現血腥殘酷的命案現場。

「林小姐，妳還好吧？」姜巧謹貼心地問道。

「沒問題，我撐得住，謝謝妳。」林若蓮邊說邊擦拭額頭上冒出的斗大汗珠，「……沒想到這些照片這麼可怕。」

「其實這算小case啦，分屍的命案現場才嚇人呢，我曾看過斷肢殘臂掉滿地的畫面……」

張明鋒還沒說完，就被姜巧謹一個白眼給喝止住了。

「好了，明鋒，」周智誠也連忙轉移話題，「別講那些有的沒的，讓林小姐專心思考吧！」

「喔，好，不好意思。」

張明鋒表情困窘地看了姜巧謹一眼，只見她露出無奈又帶點惱怒的神情。

「我真的沒關係啦，你們別怪張警員……只是看這些照片可能沒辦法激發我在設計方面的靈感就是了。」林若蓮俏皮地做了個鬼臉。

這時，姜巧謹站了起來，走近白板。

「林小姐，妳看第一張照片，死者田偕宇倒在碎石子上頭，表面上看起來雖然是毫無意義，但是從某個角度看，就可以發現這個命案現場是被設計過的，死者好像是躺在一個由碎石子排成的房子裡。」

「這張照片我知道，我在週刊雜誌上有看到，當時我第一個想法就是兇手可能有設計方面的知識……當然，這只是我的直覺，因為這種手法只是單純地運用角度來製造錯覺，稱不上正統的空間設計，不過可以隱約看出兇手有空間設計的概念與天分。」

林若蓮持續來回地梭巡在白板上的眾多照片，最後她的目光停在第四件案子的命案現場照片。

「B of the Bang！」林若蓮驚呼。

「林小姐，妳說什麼？」姜巧謹不解地問。

「這個場景超像『B of the Bang』的，『B of the Bang』是英國知名設計師Thomas Heatherwick最廣為人知的設計，那是位於英國曼徹斯特的一座巨型雕塑，總計一百八十條錐形鋼芯從主幹往四面八方發射出去，猶如在天空綻放的煙火那般，而支撐一百八十條錐形鋼芯的主幹則是向一側傾斜三十度……等等，我把圖片找出來給你們看。」

林若蓮見大家對她的說明一頭霧水，連忙走到電腦前，開啟IE視窗，並在YAHOO搜尋引擎內鍵入「Thomas Heatherwick」，然後點選維基百科的網址。

「你們看！」

另外三人湊近電腦螢幕，看著林若蓮手指的地方，維基百科網站的照片上有一顆宛若長滿鋼刺的巨型蒲公英突兀且詭異地浮在半空中，而網站照片下方的說明標示「B of the Bang」——「B of the Bang」跟第四件案子的現場照片情形幾乎是同個模子印出來的，差別只在於前者是用錐形鋼芯打造，而後者則是用尼龍繩完成。

「哎啊，『B of the Bang』因為結構性問題，在二〇〇九年被拆除了耶，真是可惜。」林若蓮從維基百科的說明得知「B of the Bang」被拆除的消息。

「看來稱呼那個連續殺人犯為『奪命設計師』還真是貼切啊。」姜巧謹喃喃自語。

「對了，姜小姐，妳對這四件案子的看法呢？我想聽聽妳的看法。」林若蓮問。

面對林若蓮的提問，姜巧謹先是走向白板，然後轉過身子面向所有人，準備向他們解析這一連串的案件。

「第一件命案，死者田偕宇被發現在橋墩下方空地，命案現場經過精心設計，由此可知，第一件命案是預謀犯案，畢竟兇手沒有必要冒這麼大的風險在殺人之後，留在現場排石子，所以他一定是先排好石子，再將被害人帶到這裡來。

「至於第二件命案的死者簡友實死於窄巷，死法跟田偕宇一樣，兇手先將被害人勒斃，再留下S形的刀傷。死者簡友實的高跟鞋掉落在巷口，這個現象說明了兇手在犯案時的草率，好像完全沒有計畫似的，甚至給我一種兇手是基於一時衝動才會犯案的感覺。」

「妳說什麼？」周智誠的表情像是受到了莫大的衝擊，「……妳說友實是因為兇手一時衝動而被殺害的？」

「就我的推理，很可能是如此。」姜巧謹對於周智誠直呼死者的名字有點納悶，「怎麼了嗎？你認識第二位死者？」

「她是周警員的未婚妻。」林若蓮替周智誠回答這個問題。

姜巧謹得知這件事情，驚訝得一時語塞，她本想說些什麼來安慰周智誠，但是最後僅能自口中吐出一句「我很遺憾。」

「沒關係，我不要緊的。」周智誠很快就恢復到平日冷酷的模樣，「妳繼續。」

姜巧謹用帶有同情與憐憫的眼神來回應周智誠的故作鎮定，然後繼續說道：

「第三件案子，被害人蔡榆如幸運逃離『奪命設計師』的魔掌，從這點再度印證兇手犯案的草率與匆促，與第一件案子的縝密規劃完全不同。

「可是第四件案子卻又恢復到預謀犯案的結果，兇手在死者劉雨儂家中犯案，這次被害人沒這麼幸運，兇手同樣也是先將死者勒斃，不過這次兇手卻留下了兩道S形的刀傷，以及大費周章地佈置命案現場——這個現象說明了兇手是預謀犯案。

「問題來了——第一件案子是預謀犯案，但是接下來的兩件案子卻是衝動犯案下的結果，而相隔半年之後犯下的第四件案子又恢復成預謀犯案，這樣的情形實在是難以理解。」

「妳的意思是『奪命設計師』的主要目標是田偕宇和劉雨儂，而簡友實和蔡榆如只是犯人混淆視聽的障眼法？」林若蓮問。

「這種情形不是不可能，不過我卻找不出田偕宇和劉雨儂之間的關係，此外，為了混淆視聽而殺害兩個無辜的人，這麼做不但意義不大，而且風險極高。基本上我還是認為兇手是隨機選擇被害人犯案，然而，在選擇被害人的過程中卻出現了一種難以理解的規則。」

「那『奪命設計師』為什麼選擇了這些被害人，他們之間有什麼共通點？」張明鋒問。

「這就是最關鍵的謎題。」說完，姜巧謹抿著嘴唇，陷入短暫的沉思。

「對了，為什麼第三個死者身上的S形刀傷有兩道啊？」林若蓮發問。

姜巧謹還沒來得及回答林若蓮的問題，周智誠突然打岔。

「姜小姐，我記得妳說過：如果排除兇手是不同人的情形，妳有一套理論可以解釋『兇手改變簽名特徵』這個現象，那套理論是什麼？」

面對林若蓮和周智誠分別提出的問題，姜巧謹打算一併答覆。

「『奪命設計師』在這些案子裡都留下簽名特徵，也就是S形刀傷，不過第四件案子的死者身上卻出現不同於前三件案子的簽名特徵，如果這四件案子都是同一個人幹的，那只有一種可能，就是簽名特徵經過演化了。」

「演化？」

「對，連續殺人犯留下的簽名特徵通常會遵守某種核心主題，但形式卻有可能會演化，就拿『奪命設計師』連續殺人案來說，S形刀傷一直是固定的簽名特徵，是這一連串命案的核心主題，但是第四件案子的死者身上卻比前三個被害人多了一道S形刀傷，這就是簽名特徵的演化……」姜巧謹一臉憂心忡忡地說，「由簽名特徵開始演化這點來看，『奪命設計師』的殺戮遊戲恐怕會越演越烈。」

「呃……」林若蓮開口說道，「有件事我不知道該不該講？」

「什麼事？」

「不是什麼很重要的事。」

「沒關係，說來聽聽。」

「我覺得第四件案子的死者劉雨儂看起來有點怪。」

「哪裡怪？」

「鵝黃色襯衫跟死者身上的鮮紅色外搭罩衫很不協調，這兩種顏色很不搭。」

「……這倒是。」經林若蓮一提醒，姜巧謹才注意到這點。

「妳也懂服裝設計？」張明鋒好奇地問。

「多少懂一點，我所認識念設計的女生，有一大半都想走服裝設計一途呢。不過，就算不是專攻服裝設計的設計師，對於色彩的敏感度也得相當敏銳，因為**顏色向來是設計當中的一項重**

要因素……」林若蓮吐了吐舌頭，「不好意思，我淨講一些跟案情不相干的事。」

「沒這回事，有時候魔鬼就藏在一些看似不相關的細節裡。」

雖然林若蓮說自己提出的這點跟案情不相干，但姜巧謹將這點默記在心底，因為就如她所說的，破案的關鍵往往就隱藏在一些很不起眼的細節裡。

3

陳可珊轉頭瞄了辦公室內堆積如山的印刷品一眼，表情整個垮了下來，這段時間公司為了「創迷設計」的設計展覽會文宣而忙得焦頭爛額，除了承接平面DM的印製工作之外，還要負責製作一萬本的導覽手冊。

「創迷設計」參與的設計展覽會即將在十天後開幕，陳可珊任職的印刷公司今天印完「創迷設計」導覽手冊的內頁後，明天就可以進行裝訂。

印刷機運作的聲響在室內迴盪，現在遠藤印刷公司內只有陳可珊一人，其他的同事都下班了，老闆吩咐她在確認無誤之後，把機器電源關掉再走。

陳可珊百無聊賴地翻開桌上一本已經裝訂好、上頭印有「CreatEnigma」字樣的導覽手冊，內有各式各樣造型新穎的設計產品圖，像是帶有台灣傳統文化風格的碗盤、可愛造型的文具、特殊外觀的家具——這些別出心裁的設計深深吸引陳可珊，讓她突然萌發抽空去看看這個設計展覽會的念頭。

可惜的是男友週六要加班，沒辦法陪我一起去，那……就找幾個姐妹淘去看展吧——陳可珊最後這麼決定。

叩！叩！叩！

門外響起敲門聲，陳可珊放下導覽手冊，朝門口走去。

「有什麼事嗎？」陳可珊透過門縫問。

門外站著一個戴著上有梅花圖樣棒球帽的男子，他的臉上還掛著口罩。

「我要影印。」

「不好意思，我們已經打烊了。」

「可是我明天趕著要報告。」

「先生，你要不要到其他的影印店去印啊！」

「我家就住這附近，而且這個時候影印店也應該打烊了。」

這個回答讓陳可珊不禁在心底嘀咕：難道我們公司就不用打烊嗎？

「就一份就好，我只要印一份就好……你們應該有其他人可以幫我印吧？」不等陳可珊回答，那名男子又問。

「不，現在公司只剩下我一個人而已。」陳可珊提出這點，要這名男子知難而退。

「拜託，小姐，只要印一份就好，不會花妳太多時間的。」

「唉……好吧。」即便陳可珊百般不願意，但她最終還是答應了男子的要求，因為她想說與其在這邊跟他耗下去，倒不如趕緊幫他印一印，然後把他打發走吧。

「謝謝。」

男子跟著陳可珊走進室內，他環顧了一下四周。

「原來妳說的是真的，現在公司裡只有妳一個人而已，我還以為妳是在騙我想打發我走呢！」

陳可珊惱怒地瞪了那名男子一眼，這惱怒的眼神明顯是對男子表示「我很想打發你走，但沒有騙你」。

「你的東西呢？」陳可珊的口吻變得相當不客氣。

男子從手中那份牛皮紙袋裡拿出一疊Ａ４紙張，最上頭的一張印著「視覺傳達設計概論」幾個大字。

「這個。」

陳可珊自男子手中接過那疊Ａ４紙，然後走向離自己最近的一台影印機。

「印一份就好了嗎？」

話才剛說完，一條藍色的尼龍繩從陳可珊眼前一閃而過，接著滾燙的壓迫感環繞在她頸部，使她窒息無法呼吸。

陳可珊慌亂地伸出雙手手指，想要把深陷在脖子上的尼龍繩拉開，無奈不停在尼龍繩上下爬抓的指尖無法拉開繩子，降低頸部的炙熱感，而且經由尼龍繩傳來的力道也越來越強，陳可珊意識到自己整個人被提了起來，她的兩腳也開始胡亂擺動，右腳底下的黃色高跟鞋在擺動的過程中掉了下來。

一分鐘後，死神正式降臨，毫不留情地帶走陳可珊的靈魂，遺留下一具冰冷的屍體。

4

「謝謝你們送我回家。」林若蓮下車後對著車內的周智誠說道。

「不客氣，這是我們應該做的，很抱歉拖到這麼晚。」

「沒關係啦……那我明天什麼時候到你們那邊？」

「我看林小姐有事情要忙，那妳就先忙妳的事吧，倘若有什麼疑問，我們警方會再與妳聯絡的，到時還望妳能繼續配合。」

「ＯＫ，沒問題。」

「林小姐，」坐在車子後座的姜巧謹說，「謝謝妳的協助。」

「這不算什麼啦，我倒是覺得自己沒幫到什麼忙呢。」

「千萬別這麼說，要不是有妳，我們也不可能看出第四件案子的現場是仿造『B of the Bang』設計而成的。」

「可是就算知道這點，對案情好像也沒什麼幫助吧。」

「不，很有幫助，讓我們多少可以了解兇手的思考模式。」

「呵，那就好。」林若蓮露出笑容，「那，今天就先這樣囉，拜拜。」

林若蓮揮手向車內的三人道別後，就轉身走進大樓裡。

車子接下來朝姜巧謹的住處前進。

「周警員，關於你未婚妻的事，我很遺憾。」

車子駛離大樓沒多久，姜巧謹就開口說道，這段話她憋在心裡好一段時間。

聽到姜巧謹的話，周智誠轉頭看著坐在後座的她。

「要是我知道你未婚妻的事，我會更婉轉地說出我的推論。」

「妳不用自責，妳的說法根本沒什麼不妥。」周智誠把頭轉回，眼睛注視著前方，「不然妳還能怎麼說？」

姜巧謹想說些話來安慰周智誠，但是卻找不到一句適當的言詞。

「更何況，友實是被兇手預謀殺害，還是因為兇手的一時衝動遇害，兩者有何差別？……難不成知道友實是被預謀殺害，我就能對她的死稍稍釋懷嗎？……不可能的，那根本不可能……」周智誠不著痕跡地嘆了口氣，「不管『奪命設計師』的動機為何，他都要為友實的死付出代價。」

周智誠再度把頭轉向姜巧謹，表情十分鎮靜嚴肅。

「我只希望妳能盡速將『奪命設計師』這個連續殺人犯找出來，其他的一點都不重要。」

說完，周智誠轉過頭，整個人靠在椅背上，重重嘆了一口氣。

「我一定會的。」望著周智誠的身影，姜巧謹作出簡潔有力的承諾。

五分鐘後，車子開到姜巧謹所住的公寓前方。車門才打開一半，姜巧謹的手乍然停住。

「周警員，我以前當過一陣子的心理諮商師，倘若你想找個人談談，儘管打電話給我，不要客氣。」

三秒鐘的沉默。

「謝謝妳。」周智誠頭也沒回地向姜巧謹道謝。

「那我也可以嗎？」張明鋒突然轉過頭來問道。
張明鋒的舉動惹得姜巧謹笑了出來。
「當然可以，如果你也有問題的話。」
姜巧謹跟兩人道別後，就下車走進公寓內。
「姜小姐真是人正心也正。」
周智誠對張明鋒的評語不置可否，只是側著頭凝視姜巧謹翩然離去的背影，忽然一種難以言喻的感覺佔據了他的心房，他無法具體形容這種感覺是什麼，霎時只覺得自己的胸口好鬱悶好沉重。

5

周智誠跟張明鋒一踏進遠藤印刷公司，隨即就聞到空氣裡飄散著一股濃濃的紙味和油墨味。
在轄區派出所員警的帶領下，兩人走進封鎖線內察看情形。
「死者叫陳可珊，是遠藤印刷公司的員工，根據印刷公司老闆的說詞，昨天晚上他吩咐陳可珊等機器印刷完、確認文件無誤後，把所有的電源關閉再離開。結果隔天員工來公司卻發現了她的屍體。」
周智誠一邊聽著派出所員警的報告，一邊觀察著命案現場。
死者的屍體倒在地上，旁邊散落著一堆紙張和小冊子，上頭不約而同地出現

「CreatEnigma」這個怪異的英文單字。死者脖子上除了有被勒殺的痕跡之外，兇手還割開死者的喉嚨，大量的血液從傷口流出，在地上聚積成一大片怵目驚心的血塘。

死者的左腳穿著一隻醒目的黃色高跟鞋，右腳則是光溜溜的裸足。

周智誠搜尋了一下，很快就發現另外一隻黃色高跟鞋掉落在距離陳屍位置十公尺外的影印機旁——這個畫面立刻讓他聯想到友實的案子。

「該不會……」周智誠連忙走到屍體旁，彎下身子將死者的上衣微微往上拉，他發現死者的腰部上有三道血跡已經乾枯成暗褐色、交錯在一塊的S形刀傷。

第七章——費布納西數列 Fibonacci Sequence

數列中的數目，每一個數目都是前兩個數目的總和。

——《設計的法則》費布納西數列

1

市刑大的會議室裡在召開專案小組會議，市刑大隊長杜明概在講台上對著所有員警說明任務分配的事宜。

今天早上的陳可珊命案證實了「奪命設計師」依舊還活著的事實，所以警方再度成立一度解散的專案小組。

姜巧謹也坐在會議室裡聆聽會議簡報，她的出席引起在場與會員警的一陣騷動，不過她絲毫不受影響地做著筆記。

會議結束之後，員警紛紛離席，僅剩周智誠、張明鋒和姜巧謹三人繼續留在會議室。

「姜小姐，現在會議室讓妳使用，倘若妳有任何吩咐儘管說，現在不只我和明鋒可以供妳差遣，還多了專案小組的人手，我相信這次一定能將『奪命設計師』一舉成擒。」

周智誠在講這段話時，儘管他臉上擺出嚴肅的神情，但仍掩蓋不住內心的喜悅。

「好，我去跟專案小組的其他人交代一些事項，明鋒，你向姜小姐報告一下今天早上的那件命案，麻煩你了。」

說完，周智誠就走出會議室。

「周警員還真是充滿幹勁呢。」

「這也難怪，」張明鋒露出一絲苦笑，「自從專案小組解散後，他就獨自一人奮戰到現在，就算是休假，他還是持續調查這件案子，四處去訪查相關人士，可以說把所有的心力都投注在這件案子上，也因此變得有點鬱悶陰沉，跟他以往朝氣蓬勃的模樣大相逕庭……現在專案小組再度成立，有了大家的協助，他將不再孤軍奮戰，所以才會再度激起他的鬥志吧。」

姜巧謹看見會議室外周智誠對著一群員警講話的場景，內心的同情與憐憫不禁油然而生，同時也在心裡發誓：一定要盡快抓到「奪命設計師」。

「張警員，我們趕緊來看今天早上的這件案子吧！」

「喔，好。」張明鋒走到白板前，拿出相關資料，用磁鐵黏在上頭，「死者叫陳可珊，在遠藤印刷公司工作，昨天老闆要她等到印刷工作完成之後再離開，所以昨天晚上公司只有她一個人，隔天被其他員工發現陳屍在公司內。」

在聆聽著張明鋒報告的同時，姜巧謹仔細瀏覽白板上的命案現場照片。

「陳可珊跟之前的死者一樣，都是被勒斃，身上也有S形的刀傷，不過這次變成了三道。」

「三道？」姜巧謹問。

「對，三道S形刀傷交叉在一塊。」張明鋒指著傷口的照片說。

「簽名特徵又演化了，不過我還是看不出演化的規則。」

「還有，現場採集到數個沾有死者血跡的鞋印，極有可能是兇手離開現場時不慎留下的鞋印，鞋印大小是二十五號尺寸。」張明鋒補充警方最新發現的一項重要線索。

此時巧謹注意到照片中的死者倒在一堆ＤＭ中，腳上的黃色高跟鞋少了一隻，而另外一隻高跟鞋出現在另外一張照片裡。

「這隻高跟鞋掉在什麼位置？距離屍體有多遠？」

「掉在陳屍位置十公尺外的影印機旁。」

「這麼說來，兇手很可能是假借要影印而進到印刷公司，然後再藉機殺害死者，而死者的鞋子就在這個時候因為激烈掙扎而掉落。」

「是有這個可能。」張明鋒點頭附和。

「可是既然是在影印機前被殺害，為什麼死者陳屍在十公尺外？……還有，這次兇手的行兇方式作了變更，前四件案子只是單純地勒殺，然後再補上Ｓ形的刀傷，但是這回卻在勒殺之後，在死者的脖子多抹上一刀，這麼做的目的是為了什麼？」

「有沒有可能兇手在勒殺死者的時候，意外被她掙脫，所以接下來兇手才改用刀子將死者殺害？」

「不，這種可能性不高，至少從命案現場的照片看不出這個可能，因為我沒看見刀傷血跡噴濺的痕跡，」姜巧謹纖細的手指指尖逐一劃過印刷廠命案中員警拍下的數十張現場照片，「除了地上那一大攤血之外，沒有任何刀傷的血跡噴濺痕跡，從這點判斷，脖子上的刀傷應該是死後才造成……等驗屍報告出來，看看傷口是否是死後才造成，到時就可以驗證我的推理是否正確……」

姜巧謹的話說到一半，周智誠突然出現在會議室門口。

「案情有重大的突破，有案發當時的錄音檔，我已經複製了一份。」周智誠邊說邊揮舞著手中的隨身碟，從他的表情不難看出他內心的激動。

「這是怎麼回事？」張明鋒不解地問。

「死者陳可珊的男友懷疑陳可珊腳踏兩條船，所以在她的包包裡放了錄音筆，想要藉此釐清女友移情別戀的嫌疑，說不定那支錄音筆會錄下案發當時的聲音。」

「那趕緊放來聽聽。」

「好。」周智誠走到筆電前坐下，然後將隨身碟插入筆電的USB插孔。

檔案一開啟，出現的並不是案發當時的錄音，而是更早之前的錄音，是一群人講話的聲音，感覺像是遠藤印刷公司的員工在交談。

周智誠約略計算了一下，然後把檔案播放時間調到案發當時。

「應該是這裡才對。」周智誠說。

會議裡的三人都期待著接下來播出的聲音能引導他們走出五里霧中，然而卻只聽見印刷機運作的嘈雜聲響，幾乎完全聽不見別的聲音。

「根本都是印刷機的聲音，完全聽不到……」

「噓！」姜巧謹將手指豎在鼻尖前方，示意張明鋒安靜不要說話。

除了印刷機運作的聲音，似乎還有細微的交談聲，但是對話內容相當模糊，只能隱約聽出一對男女在對話，交談聲不到兩分鐘就結束，剩下印刷機運作的背景聲音——這個結果讓姜巧謹臉上專注聆聽的神情失望地潰散。

「該死，本來想說可以錄到那個傢伙的聲音的，沒想到……」周智誠沮喪低下頭，接著狠狠捶了桌子一下。

看見周智誠如此沮喪，姜巧謹可以理解他的心情，好不容易找到關鍵證物，以為可以順利突破案情，但沒想到卻功虧一簣，就像是賽跑時快抵達終點，但一個不留神失足跌倒在地，讓原本領先的優勢喪失殆盡，拱手把金牌讓人，這的確比一路落後更令人感到挫敗。

周智誠抬起頭時，不經意與姜巧謹望著他的視線交會，他先是愣了一下，接著一臉氣憤地把頭偏過去。

這個舉動讓姜巧謹感到錯愕，她不明白周智誠為什麼要遷怒於她，是自己剛剛說錯了什麼話嗎？

「以警方的技術，能從雜音中過濾出錄音檔裡那名男子的聲紋嗎？」姜巧謹鼓起勇氣詢問。

「就等鑑識中心那邊的回報，」周智誠冷冷地回答道，「不過以我個人的經驗來判斷，難度相當高，背景音干擾太嚴重了……」

登登登登——登登登登——

突然，這段錄音出現了一陣清楚的鈴聲，即便印刷機運作的聲響並未減小，但鈴聲旋律卻清晰可辨，這陣鈴聲持續了十五秒鐘左右才中止。

「這個是……」張明鋒問。

「我猜是手機鈴聲吧，如果不是死者的手機鈴聲，就是兇手的手機鈴聲……看來這個兇手很謹慎，沒有接聽手機。」周智誠作出判斷。

「這個手機鈴聲好耳熟喔，這首曲子很有名，常常聽到，不過不知道曲名叫什麼？」

「是〈第五號交響曲〉。」姜巧謹回答張明鋒的問題，「這段手機鈴聲是貝多芬的〈第五號交響曲〉。」

2

「三道？」看到會議室白板上的照片後，林若蓮一臉驚愕地望向姜巧謹，「兇手的簽名特徵又再度演化了耶。」

由於第五件案子出現了一些疑點，所以姜巧謹再度聯絡林若蓮，請她到市刑大來了解情況。

「嗯，至於簽名特徵演化的規則到底是什麼，我到現在還搞不清楚。」姜巧謹轉向張明鋒問道，「張警員，你調查的結果如何？貝多芬〈第五號交響曲〉的鈴聲是來自死者的手機嗎？」

「不是，死者的男友說，陳可珊的手機鈴聲是周杰倫的〈以父之名〉，看來這個陳小姐是周董的粉絲呢。」張明鋒笑說。

「既然如此，貝多芬〈第五號交響曲〉的鈴聲就是來自兇手的手機，這點或許是條很好的線索。」

「姜小姐，妳懂得真多，居然知道那首曲子的曲名是〈第五號交響曲〉。」

「我有時會聽古典樂，偶爾聽點古典樂挺能舒緩身心的疲憊。」面對張明鋒的讚美，姜巧謹輕描淡寫地回應。

「結果出來了。」周智誠出現在會議室的門口。

林若蓮見到周智誠時，稍稍調整了一下坐姿——這個不經意的小動作被姜巧謹捕捉到了。

「如我所預測的那樣，分析不出兇手的聲紋。」

其實根本無須聽周智誠的答案，光看他的表情就知道鑑定結果兇多吉少。

「可惜。」姜巧謹對此感到扼腕。

「沒關係啦，」張明鋒安慰道，「至少我們知道了兇手的手機鈴聲，那個雜種肯定沒料到他的手機鈴聲會被錄下來，現在我們只要找到可疑的嫌犯，測試一下他的手機鈴聲，就可以知道他是不是『奪命設計師』了。」

「啊！」

林若蓮發出一聲驚叫，其他三人好奇地看著她。

「不好意思，」林若蓮紅著臉說道，「……我想我知道簽名特徵演化的規則了。」

「是什麼？」姜巧謹問。

「費布納西數列。」

「費布納西數列？……啊！」姜巧謹才一說完，如夢初醒的表情就在臉上綻放開來，她也看出了箇中奧祕。

「費布納西數列的規則是『數列中的數目，每一個數目都是前兩個數目的總和』，有『數學的黃金比例』之稱，像是1、1、2、3、5、8、13這樣的數列。」林若蓮繼續說道，「我們可以在一些大自然的事物裡發現『費布納西數列』的蹤跡，例如花瓣、人類手掌骨頭數目，甚至在人為的藝術品，像是建築、繪畫、音樂，都可以看到『費布納西數列』的運用，比方說：貝多芬的〈第五號交響曲〉就隱含『費布納西數列』的規則。

「由於『費布納西數列』出現在一些大自然的事物裡，渾然天成，因此被人類認為是一種美感的展現。對我們設計師來說，倘若在設計上有運用『費布納西數列』的可能性，就可能會使用它。」

「所以妳認為『奪命設計師』選用貝多芬〈第五號交響曲〉作為手機鈴聲，代表他是一個會遵照『費布納西數列』這類設計法則的設計師？」姜巧謹問。

「這是我的直覺啦，不過對照兇手在屍體上留下的簽名特徵，一切不就解釋得通了？」林若蓮起身走向白板，「第一具屍體身上有一道S形刀傷，第二具屍體身上也有一道S形刀傷，第三具屍體則是有兩道S形刀傷，第四具屍體則是有三道S形刀傷——S形刀傷的數目完全符合『費布納西數列』的演進規則。」

「可是第三件案子裡的被害人蔡榆如身上只有一道刀傷。」周智誠不以為然地提出反駁。

「不過她並沒有死，不是嗎？也許『奪命設計師』還來不及劃下第二道S形刀傷，就被她掙脫，所以『奪命設計師』並沒有把第三件案子視為成品，對他來說，失敗品不能算進他的設計成果裡……呃，我是指他的犯案啦。」林若蓮似乎對自己的說法感到有些不妥，於是補上最後一句解釋。

「那……照『費布納西數列』的規則來說，下一具屍體身上會有五道S形刀傷囉？」驚恐在張明鋒的話語裡微微顫抖。

即便這個問題的答案很明顯，但是卻沒人敢回答。

3

「台北市刑警大隊今天下午向媒體宣佈：半年前橫行大台北地區的連續殺人犯『奪命設計師』再度犯下兩起命案。這兩起命案分別發生在十二月十七號和十八號，死者為三十二歲的女性劉雨儂，和二十八歲的女性陳可珊。

「先前警方認定『奪命設計師』已經在追捕過程中落水身亡，但是卻未在河中打撈到『奪命設計師』的屍體，當時為了不讓社會大眾繼續為『奪命設計師』擔心受怕，警方對外宣稱『奪命設計師』已經喪命，但是現在這兩件命案卻宣告『奪命設計師』還活著的事實。

「半年前犯下三起案件，殘忍殺害兩位無辜市民的『奪命設計師』現在又繼續犯案，面對『奪命設計師』的犯行，警方很快成立專案小組來應對，警政高層也下達限期破案的命令。專案小組的發言人透露：目前警方已經掌握關鍵線索，相信在近期就能將『奪命設計師』逮捕到案，讓社會不再人心惶惶……」

陳傑鴻若無其事地看著電視新聞報導，他現在正在麥當勞裡吃著午餐，他點了雙層吉士牛肉堡套餐，味道還滿不錯的。

警方已經成立專案小組，也開始將這兩件案子跟半年前的三件案子連結在一塊——到目前為止，一切都照著計畫在走。

不過再怎麼完美的計畫，也會出現難以預期的差錯。比方說：昨天在殺害陳可珊的時候，手機鈴聲竟然無預警地自腰際響起，把當時正在將屍體拖離影印機的他嚇了一大跳。

好在當時印刷機運作的聲響夠大，可以掩蓋住手機鈴聲。他瞧了手機螢幕一眼，是沈百駒打來的，他索性不接電話，等到鈴聲停止之後，再將手機鈴聲調為靜音。

就算整間公司內沒人，但難保屋外不會有路人經過聽到鈴聲，進而提供〈第五號交響曲〉這條線索。

會用〈第五號交響曲〉當手機鈴聲的設計師應該不多吧，陳傑鴻心想，萬一警方用最笨的方法，逐一調查在台北市工作的設計師，那麼〈第五號交響曲〉的手機鈴聲就是一個很好的證據，即便不能定罪，但至少會在警方的嫌犯名單待上好長一段時間。

看來，我做事還是得更小心一點……

「嗨，大設計師。」沈百駒準時現身，他在陳傑鴻的面前落座，「今天改吃麥當勞啊！」

「廢話少說，你找我有什麼事？」陳傑鴻不理沈百駒的廢話，直截了當地問道。

「關於錢的事。」沈百駒從陳傑鴻的餐盤上的薯條包裡抽出一根薯條，在撕開的番茄醬包上沾了點番茄醬。

「我不是說月底再給嗎？」

「可是我現在有急用，要繳房租。」沈百駒把沾有番茄醬的薯條送進嘴裡。

「唉……」陳傑鴻惱怒地嘆了口氣，「那一萬塊夠嗎？如果你現在就要，我只能給你這麼多。」

「如果可以的話，那就太好了。」

「我晚上再拿錢給你。」

「真是太謝謝你了。」沈百駒搓著雙手，露出貪得無厭的笑容。

「對了，我能跟你借車嗎？」
「借車？」沈百駒伸出舌頭舔掉沾在嘴角的鹽巴。
「對，我想借你的那輛白色LEXUS休旅車。」
「你怎麼不去租車啊？」
「你也知道我這個人不太願意跟陌生人互動，更不想去處理那些繁複的瑣事。能跟熟人借車，對我來說是最方便的。」
「好啦好啦，我們是好朋友嘛，借車給你當然沒問題啊！你要去哪啊？」
「出去兜風散散心而已。」陳傑鴻敷衍地擠出笑容，「那晚上你就把車開來，到時我再把錢給你。」
「OK, no problem!」
沈百駒繼續吃著陳傑鴻餐盤上的薯條，而電視上依舊報導「奪命設計師」的新聞。
「欸，對了，我昨天打電話給你，你怎麼沒接啊？」
這個問題搭配上電視新聞的播報聲，陳傑鴻平靜的心底起了一陣波瀾。
「那個時候我睡了。」
「你的手機鈴聲不是挺大聲的嗎？這樣還沒辦法把你吵醒喔？」
陳傑鴻靜靜地吃著漢堡，沒有回答沈百駒的問題。
「好，我還有事，要先走了，那你要拿車的時候，再打電話給我，我到時開車過去，順道跟你拿錢。」嘴裡塞滿薯條的沈百駒起身，含糊不清地說道。
剛剛在心底揚起的那陣波瀾又在瞬間消逝。

「到時候見。」陳傑鴻淡淡地說。

4

姜巧謹在會議室內翻閱五件案子相關的資料，而林若蓮則是用自己的筆記型電腦畫室內設計圖。

先前姜巧謹告訴林若蓮：倘若工作繁忙，可以先回工作室，要是警方有任何疑問會再跟她聯絡，不過林若蓮隨身帶了筆記型電腦，她早已做好在會議室繪圖的打算，這麼一來，就可以在巧謹的身旁待命，等候指示。

既然林若蓮自願這麼做，姜巧謹也樂於接受她的好意。過了一個小時，姜巧謹疲憊地摘下紅色框架眼鏡，休息片刻。

相關資料都已經被翻到爛了，卻還是沒有突破性的進展，還是不知道兇手選擇那些被害人的原因為何。

不過巧謹卻發現一個很奇怪的地方，那就是第四第五件案子的間隔時間太短了，不同於前三件命案的間隔時間約有十多天，最新的兩件案子間隔卻不到一天。

「奪命設計師」重出江湖後，不但改變了簽名特徵和行兇手段，還改變了犯案頻率——這到底是為了什麼？

經過一番苦思，姜巧謹還是沒有找到答案，她索性闔上資料夾，抬頭望向坐在會議桌對面的林若蓮，想趁著這段休息時間跟她聊聊天。

雖然林若蓮稱不上漂亮，但是全身上下散發著一股迷人的知性美，這種特質令姜巧謹對林若蓮充滿好感，她確信自己能跟林若蓮成為好朋友。

「林小姐，妳設計圖畫得怎麼樣？」姜巧謹關心地問道。

「喔，」林若蓮自筆記型電腦螢幕抬起頭，「進度還ＯＫ，今天說不定可以畫完，我明天下午就要向客戶提案了。」

「那就好，我很擔心妳因為這個案子而延宕了工作進度。」

「妳不用擔心啦，我會衡量自己的情況，要是真的工作進度落後，我一定會老實告訴你們的。」林若蓮笑著說。

「妳的工作室就妳一個人，那妳忙得過來嗎？」

或許是打開話匣子，姜巧謹不經意提出這個她很好奇的問題，但是話才一出口，她馬上就意識到自己不該問這個問題。

不過林若蓮的反應卻出乎姜巧謹的意料之外，她的情緒沒有顯著的變化，臉上依舊保持著笑容。

「還可以啦，習慣就好……妳不要看我這個樣子，我很獨立自主的喔。」林若蓮神情得意地說，「我從國中時期就立定志向要走設計這一途，而且也做好要出國留學的準備。大學畢業後，我本來想去歐洲念設計，不過爸媽不放心，他們不想我跑太遠，再加上日本那邊有親戚照應，所以最後我就奉父母之命，到日本去念設計。

「不能到歐洲念書，我是有點失望啦，不過日本是亞洲第一設計大國，設計風格也很接近台灣人的喜好，於是我很快就把失望的心情拋到九霄雲外了。

「在武藏野美術大學（Musashino Art University）念了三年的工藝工業設計後，我本來想留在日本工作，不過爸媽卻希望我回台灣，這樣他們才能看見他們的乖女兒嘛。」語末，林若蓮做了個鬼臉。

林若蓮的表情把姜巧謹逗笑了，她聽這段故事聽得津津有味。

「回到台灣後，由於室內設計的實務經驗與關係人脈不足，所以我不打算立即進入室內設計工作室或自行接案，而是先到一家室內設計雜誌社當編輯，吸取設計相關的經驗，也就是在那裡，我認識了我的前男友韓德烈。」

說到這裡，姜巧謹猶豫著該不該節制自己的笑容，因為她擔心林若蓮是以悲傷的心情來講述這段往事，要是聆聽者臉上掛著笑容，似乎有點失禮。

不過林若蓮述說過往回憶的表情相當怡然自得，完全看不出難過的樣子，所以姜巧謹決定把同情心藏好，讓笑容留在臉上。

「我一直在想：倘若我不聽爸媽的話，堅持留在日本，我的人生際遇究竟會變得怎樣？雖然我知道這種假設情況沒有任何意義，畢竟人生不能重來嘛，不過萬一當初我留在日本，我就不會遇見我的前男友，而我也許就不會變得像現在那麼獨立好強了。

「我前男友是負責雜誌的廣告業務，我進雜誌社沒多久，他就開始追我，可能是因為我剛到一個陌生的環境，什麼都不懂，所以就傻傻地被他騙了。」林若蓮說著說著就笑了出來，「說也奇怪，以前獨自一人的時候，很有自己的想法，會不時在腦中編織自己美好的未來，但是一當身旁有人可以依靠的時候，反倒什麼都不去想，只想倚靠在另一半身上，把自己的未來都丟給他煩惱。

「除了在雜誌社擔任編輯，我也在網路上接一些平面設計案來做，除了多賺點錢之外，還可以磨練一下自己快生鏽的設計才能。後來有一天，我的前男友問我有沒有自行創業接案的念頭，他說他當別人的員工當得有點煩了，反正都是要忙，倒不如為自己忙。

「他長期跑室內設計裝潢這塊廣告業務，認識不少業主，也熟悉台灣一般室內設計工作室的運作流程；而我要是繼續待在這間雜誌社，只會埋沒自己的設計專才，倘若我跟他攜手一起創業，鐵定能幹出一番大事業。

「即便我早就有自行創業的念頭，但我對雜誌編輯工作也沒有什麼不滿，不過就如我剛剛說的，女人在陷入熱戀的時候，很容易就把自己的未來託付在另一半身上，所以當我看到他對我訴說兩人美好前景的專注神情，我想都沒想就一口答應他，陪他一起去闖。

「離職後，我們立刻租了一間住辦合一的工作室，也就是你們看過的那間，一開始還算順利，就獨自創業的設計師來說，生意算是相當不錯，靠著我前男友跑業務所累積的人脈和關係，要找到客戶並不是太難的事，而我的設計成果也讓客戶感到滿意，於是我們的工作室很快就建立起口碑，在業界打出名聲。

「原本以為小倆口同心齊力的日子能夠平平順順地走下去，但是這樣簡單的願望很快就破滅了，我的前男友在外頭跑業務的時候認識了別的女人，那段期間，他每天都忙到很晚才回工作室。

「每當我質問他，他老是推說他跟客戶應酬，或是到外縣市洽談業務才會晚歸，而我則是整天忙著畫設計圖，也沒有餘裕去懷疑他的說詞。」

說到這裡，林若蓮的臉色轉瞬間變得黯淡，這個轉變也連帶影響姜巧謹臉上的笑容。

「姜小姐，妳猜我跟我前男友是怎麼分手的？」

林若蓮突然拋出這個問題，令姜巧謹有點措手不及，她不知道該如何回答這個尷尬的問題。

「不是我前男友劈腿東窗事發被我發現，而是他主動提出分手的，沒有任何預警。」林若蓮的口吻相當平淡，但是卻聽得出字字句句隱含憤恨，「『我已經愛上別的女人了』——那天晚上他回來之後，這麼對我說。那時我還聞到他身上有那個女人殘留的香水氣味，我想他大概是豁出去了，才會這麼肆無忌憚、毫不掩飾吧！

「雖然我個性很驕傲強悍，不願意為了感情挫折而低頭，但我很珍惜我和他之間的感情，所以我打算向他低聲求饒，希望他能回心轉意。不過在我這麼做之前，他卻跟我說他很對不起我，所以他什麼都不要，不管是工作室或是我和他共同帳戶裡的存款，他全都可以放棄，他想要用這些東西彌補我的損失。

「他願意放棄一切的宣言，彷彿當面狠狠地賞了我一巴掌，腦袋瞬時一片空白，完全不知道該說什麼來挽回他。」林若蓮停頓了片刻，用楚楚可憐的眼神望著姜巧謹，「姜小姐，妳知道嗎？最讓我難過的，不是他移情別戀這件事，而是他竟然願意為了那個女人放棄掉一切，他這麼做，讓我連挽救的餘地都沒有……我這輩子從來沒有輸得這麼慘過……」

林若蓮的痛苦，姜巧謹感同身受，她也明白這種被背叛的感覺，巧謹的前男友也是因為移情別戀而跟她分手，不同的是，巧謹的前男友一開始並未向她坦承，直到最後兩人分手之後再度碰面，前男友才告訴她兩人分手的真正原因。

到底哪種情形比較令人心痛？巧謹無法判斷。人們往往都說「希望知道真相」，但真相往往十分殘酷，殘酷的程度是一般人無法想像體會，有時甚至殘酷到會令當事人後悔知道了真相。

正當巧謹想說些什麼來安慰她的時候，周智誠出現在門口，手上拿著兩個紙杯。

林若蓮一看見周智誠，立即乾淨俐落地收起憤恨的情緒，恢復到平日知性專業的模樣——這一幕姜巧謹完全瞧在眼裡。

「剛才我出去的時候，經過85℃，就順道買了兩杯咖啡，想說請妳們喝，慰勞一下妳們的辛勞，不知道妳們喜不喜歡喝咖啡？」周智誠邊說邊走進會議室，把手上的紙杯放在桌上。

「謝謝，」林若蓮拿起紙杯一瞧，雀躍地歡呼，「是拿鐵耶，我很喜歡喝拿鐵。」

「那就好。」周智誠面無表情地說著，接著他望向姜巧謹，「……姜小姐，咖啡妳可以喝吧？」

「我沒問題，謝謝你的咖啡。」

「辛苦妳們了。」說完，周智誠就離開會議室。

「周警員好體貼喔。」林若蓮說這話時，臉頰泛出紅暈。

姜巧謹沒有答話，只是自顧自地喝著咖啡，她的嘴角微微揚起。從這段期間的觀察，姜巧謹很清楚地意識到一件事：林若蓮對周智誠有好感。

「對了，林小姐，我想既然無法從死者身上找到線索，倒不如轉個方向，從倖存者身上找線索。」姜巧謹放下手中的紙杯，「我打算去拜訪蔡榆如，看能不能從她口中問出什麼……妳願意陪我一起去嗎？」

蔡榆如侷促不安地看著坐在她對面的姜巧謹和林若蓮，她的樣子看起來有點憔悴，雖然臉上有化妝，卻仍然掩飾不了濃郁的黑眼圈。

即便距離案發至今已經過了半年之久，但是仍不難看出那件案子在她身上留下的痕跡。

經歷到巨大創傷的當事人或多或少會罹患「創傷後壓力症候群」，倘若病情較嚴重，遲遲無法走出陰霾，日後有可能會併發憂鬱症之類的心理疾病。

看到蔡榆如這個樣子，姜巧謹心想：不知道她有沒有去求助心理醫師或是心理諮商師？

「怎麼又有人來問這個案子？案子不是已經結束了嗎？」蔡榆如一臉困惑地問。

「蔡小姐，妳沒看新聞嗎？『奪命設計師』又再度犯案了。」

「什麼？」蔡榆如塗上鮮紅色口紅的嘴唇微微顫抖。

看到蔡榆如猶若驚弓之鳥的表現，姜巧謹覺得十分過意不去，在來這一趟之前，她就在擔心自己的造訪或許會觸碰到蔡榆如已經癒合、或者尚未癒合的傷口。

「蔡小姐，由於『奪命設計師』再度犯案，所以專案小組再度成立，而我接受警方的委託來調查這件案子，現在案情陷入膠著，我翻遍這件案子的所有相關資料卻還是沒有頭緒，所以我才會想來請教妳幾個問題。」

「可是警方問得還不夠嗎？我真的不願再去回想那些可怕的回憶了……我求妳們放過我好嗎？」蔡榆如哭喪著一張臉對來訪的兩人說。

「蔡小姐，」姜巧謹伸出手，握住蔡榆如冰冷無血色的手掌，「我知道妳被這件事情糾纏了很久，妳也很努力要回到過往正常的生活，不過『奪命設計師』現在又再度犯案，他正處心積慮地物色下一名被害人，我不知道還有多少人將會被他殺害，或者是像妳一樣，幸運逃過一劫，但往後卻飽受傷痛的糾纏，得花費許多時間來找回正常的生活步調。我只知道萬一我找不到相關線索，就會有無辜的人繼續受害。」

蔡榆如一臉侷促不安地聽著姜巧謹的話，從她的表情看得出她抗拒的態度開始軟化，姜巧謹不著形跡地加強手掌的握力，試圖穩定她慌亂浮動的心緒。

「蔡小姐，或許妳認為不去想那些痛苦的回憶，是讓自己恢復正常最好的方法，但是我要告訴妳：唯有勇敢面對那些過往，才是走出傷痛的最佳途徑。」

姜巧謹本來還想要用威嚇的方式來逼迫蔡榆如，像是「如果不盡快找出『奪命設計師』，他很有可能再回來傷害妳」之類的說詞，但是一想到這個案件對她造成的陰影，姜巧謹就狠不下心來這麼說。

「好吧，」蔡榆如邊說邊嚥了一口口水，彷彿是下定決心那般，「妳們想問什麼？」

看到蔡榆如願意配合，姜巧謹露出欣慰的表情，她放開蔡榆如的手，調整一下坐姿。

「根據警方的紀錄，妳說妳那天跟三五好友到lounge bar聚會閒聊，散會之後，妳獨自一人走路回家，大約在晚上十一點四十五分的時候，在成都路上遭遇『奪命設計師』襲擊，他用尼龍繩緊勒妳的脖子並把妳拖進小巷……」

在陳述案情的同時，姜巧謹也隨時注意著蔡榆如聆聽的表情，只見她緊咬下唇，雙眼直盯著自己，但也就僅止於此，沒有更多激烈的情緒表現，所以巧謹放心地繼續說下去。

「……妳因為過度驚嚇而暈厥過去，但『奪命設計師』卻誤以為妳已經斷氣；接著他掀開妳的上衣，在腰部劃下S形的刀傷，就是這一刀讓妳痛到醒過來，妳忍痛奮力推開『奪命設計師』，起身朝巷口逃去，這時恰好有警車在街上巡邏，把『奪命設計師』給嚇跑了……以上是刑案現場紀錄上所記載的，除了這些，妳能再多給我們一些什麼線索嗎？」

曾替許多被害人做過心理諮商的姜巧謹很清楚，對被害人陳述案情是相當殘忍且不近人情的，但是為了讓蔡榆如更快進入狀況，更快想起當時的回憶，這也是逼不得已的做法。

姜巧謹本以為蔡榆如會先有抗拒排斥的情形，但是她卻很聽話地進入沉思狀態，瞇起雙眼，看起來像是在回想案發當時的情況。

沉默許久的林若蓮此時看了姜巧謹一眼，而姜巧謹用眼神示意對方靜候結果。

「不，很抱歉，我想不起來。」半分鐘後，蔡榆如說道。

蔡榆如的答案令姜巧謹感到失望，正當她還在考慮是否該結束訪談並離開的時候，突然有一條黃色的絲巾從陽台飛進來，掉在客廳的地板上。

蔡榆如起身將那條黃色絲巾撿起來，然後露出苦笑對另外兩人說道：

「呵，還真巧呢，今天有人來問『奪命設計師』的案情，這條絲巾就像是有了生命那樣，自己跑了出來。」

「蔡小姐，妳的意思是？」姜巧謹不解地問。

「我案發當時就穿戴著這條絲巾。」蔡榆如邊凝視著手上的絲巾邊說道，「我本來想把這條絲巾丟掉，因為我不想再回想起有關那件案子的回憶了；不過我男朋友卻勸我把這條絲巾留下來，因為他認為：說不定是這條絲巾帶給我好運，我才能逃離『奪命設計師』的魔掌。」

「大概是外面風太強了，才會把絲巾吹進來。」林若蓮起身，朝陽台的方向看去，「……在陽台晾衣服，一定要用夾子把衣物夾好。我也習慣把洗好的衣服晾在住家的陽台，有次颱風來襲，那時我趕設計圖趕到忘記把衣服收進來，結果衣服被大雨淋濕不說，還被吹得到處都是，我的幾件內衣還掉到樓下，真的是有夠糗的。」

「哈，林小姐也有這樣的經驗啊……」

聽到林若蓮分享自己的經驗，蔡榆如打開話匣子，滔滔不絕地跟林若蓮聊了起來，似乎把剛剛戒慎恐懼的情緒拋到九霄雲外了。

看到蔡榆如談笑自若，姜巧謹一方面覺得欣慰，慶幸自己的造訪並未對她造成太大的影響，另一方面卻也明白她將無法沿著這條線索找到案件的真相。

就在這時，蔡榆如手中的那條黃色絲巾沒來由地觸動了巧謹腦海當中的記憶。

是什麼呢？——巧謹在心底反覆地問著自己。只見前幾件命案的場景猶如一連串的蒙太奇，在她眼前一閃而過，最後畫面定格在蔡榆如手上的黃色絲巾。

「我找到這些命案的共通點了！」

姜巧謹下意識地喊出聲來，把客廳裡的另外兩人嚇了一跳。

第八章——強調手法 Highlighting

一種技巧，把注意力帶到一個文字區或影像區。

——《設計的法則》強調手法

1

遠方傳來機器運作的聲響，把一度昏迷過去的施忠元給吵醒，他的意識相當模糊，頭痛欲裂，他費力地睜開雙眼，發現自己整個人呈大字形躺在地上，雙手雙腳各被一條繩索綁住，幾乎無法動彈。

這到底是怎麼一回事？

施忠元想起了今天下午的情形，「創迷設計」的前員工陳傑鴻來找他，他記得這個傢伙，陳傑鴻以前有來過他這家鐵工廠，詢問工作進度，所以施忠元記得他。

兩人先閒話家常了一番，接著陳傑鴻問他今年「創迷設計」舉辦的設計展覽會的事。施忠元的這家鐵工廠跟「創迷設計」合作已經有兩年之久，負責承接一些鑄模工作和供應「創迷設計」所需的鋼鐵材料。

今年「創迷設計」打算在展覽會場的大門口，放置一塊上頭刻有「創迷設計」和「CreatEnigma」字樣的長方形鐵製看板，上禮拜收到他們送來的設計圖之後，鐵工廠就開始趕工。昨天才剛做好整塊看板，今天鐵工廠休息，明天就準備要替看板上色。

正當他想帶陳傑鴻去看那塊鐵製看板的時候，背後突然遭到一陣重擊，讓他瞬間失去了意識，等到醒來後，他發現自己被綁在地上，動彈不得。

陳傑鴻為什麼要這麼做？是為了錢嗎？鐵工廠內值錢的東西不多，更沒什麼現金，倘若陳傑鴻擊昏他是為了錢財，那他可要失望了。

施忠元用力地拉動繩子，想要掙脫束縛，無奈繩索綁得很緊，他試了三分鐘之後宣告放棄。

他心想：難不成要等隔天員工來鐵工廠上工，他才能擺脫身上的繩索？

此時工廠的另一端傳了一陣機器運作的聲響，這聲音讓他馬上想到叉架起貨機，是工廠叉架起貨機的聲音，他仰起頭發現起貨機朝他緩緩開來，在駕駛座上的人好像是陳傑鴻，起貨機的叉架上還有一塊鐵板。

天啊，他想要幹嘛？想開車輾過我嗎？

就在車輪距離施忠元的頭部約三公尺之際，起重機遽然停了下來，叉架上的鐵板微微向前滑了一下——這個現象讓頭部在叉架前端正下方的施忠元驚愕地倒吸一口涼氣，劇烈的心跳聲在耳畔盤旋。

躺在地上的他仰起頭，看著坐在起貨機裡的陳傑鴻，只見他緩緩起身，手中拿著一根棍子，推擠著叉架上的鐵板。

看見鐵板隨著陳傑鴻的推擠，凸出叉架的部分越來越大，施忠元驚愕地大聲呼喊。

「求求你，不要——」

長方形的鐵板自叉架上滑落下來，轉瞬間變成梯形的形狀——這是施忠元最後看見的一個景象。

2

「黃色，兇手專挑身上有黃色物件的被害人下手。」姜巧謹透過手機告知張明鋒她的最新發現。

離開蔡榆如的住處後，兩人先去用餐，接著林若蓮載著姜巧謹來到她工作室所在的大樓前，她告訴姜巧謹她要回工作室拿個東西，要她先在車內等一下，姜巧謹遂利用這個空檔打電話到市刑大，想要把她剛發現的線索告訴警方，接電話的人是張明鋒。

「黃色？」

「對……你人在會議室嗎？」

「是，我人在會議室。」

「那請你看一下白板上死者的照片，如果我沒記錯的話，第一個死者田階宇打著金黃色的領帶，第二個死者簡友實身上穿著橙黃色的上衣，第三個死者劉雨儂身上穿著鵝黃色的襯衫，第四個死者陳可珊腳底是踩著黃色的高跟鞋，而我剛剛到第三件案子的倖存者蔡榆如的家中去進行訪查，在訪查中我得知了蔡榆如在案發當時，脖子圍著一條粉黃色的絲巾。」

「欸……真的耶！」

「如果兩件案子的被害人身上都有黃色物件並無任何意義，三件案子都有或許是偶然，四件案子都有未免太過湊巧，五件案子都有肯定不是巧合。」

「妳說的好像有些道理……那我們現在該怎麼辦？向媒體發佈消息，要民眾不要隨身攜帶黃色的物件？」

「我們當然不能這麼做，」巧謹先是一陣苦笑，隨後變得有點沮喪，「很抱歉，我還沒想到該如何因應。」

「別這麼講啦，姜小姐，妳已經盡力了，至少妳找到了這條線索，我會把這條線索告知其他警員，請他們集思廣益，商討對策。」

「那就麻煩你了。」

「時間不早了，妳就跟林小姐回家休息吧。」

「好的。」

「再見。」

「再見。」

才一結束通話，林若蓮就回到車上，手中還拿著一張海報。

「那是什麼？」姜巧謹問。

「是我設計的海報，以前參加某家體育用品公司的海報設計比稿做的，雖然沒能錄用，但卻是我的得意之作。」

林若蓮將海報遞給姜巧謹，她接過海報仔細端詳，上頭是台灣旅美投手王建民穿著ＭＬＢ洋基隊黑白條紋球衣，站在投手丘上投球的英姿，背景用修圖軟體做了一番處理。

「妳是王建民迷嗎？」林若蓮問。

「我稱不上是王建民迷，不過以前電視轉播有他出場的比賽都會注意一下。」
「這張海報送妳。」
「送我？」姜巧謹又驚又喜地說。
「對啊，送妳，因為妳是我的好朋友嘛！」林若蓮俏皮地擠眉弄眼，「對吧，我們是好朋友吧？」
「嗯，當然，」姜巧謹被林若蓮的表情逗笑了，「謝謝妳的海報。」
「既然我們是好朋友，那妳以後不要再叫我林小姐了，就叫我若蓮吧。」
「好啊，那妳也叫我巧謹就好了。」
車子重新發動。
「對了，剛剛妳打電話給誰啊？」林若蓮手握方向盤，眼睛直視著前方。
「我剛打電話回市刑大，告訴警方我們去訪查得到的線索。」
「是周警員接的嗎？」
「不是，是張警員接的。」
姜巧謹側著頭看著林若蓮，思索了片刻，最後決定提出她心中的疑問。
「若蓮，妳是不是喜歡周警員啊？」
這個問題驚得林若蓮急踩煞車，煞車聲尖銳地在大馬路上流竄開來。
「巧謹，妳怎麼會這麼問？」
「呃……我只是好奇而已啦。」姜巧謹強忍著笑意說道，她沒想到林若蓮竟然會有這麼大的反應。

「我……」林若蓮紅著臉龐，活像個小女生似的，「……對，我對周警員有好感。」

林若蓮害羞的表情看起來好可愛，姜巧謹心想。有人說女人在戀愛時就會變成一個小女孩，這個說法非常準確。

「老實說，我之所以會答應來協助警方，最主要是因為被周警員誠懇的態度打動了。為了替她的未婚妻報仇，他努力不懈地追查這個案子，就算只剩他一個人孤軍奮戰，他也不輕言放棄……除了小說和電影裡的人物，我從未見過一個男人的愛可以如此執著……」林若蓮一臉甜蜜地說著，「雖然我跟我的前男友已經分手，但我不時還會想起他……不，別誤會，我不是想跟他舊情復合，我才不會原諒那個移情別戀的混球呢……大概是太恨他了吧，所以我一直無法忘掉他對我造成的傷害，只要一想到他，我的胸口就會忽然一陣鬱悶，充滿怨氣，整個人心煩氣躁，無法專心工作……而周警員出現後，我前男友的影像就再也沒出現在我的腦海中，彷彿順利擺脫了他的糾纏，也就是從那個時候開始，我知道我喜歡上了周警員。」

「那很好啊，或許周警員正需要愛情的慰藉，我想他孤獨久了，應該也想要身邊有個人陪著。」

「呵，我想應該不太可能吧，周警員這麼愛他的未婚妻，應該無法立即接受一份新的情感。」

「就算不是現在，但往後他一定也得找個伴吧。」姜巧謹握住林若蓮的手，「相信我，時間可以沖淡一切的。」

「聽到妳這麼說，我就放心多了。」燦爛的笑容在林若蓮的臉上綻放開來。

十分鐘後，車子開到姜巧謹的公寓前，姜巧謹跟林若蓮道別之後，走進公寓，乘著電梯，回到了自己的住處。

姜巧謹脫下外套，走進臥室內，拿出雙面膠帶，小心地把林若蓮送她的海報貼在牆上，才一貼好，巧謹就注意到海報的右下角簽有「Nolan」這個英文名字，她猜想：Nolan是若蓮的諧音吧！

這個「Nolan」的簽名筆畫圓滑，一氣呵成，絲毫沒有菱角的尖銳感，很符合林若蓮俏皮逗趣的個性。

林若蓮跟周智誠，兩個人都曾在感情方面遭遇到重大的挫折，倘若他們兩個人成為情侶，應該會很合得來吧？——巧謹暗忖。

不過周智誠這個人的態度相當冷漠，令人望而生畏，跟林若蓮活潑的個性大相逕庭；然而，巧謹知道冷漠的態度不過是他的偽裝罷了，從周智誠注意到自己因林若蓮婉拒警方要求而露出失望的神情，還有貼心地替她們送來咖啡，在在可以看出周智誠這個人的心思很細膩。

是因為失去了摯愛的關係，所以才如此武裝自己？由於過度傷痛，於是才一度把自己放逐到另外的一個世界，久久不願走出來？

這種感覺，姜巧謹完全能夠體會。她記得跟前男友林御潔徹底決裂的那一天，整個人彷彿是不存在這個世界般地被放逐到另外的一個世界，一度失去了讓自己人生繼續運轉下去的意義。

好在有她的好友蘇麗卿的鼓勵與支持，巧謹才得以度過這段難熬的時光，從另外一個世界走回到原來的世界，找回自己，找回那個既熱情又冷靜的姜巧謹。

姜巧謹現在衷心希望周智誠能跟她一樣，早日走回到原來的世界，找回那個陽光充滿朝氣的自己——這麼做不只是為了他好，也是為了林若蓮好。

希望這件案子一結束，這兩顆一度冷卻的心能夠因為彼此的相互依偎而再度回溫——巧謹在心底禱告著。

此時，放在化妝台旁的瓶中船出現在巧謹視線的一角，那艘瓶中船是他的前男友林御潔送給她的生日禮物。

即便自己不再愛著御潔，不再惦記著他，但是巧謹依舊保存著這艘瓶中船，這麼做不為了什麼，只是提醒自己千萬不要被那場情傷給擊倒。

周智誠和林若蓮的春天即將到來，那自己的春天又何時降臨呢？——巧謹露出苦笑，不去思索這個無法推理的問題。她脫下所有衣物，全身只著內衣內褲，走出臥室。

3

周智誠在姜巧謹居住的公寓對面的大樓天台，用望遠鏡窺視著她的住所，這時他看見全身只著內衣褲的姜巧謹離開臥室，片刻後，浴室的燈亮起，姜巧謹把窗戶關上，透過毛玻璃可以隱約看見她的身影——至此，他放下望遠鏡，中止偷窺。

周智誠表情痛苦地往後退了幾步，現在他的內心陷入天人交戰。他焦躁地自上衣口袋取出一只煙盒，從裡頭抽出一根煙。

此時姜巧謹聞到了周智誠身上的煙味，不自覺地皺起眉頭。

「不過最新的這件案子有很多可疑的地方，咳。」

由於煙味過於嗆鼻，巧謹半憋著氣說完這句話。

姜巧謹強忍煙味說話的模樣讓周智誠悵然若失地摘下叼在嘴邊的煙，用力折斷，甩到一旁。

姜小姐果然吸引到你的注意了……

——明鋒說得沒錯，姜巧謹的確吸引到我的注意。

簡友實死後，周智誠就再也沒有對別的女人動過情，因為他把自己的內心完全封閉起來。此外，他相信自己對簡友實的愛情忠貞不渝，就算要談一段新的戀情，那一定也是等偵破「奪命設計師」的案子之後，不過他不認為這世上會有哪個女人能比得上他的未婚妻簡友實。

哪知，一見到姜巧謹，周智誠就被她亮麗的外貌所吸引，他很難相信只不過看了她一眼，原本堅固的心防竟會出現了裂縫。

這個結果令周智誠大驚，於是他刻意冷淡地對待姜巧謹，甚至不給她好臉色看，因為他生怕自己所建立起的心防會因為姜巧謹而逐漸崩壞。

越是裝作不在意，越是表示自己很在意。

經過這段日子的相處，周智誠對姜巧謹的好感非但沒有因為刻意疏遠而減少，反而與日俱增。除了美貌之外，她的一舉手一投足，散發著優雅的氣質，待人處事給人一種既冷靜又熱情的感覺，兩種看似相互牴觸的特質竟在她身上完美地調合，絲毫沒有衝突與矛盾，就是這點深深吸引著他。

甚至可以說，只要見到姜巧謹，或是聽見她的聲音，他的內心就會充滿愉悅，這種愉悅的感覺能夠短暫舒緩他前陣子因失去友實而感受到的傷痛。

倘若你想找個人談談，儘管打電話給我，不要客氣。

姜巧謹的溫柔在周智誠的耳邊呢喃，就是這句話徹底瓦解了他的心防，很少有男人可以抗拒溫柔的女人，尤其是漂亮又溫柔的女人。

從那天起，周智誠的內心不時湧起想打電話給姜巧謹的衝動，不過他都極力壓抑下來。儘管周智誠壓抑得住打電話給姜巧謹的衝動，卻按捺不住心中想見姜巧謹的慾望，今天他假借警方要查案的名義，獲得管理員的同意進到這棟大樓，他想要從這棟大樓的天台就近窺視姜巧謹。

愉悅舒緩傷痛的同時，周智誠內心的罪惡感也隨之加深，因為友實過世還不到一年，他就喜歡上別的女人，對他來說，這種行為等同於背叛。

周智誠甚至開始擔心：倘若「奪命設計師」的案子一破，友實加諸在自己身上的制約就會解除，到時他極有可能會不顧一切地對姜巧謹展開熱烈的追求。

天啊！周智誠的雙手用力壓住自己頭顱的兩側，此時彷彿有一股力量在體內拉扯，將要把自己撕裂成兩半。

掙扎了好一會兒，他無力地跪了下來。

我是為了什麼而苟延殘喘活到現在？——周智誠在心底問著自己。他想起了友實死去之後自己猶如行屍走肉的人生，整天渾渾噩噩，不知所措，這樣的日子他過得好痛苦。

有天周智誠趁著執勤的空檔，拿出一個裝滿威士忌的扁平鐵製水壺，幾口烈酒入喉之後，他下意識地掏出手槍，放進自己的嘴裡，閉上雙眼，想要一槍結束所有的苦痛，到另外一個世界去找友實。

可是緊觸在扳機上的指頭卻遲遲無法按下，因為閉上眼睛的周智誠看見的畫面，是友實陳屍的那條窄巷，而窄巷盡頭的陰暗處站著一個人影，即便看不到輪廓，但他知道那個人是「奪命設計師」。

周智誠倏然睜開雙眼，緩緩把槍口自嘴裡抽出。

如果我要死，那也要等殺了「奪命設計師」之後再死——從那一刻起，周智誠確立了自己未來的人生計畫。

然而，姜巧謹的出現讓這個人生計畫發生了變化，自殺的念頭在周智誠的腦中慢慢消失，而友實的影像也不像先前那樣的清晰可辨。他現在最擔心的一件事，並非是要如何抓到「奪命設計師」，而是往後該怎麼去面對自己的罪惡感。

最終，周智誠站了起來，拍掉膝蓋跪地沾染的灰塵，準備下樓。

此時他心想：就讓這無法控制的一切順其自然地發展吧！

4

周智誠跟張明鋒接獲通報後，馬上趕往發生命案的百達鐵工廠，車子才一停好，隨即就聞到空氣中飄浮著鐵屑和化學溶劑的難聞氣味。兩人先跟轄區派出所員警打過照面，接著進到鐵工廠內察看情形。

一具屍體呈大字形躺在兩台大型機具之間的地上，一塊鐵板壓住死者的頭部，光看這個畫面，警方無須驗屍就可以立即判斷出死者的死因。

「死者叫施忠元，是百達鐵工廠的老闆，據員工表示，昨天是星期天，鐵工廠沒開工，不過老闆有時假日會到鐵工廠巡視，今天早上員工上班時，發現老闆死在裡頭，於是趕緊報警……」

派出所員警報告到一半，周智誠突然蹲下來，將臉湊近死者的腹部。

「明鋒，你看，是S形刀傷……而且還是五道。」周智誠指著死者腹部那五道交叉在一塊呈放射狀的S形刀傷。

「天……天啊，真的被林小姐說中了，什麼費布西納……」

「是費布納西數列。」周智誠糾正道。此時，有個畫面吸引了他的目光，是那塊壓在死者頭上的鐵板，鐵板上有「創迷設計」四個中文字，中文字下方則是有一個英文單字「CreatEnigma」。

對照「創迷設計」的中文名稱，「CreatEnigma」這個英文單字應該是結合「Create」和「Enigma」這兩個英文單字吧——周智誠心想。

「CreatEnigma？」周智誠試著唸出這個拼法特異的英文單字。

「欸？」張明鋒說道，「這個Cr什麼的英文單字是不是在哪裡看過啊？」

「我們曾在遠藤印刷公司看過這個字，在他們印刷好的印刷品上頭出現過這個單字。」周智誠一臉迷惑地回答張明鋒的問題。

第三階段

成熟

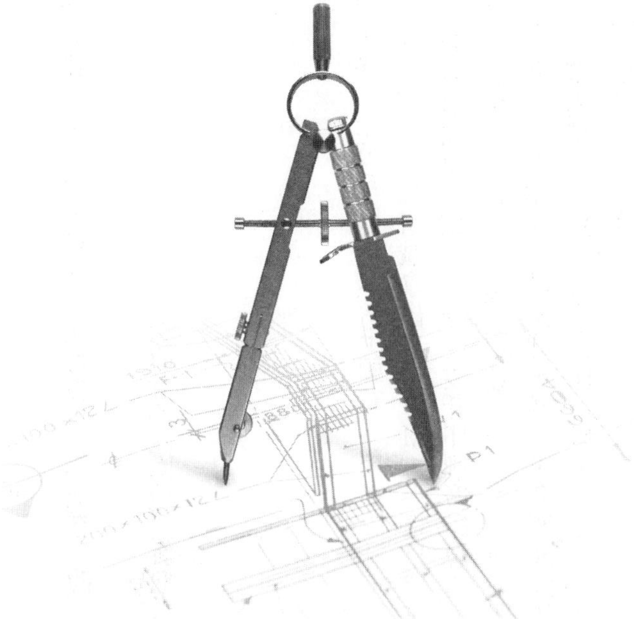

第九章——雛型設計 Prototyping

利用簡單、不完整的設計模型，來探索創意的可能性、詳盡地符合需要、改善規格，以及測試功能。

——《設計的法則》雛型設計

1

「創迷設計？」姜巧謹看著白板上的照片說道。

「發生在百達鐵工廠的命案，兇器是一塊重達二十公斤的鐵板，上頭有『創迷設計』這家公司的名稱字樣，還有『CreatEnigma』這個英文單字。」周智誠拿出一份ＤＭ，「這是遠藤印刷廠命案當中掉落在死者陳可珊四周圍的物品，這些ＤＭ是『創迷設計』委託印刷廠印製的。」

「還有那個出版社編輯劉雨儂也跟『創迷設計』有關係。」張明鋒補充道，「『創迷設計』委託『設計原點出版社』代為出版介紹他們公司旗下產業和設計師的書籍，書名叫《創迷設計——創造迷人的設計》，而第四件案子中的死者劉雨儂正是這本書的責任編輯。」

「那前三件案子呢？他們跟『創迷設計』有關嗎？」姜巧謹問。

這個問題讓張明鋒和周智誠相互對看了一眼。

「沒有，至少到現在我們找不到前三件案子跟『創迷設計』的關聯。」周智誠坦承。

「那你們又怎麼能斷定『奪命設計師』的目標就是『創迷設計』呢？」
在兩名員警尚未想出答案來回答姜巧謹的質問之前，林若蓮開口了。
「呃……我倒是有一個想法可以解釋這個情形。」
「請說。」
「我們設計師在設計出最終成品之前，通常會先設計出產品的雛型。」
「雛型？」
「嗯，雛型設計的目的在於測試，設計師會先設計出簡單不完整的設計樣品或模型，來探索各種可能性，並從中評估實際的需求與功能，作為最終成品的改善計畫。」
「所以妳的意思是：前三件命案是『奪命設計師』真正犯案計畫的設計雛型？」
姜巧謹問這話時，不經意地看了周智誠一眼，卻意外與周智誠的眼光相交會，他一臉尷尬地轉移視線，朝林若蓮望去。
姜巧謹原本擔心她的問題會不小心觸碰到周智誠的傷口，所以才特別注意周智誠的感受，沒想到卻捕捉到周智誠注視她的眼神。
那種眼神姜巧謹十分熟悉，她從小到大已經看過了無數類似的眼神，那是蘊藏愛慕之意的眼神——這個發現令巧謹心頭一驚。
「我是覺得可以這麼解釋啦，跟『創迷設計』無關的前三件案子是雛型設計，用來測試自己設計的可行性，而跟『創迷設計』有關的後三件案子才是『奪命設計師』真正的設計。」林若蓮回答道。
「那就對了，我們稍後會到『創迷設計』去了解一下情況，看看能不能從那邊找到任何線索。」張明鋒說。

「等等！」姜巧謹拋開適才的驚訝情緒，「你們不覺得奇怪嗎？兇手為何要在最近這兩件案子當中改變行兇手法？前四起案子都是用勒殺的方式攻擊被害人，但第五件印刷廠命案卻多了脖子上的傷口，後來的驗屍報告上也證實脖子上的傷口是死後造成，那兇手為什麼要多此一舉？

「此外，死者陳可珊是在影印機前被殺害，這點可以從高跟鞋掉落的位置得知，但為什麼死者卻陳屍在十公尺外，而四周圍還散落著『創迷設計』的DM？

「我想他的目的是要讓『創迷設計』的DM沾染上血液，讓『創迷設計』吸引警方的注意力。

「而現在這起命案兇手改用一塊二十公斤的鐵板壓斷被害人的頸骨，這樣的行兇手法比起之前要來得麻煩——把這件案子跟上一件案子作連結，可以發現兇手的動機再明顯也不過了，他是要逼迫我們將注意力轉移到『創迷設計』。」

姜巧謹的推論讓室內的其他三人沉默了片刻。

「姜小姐，妳剛剛的說法很有道理，可是就算我們不去『創迷設計』一探究竟，案情還不是一樣陷入膠著？」

張明鋒的反詰令姜巧謹無言以對。

張警員說得沒錯，就算不沿著兇手設下的線索繼續追查下去，我們似乎也無計可施——巧謹無奈地心想。

「不管怎樣，我們還是得去『創迷設計』一趟，妳們就在這裡等我們的消息吧！」

說完，周智誠和張明鋒就走出會議室。

姜巧謹雖然知道那是兇手的刻意安排，但卻又找不到任何理由勸阻他們。望著周智誠的背影，她再度想起剛剛他注視她的愛慕眼神，她在心底暗自祈禱：那個眼神並無任何意義，是自己想太多了。

2

凌信齡把門鎖好之後，將門旁的鞋櫃上排列整齊的鞋子掃視一遍，鞋櫃當中有一處是空的，看起來格外醒目，每次凌信齡看見這個空格，總忍不住在心底抱怨幾句。

原先放在空格內的那雙棕色英國Bruno皮鞋已經遺失有一個多月的時間，上個月的某天早上凌信齡要出門，打算拿這雙皮鞋出來穿，卻發現鞋子不在鞋櫃裡。

被偷了？——當時凌信齡感到納悶，這棟公寓的住戶都是中產階級的高知識份子，他想不到有誰會偷他的鞋子。自從搬進這間公寓，他就大剌剌地把鞋櫃放在房門外，兩年來從未遺失任何一雙鞋子。倘若要偷他的鞋子，大可全都偷走，為何只偷一雙？所以Bruno皮鞋遺失的這件事著實令他百思不得其解。

只不過遺失一雙鞋子，他也不打算花時間追究，他只是覺得無緣無故弄丟鞋子感覺很嘔而已。

左挑右選後，凌信齡決定今天穿黑色皮鞋上班，接著他快步走下樓梯，到地下停車場。

正當凌信齡走到自己的那輛黑色賓士車旁，一輛紅色的裕隆轎車剛從停車場出入口開下來。

那輛紅色轎車停好位置，一個留著短鬈髮的輕熟女下車，臉上掛著歡愉的表情，熱情地對凌信齡揮手打招呼。凌信齡不慌不忙地點頭致意，同時露出瀟灑的微笑作為回應。

那位輕熟女是凌信齡隔壁的住戶，每次見到凌信齡總是難掩內心的喜悅，畢竟對於未婚女性而言，英俊多金、口條清晰又有自信的男性充滿令人難以抗拒的誘惑——凌信齡就是具備這些特質的男性。

凌信齡，今年三十一歲，從英國學成歸國之後，就進入「創迷設計公司」工作至今。他主修工業設計，所以被安排在產品設計部門工作。

即便在「創迷設計」的年資還不到三年，但凌信齡已經是「創迷設計」的看板人物，不光是他洋溢的設計才華，做出的產品獲得客戶的肯定，更重要的是，他出眾的外貌和談吐，都讓他在設計這塊領域吃得很開。

設計師不是藝術家，不是自己做得高興就好，而是要顧慮到客戶的需求——這是凌信齡的座右銘，每當他在做設計案的時候，總是花不少時間與客戶溝通。

當然，客戶總是有自己的一套想法，設計師也會有自己的一套想法，如果雙方想法契合，自然再好也不過，但是這種情形就像在砂礫裡找珍珠一樣可遇不可求，絕大多數客戶的想法都會與設計師的想法有出入，這時就仰賴設計師的溝通技巧，來取得共識。

靠著高超的溝通技巧，凌信齡負責的設計案都獲得顧客很高的評價，而他個人的交際手腕也極為高明，跟同事們都處得非常好，「創迷設計」的創意總監洪國清更是相當器重他。

在客戶眼中，他是英俊且富創意的設計師；在同事眼中，他是樂於助人的好夥伴；在上司眼中，他是能力卓越的下屬——不管從哪個面向來看，凌信齡的未來都看似一片光明。

志得意滿的凌信齡也認為自己將會是「創迷設計」未來最重要的成員，只要再過幾年，他一定會從洪國清的手上接下創意總監的職位。

然而，這美好的藍圖卻在陳傑鴻進到「創迷設計」後變了樣。

陳傑鴻一進到「創迷設計」，就一個人默默地坐在自己座位，自顧自地使用電腦，完全不與其他的同事互動。

善於交際的凌信齡見狀，馬上很熱情地去與他交談。

「你好，我叫凌信齡，是產品設計部門的經理。」

陳傑鴻面無表情地抬起頭，看著這位主動過來與他交談的新同事。

「你好。」這是他的回覆。

「怎麼樣？還可以適應吧？」

「嗯，還可以。」

「我知道剛到一個新的環境，會有一點恐懼，害怕自己無法融入這個新的環境，你別太擔心，我們公司的人都很好的。」

「嗯。」陳傑鴻簡短地答話。

「如果有什麼問題不太清楚，就儘管問我，不要客氣。」

「好。」

即便陳傑鴻的回答聽起來很敷衍，但凌信齡絲毫不以為意。

「就先這樣。」凌信齡轉身準備回自己的座位。

「謝謝。」

一句簡潔有力的感謝從凌信齡身後傳來，他好奇地轉身看著陳傑鴻，即便他的表情沒有顯著的變化，但是凌信齡聽得出來那句感謝發自他的內心深處，並非是場面話（其實他也不大相信陳傑鴻這種個性的人能說什麼漂亮的場面話）。

這個現象讓凌信齡察覺到一件事：陳傑鴻這個人並非如他外在那樣冷漠孤獨，他也渴望著友情。

往後公司同事相約出去聚餐或是唱KTV，陳傑鴻總會找藉口婉拒，但凌信齡卻硬是把他拉去，不過陳傑鴻不是默默吃著自己的飯，沒跟大家聊上幾句話，就是在KTV裡枯坐一個晚上，絲毫沒有搶麥克風的意願——這種情形讓不少同事覺得找他出來有點掃興，而凌信齡也這麼認為，不過他沒有當眾表達他的不滿。

有天凌信齡趁午餐時間把陳傑鴻叫到茶水間，想跟他溝通一下。

「傑鴻，你應該知道我們是個團隊，所以身為團隊的一份子，你得試著融入團隊。」

這句話說完，陳傑鴻沒有立即回應，半晌後才開口。

「可是我習慣獨來獨往，我的個性不適合跟大家去狂歡，我只喜歡一個人獨處，做著自己喜歡的事。」

「我知道啊，不過在一個團隊裡要是有成員不太合群，會破壞這個團隊裡的氣氛。」

「我不明白。」

「呃？」

「我不明白為什麼我這麼做會影響到團隊？我又沒有妨礙到任何人，也沒有影響到工作上的表現，我這樣獨來獨往有什麼不好？為什麼要強迫我接受你們的價值觀？」陳傑鴻語氣平和地說。

「好吧，既然如此，那就隨你的便吧。」見陳傑鴻如此固執，凌信齡知道再說下去也是無濟於事，索性就不去管他。

凌信齡之所以這麼在乎這件事，一方面是擔心其他的同事們會排擠陳傑鴻，另一方面則是擔心團隊氣氛不融洽，很可能會影響大家的工作效率，進而導致設計案的品質下降。

由於凌信齡認為「創迷設計」遲早會由他掌管，所以他很在乎公司營運的狀況。好在陳傑鴻只是沉默寡言，並不會主動去跟同事起衝突，倘若有什麼需要溝通協調的，凌信齡也會充當陳傑鴻與其他同事或客戶之間的橋樑，因此他原先擔心的情形並沒有發生。

不過凌信齡萬萬沒有想到，事情即將往另外一個他完全意料不到的情形發展。

為了提升自家品牌在國際上的知名度與能見度，「創迷設計」每年都會挑選幾件產品去參加國際性的比賽，當然每位設計師的作品不可能都交上去，在公司內部得先經過選拔。

雖然陳傑鴻才剛進公司沒多久，但是才華洋溢的他早已摩拳擦掌，躍躍欲試，他打算提交之前設計的一張海報，報名有「設計界奧斯卡獎」美譽的德國「紅點設計大獎」的傳達設計項目（Red dot Communication Design Award）和「國際論壇」iF設計大獎的傳達設計項目（iF Communication Design Award）。

那張海報是前陣子公司承接交通部觀光局的宣導廣告設計，陳傑鴻選用夜市小吃為主題，將台灣各地知名的小吃依產地放在台灣地圖上，並結合台灣電影「練習曲」（Island Etude）騎單車環台的概念，將這張海報命名為「美食練習曲」，希望讓外國人能藉由美食來認識台灣，並且喜歡台灣。

本來依公司不成文的規定，員工需在公司內工作資歷滿兩年，才能代表「創迷設計」提交作品參賽，但創意總監洪國清對陳傑鴻的作品十分讚賞，所以他破例讓陳傑鴻提交作品出去。

後來結果揭曉，陳傑鴻的那張「美食練習曲」海報接連摘下紅點和iF大獎，甚至還榮獲「Best of the Best」的最高榮譽獎項——這是「創迷設計」歷年來參加國際比賽的最佳成績。

這個成績除了讓「創迷設計」成為台灣媒體鎂光燈投注的焦點外，也讓「創迷設計」在業界的名聲更為響亮。

「傑鴻，你表現得太好了，我果然沒看錯人。」

洪國清在公司早餐會議上當著所有人的面稱讚陳傑鴻——這一幕看在凌信齡眼中頗不是滋味，但他也只能暗自隱忍下來。

「欸，傑鴻那個傢伙雖然老是一副孤僻自傲的模樣，不過他還真有兩下子耶！」一位男同事在聚餐的時候，無預警地提到陳傑鴻，「這次竟然能打敗日本、南韓和泰國的設計師，替台灣拿下Best of the Best的大獎，真是好樣的！」

「對啊，以後要對他刮目相看了呢。」一位女同事滿盈笑意地附和道。

接下來的話題都圍繞在未出席的陳傑鴻身上，看到同事們討論得興高采烈，凌信齡沒有發表任何意見，只是自顧自地灌下一杯又一杯的酒。

在醉意佔據身體的同時，凌信齡清楚意識到一件事，那就是：陳傑鴻即將會成為自己在「創迷設計」內的最大競爭對手。

凌信齡自小到大都是活在優越感裡，畢竟他天資聰穎、相貌英俊、談吐得宜，不論是在學業、感情、事業各個方面，他向來都是勝利者，不敢說人生一帆風順，從未遭遇挫折，但失敗的經驗與成功的經驗相比，簡直是微不足道。

過於順遂的人生也造就了凌信齡不可一世的高傲心態，雖然他對人處事的態度謙恭有禮，但隱藏在這種態度底下的，卻是一股高高在上的優越感。他不認為年紀相仿的同儕有誰能勝過他，尤其是在他最擅長的設計領域裡，更遑論這個以自我為中心、沒有團體意識且毫無領導能力的陳傑鴻可以取代他在「創迷設計」的地位。

然而，危機意識卻開始在凌信齡心中蔓延：即便陳傑鴻沒辦法當個領導人，但倘若日後他接下創意總監一職，很有自己想法的陳傑鴻卻屢屢提出異議，挑戰他的權威，這要叫他如何管理統領這個團隊？

凌信齡連著三天都睡不好覺，左思右想，卻苦無對策。最終，他只想到一個方法，那就是讓陳傑鴻離開「創迷設計」。

下定決心之後，凌信齡就再也不幫陳傑鴻跟其他同事和客戶溝通，每當陳傑鴻來找他，他就藉口有事在忙，要陳傑鴻自己去面對同事和客戶。

我不是為了自己，我是為了「創迷設計」才會這麼做——凌信齡這麼告訴自己。

這個策略很成功，自視甚高、堅持己見的陳傑鴻沒了凌信齡的居中協調，果然在討論會議當中，跟一起合作的其他同事發生了言語上的衝突，客戶也因為他不善表達而無法接受他的提案。

人際關係惡劣，加上客戶反應不佳，陳傑鴻的業績持續下降，而辦公室內的氣氛也開始僵化——這些情形凌信齡全看在眼裡。

凌信齡認為陳傑鴻已經在「創迷設計」待不下去了，但是光這樣還不夠，倘若他心懷怨懟地離開「創迷設計」，到其他與「創迷設計」規模相近的大型設計公司，萬一遇到能夠賞識接納他的主管，那憑藉著他的設計才能，很可能會讓他任職的那家設計公司壯大，進而威脅到「創迷設計」在業界領先的地位，這就不是凌信齡所樂於見到的情形了。

於是凌信齡決定主動出擊，試圖將結果導向他所希望的方向。

某天凌信齡邀陳傑鴻到他的住所吃飯，並假意關心他的狀況，而陳傑鴻坦誠告知凌信齡他目前的困境。

「我覺得我快待不下去了。」陳傑鴻吐完苦水後作出這樣的結論。

「唉，怎麼會搞成這樣呢？」凌信齡故作憂慮狀地說道。

「大家好像都不能接納我的意見，除了你之外，我似乎無法跟別的設計師溝通。」

「我覺得你就是太過擇善固執，不懂得妥協。」

「這是我的處事原則。」

雖然說得輕描淡寫，但凌信齡看出陳傑鴻心中的不滿。

「這樣吧，如果你待不下去，那我建議你離職，去其他家的設計公司……最好是小型的設計工作室。」

「小型的設計工作室？」陳傑鴻一臉疑惑地問。

「對，小型的設計工作室比起『創迷』這樣的大公司，自由多了，大公司看似資源豐富，但是企業形象過於鮮明，內部的規範相對非常嚴謹，個人特質強烈的設計師很難融入團隊，進而導致設計才華無法盡情地伸展，就像你現在這樣。」

這段話說得陳傑鴻將信將疑，凌信齡見狀繼續說下去。

「反觀小型的設計工作室，人際關係比較沒那麼複雜，雖然資源沒大公司那麼多，卻可以集中在少數設計師身上，讓你有更多發揮的空間，如果有好的表現，也更容易受上司的重視。」

「你說得好像有點道理。」

他上鉤了——凌信齡的嘴角不自覺地微微揚起。

「我會幫你列出適合你的公司名單，供你參考。」

「謝謝你，信齡，你真是我的好朋友。」

這句話令凌信齡怔了一下，因為他聽得出來這句話是陳傑鴻的肺腑之言，沒有半點虛情假意。

「……別這麼說，朋友有困難本來就該互相幫助，這是我應該做的，也是做朋友的基本道義，所以你無須向我道謝。」

說這句話時，一股罪惡感在凌信齡的心底蔓延開來。雖然陳傑鴻這個人個性孤僻，不善言詞，又自以為是，但平心而論，他並不是壞人，也沒犯什麼錯，可是自己卻處心積慮地想把他趕走……

我不是為了自己，我是為了「創迷設計」才會這麼做。

凌信齡再度這麼告訴自己，更何況他也相信自己剛剛講得煞有其事的說詞，或許換到一個新的環境，陳傑鴻說不定會有更好的發展，而自己在「創迷設計」的地位也會愈形穩固，這麼一來，豈不是兩全其美？

儘管一度覺得羞愧，但凌信齡用餐時的嘴角卻仍抑止不住雀躍的笑意，他只能盡量用咀嚼的動作來掩飾。

三天後，陳傑鴻向洪國清遞出辭呈。兩個禮拜後，在眾人好奇地注視下，陳傑鴻抱著一大箱的物品、表情冷漠地走出辦公室，在經過凌信齡的座位時，陳傑鴻朝他看了一眼，露出他今天進公司唯一一次的笑容。

我在公司內最大的阻礙消除了——凌信齡也露出微笑作為回應。

日後凌信齡跟陳傑鴻還保持聯繫，不過頻率卻隨著時間拉長而漸漸降低，從一個禮拜一封電子郵件，到一個月一封電子郵件，最後不知不覺地失去了對方的音訊。

雖然往後凌信齡不時看見陳傑鴻的設計作品出現在市面上，但是欠缺大公司的行銷資源，依舊難成氣候，所以他也就沒特別去注意。

去年陳傑鴻因為設計一本暢銷小說的書籍封面而大放異彩，這項消息業界人士眾所皆知，看到自己的假想敵依舊活躍，沒有被擊倒，凌信齡著實感到悶悶不樂。

好在陳傑鴻只是個獨立接案的設計師，只要沒有大公司的資源供他運用，他的成就也無法更為突破，再上一層——這個結果讓凌信齡慶幸當初有出手干預影響陳傑鴻的決定。

凌信齡打開賓士車門，坐了進去。

只要我接下「創迷設計」的創意總監，我跟他之間的競賽就會分出勝負——凌信齡不由自主地露出志得意滿的微笑。

凌信齡發動車子，踩下油門，將賓士車開出地下停車場，就在他的車剛出地下停車場出入口準備轉彎之際，一輛白色LEXUS休旅車突然從一旁衝出，跟凌信齡的黑色賓士車發生劇烈的擦撞。

凌信齡還沒搞清楚是怎麼一回事，只見那輛白色LEXUS休旅車在衝撞過後，繼續往前行駛約十五公尺才停下來。

凌信齡本以為車主會下車察看對方的情況，沒想到那輛白色LEXUS休旅車卻忽然加速駛離事發現場。

看到白色LEXUS肇事逃逸，凌信齡簡直氣炸了，他忍不住大罵三字經。他本想追上去，不過今天早上公司有一場會議，所以他只好先把這口怨氣吞下，反正他已經記下肇事車輛的車牌號碼，不愁找不到車主。

3

青翠油綠的影像附著在玻璃上，讓室內染上了一層綠意盎然的色澤，每當窗外有風吹拂過，綠光彷彿像是有了生命，會自由活潑地舞蹈躍動。

這間辦公室雖然位於「創迷設計」大樓建築物的五樓，但是卻能輕易享受到下方位於大樓前面的廣場花園裡的大自然氣息。

一開始在設計這棟大樓藍圖的時候，「創迷設計」的負責人洪國清不假他人之手，親自規劃一棟五樓的建築物和建築物前方的廣場花園。

當時洪國清的妻子看到設計圖，對於廣場花園的設計相當喜愛，再加上她希望能從自己的辦公室窗外看見綠色植物，於是她一度想把辦公室設在一樓，以便就近觀賞；不過考量丈夫偏好居高臨下俯瞰遠方的寬廣視野，她只好夫唱婦隨，跟著丈夫把辦公室放到五樓。

愛老婆的洪國清看到妻子為了他而犧牲自己的喜好，相當不捨，於是他設法讓事情發展成皆大歡喜的結局。

洪國清檢視大樓與廣場花園之間的距離，突然靈機一動，在建築物的每層樓裝設反射玻璃並往內切，每片玻璃經內切後的角度均對準下方花園，讓下方花園的綠色植物影像能映射到玻璃上頭，製造出綠色植物附著在這棟大樓的幻象——這個結果不但讓自己跟妻子能夠同時享有理想的工作環境，更讓「創迷設計」的總部建築物成為台北知名的地標及觀光景點。

洪國清現在坐在辦公桌前，十指交叉頂住長滿鬍鬚的下巴，他現在滿腦子想的，是下個禮拜即將開幕的設計博覽會。

這次的設計博覽會是由「創迷設計」聯合台灣幾家頗具知名度的設計公司一起合辦，花了好幾個月的時間籌備，參展的各家設計公司無不投入大量的人力和資源，為的就是要推廣自家的品牌。當然，「創迷設計」也不例外。

除了費盡心力佈置會場展覽區，「創迷設計」還大手筆地印製了一萬本的導覽手冊，供參加設計博覽會的遊客免費索取。

此外，「創迷設計」還委託國內以出版設計書籍聞名的「設計原點」出版社，出版一本記錄「創迷設計」發展史的書籍，想要用這本書來行銷「創迷設計」的品牌形象，同時替下個禮拜的設計博覽會宣傳。

然而，不知是不是流年不利，「創迷設計」最近可說是禍不單行，首先是承接導覽手冊與DM印製工作的印刷公司未能在期限交貨，而今天又收到製作看板的鐵工廠老闆被鐵製看板砸死的消息。

一股不祥的預感在洪國清的心底彌漫，不過稍後他又露出苦笑：自己是怎麼了？竟然會有這種負面的想法？就算現在厄運連連，但比起以往華路藍縷的創業經過，這些挫折根本微不足道。

洪國清想起了他十五年前創業時，公司只有七名員工，到現在「創迷設計」已有一百五十名員工；從一開始僅有的室內設計裝潢服務，到現在幾乎無所不包的設計業務項目，「創迷設計」在洪國清的領導下，逐步成為台灣當前最具知名度的設計公司。

「創迷設計」這個名稱有其特殊含意，台灣設計師朱志康曾說過：「設計就是『發現問題』和『解決問題』的過程。」這樣的說法跟洪國清的觀念完全一致。

設計師在設計的過程當中發現問題，然後試著去解決這個問題——對洪國清來說，一個已經解決的「迷」，就是最好的設計。

洪國清將公司命名為「創迷設計」，就是希望自己的公司能創造出許多已被解決的「迷」，得到消費者的認同。

洪國清相當看好台灣設計的前景，雖然跟其他國家相較，台灣的市場不大，但是對外來文化卻極具包容性，台灣的設計不僅吸收外來的文化，同時也保有自己本土的特色，可說是融合多元性與獨特性的優點。

在多元外來文化相互激盪衝擊的環境下，台灣的設計風格逐漸成形，走出自己的一條路；近年來台灣的設計師在國際間屢屢獲獎，單以國際設計四大獎——德國的iF和Red dot、日本的G-Mark、美國的IDEA——來說，台灣在二〇〇三年到二〇〇八年這幾年間，囊括了六百五十一個獎項，這是個耀眼且難得的成就，而「創迷設計」也在這些獎項當中貢獻了一份心力。

五年前洪國清透過業界結盟來擴張自己的事業版圖，為了順利打進海外市場，「創迷設計」與日本一家跨國的設計公司結盟，成為那家日本國際品牌旗下的子公司。

有了日本那家跨國設計公司的協助，「創迷設計」順利擴張海外版圖，陸續在中國上海、泰國曼谷、越南胡志明市、馬來西亞吉隆坡，成立「創迷設計」的分部，最近更打算在美國洛杉磯設立據點。

根據日本公司那邊的規劃，洪國清需要去美國管理洛杉磯分部，一旦如此，台灣這邊就得從公司內部尋找創意總監的替代人選，而洪國清想都沒想，很快就作好決定——那個替代人選非凌信齡莫屬。

在決定好替代人選的瞬間，前員工陳傑鴻的名字在洪國清的腦中一閃而過。

就設計能力來說，陳傑鴻無疑勝出凌信齡許多，不過就管理能力與交際手腕來說，陳傑鴻則遠不如凌信齡。

陳傑鴻是個好設計師，但卻不會是個好的領導者，然而，公司不能留下這個人才，洪國清著實感到惋惜。

不過這也是沒辦法的事，畢竟陳傑鴻的個人特質太過顯著獨特，與團隊格格不入，洪國清已儘可能睜一隻眼閉一隻眼地容忍這樣的情形在公司內發生，但出乎洪國清的意料之外，最後竟是陳傑鴻主動遞交辭呈給他。

洪國清當然希望能夠留下陳傑鴻這個難得的設計人才，不過陳傑鴻的辭意甚堅，再加上洪國清請跟陳傑鴻有不錯交情的凌信齡去極力慰留，卻也遭到回絕。

「雖然我也覺得很可惜，失去一個這麼優秀的同事，不過我認為倘若傑鴻到別的地方發展，能有更多揮灑的空間，那也未嘗不是件好事。」凌信齡在回報慰留結果時這麼說道。

「是啊，只希望他往後有好的發展。」當時洪國清一臉惋惜地笑說。

後來得知陳傑鴻以某部暢銷小說的書籍封面設計在設計業界再度活躍，愛才惜才的洪國清打從心底替他感到高興。

倘若有機會的話，日後或許再把陳傑鴻找回來，也許我可以帶他去美國洛杉磯分部，他或許可以在那邊盡情揮灑自己的創意，大放異彩……

鈴——鈴——鈴——

電話鈴聲打斷了洪國清的思緒，他不慌不忙地接起電話。

「洪總監，有兩名市刑大的警員要見你。」總機小姐用甜美的語調說出這段與她聲音極不搭調的話語。

4

「什麼？『奪命設計師』跟我們公司有關係？」聽完警方的解釋，洪國清不敢置信地大喊。

「是的，我們警方在最近發生的三件命案裡，發現三個死者都跟『創迷設計』有關聯。」張明鋒說道，「先是出版社編輯劉雨儂，她被發現陳屍在自家住宅，據出版社所言，她是《創迷設計——創造迷人的設計》這本書的責任編輯……」

「不會吧？」洪國清再度驚叫，原來出版社那邊所說的出版進度延宕是因為這個原因。

「接著是遠藤印刷公司的員工陳可珊，她死在一堆上面印有『創迷設計』字樣的手冊與D

M當中……」

「有沒有這麼巧啊？」

「最後是百達鐵工廠老闆施忠元，他被上頭印有『創迷設計』字樣的鐵製看板壓死——這三件案子很明顯都跟『創迷設計』有關。」

「這……」

「洪先生，我們想請教你一個問題：你們『創迷設計』有跟人結怨嗎？比方說設計同業？」周智誠問。

「你的意思是？」洪國清瞪大了雙眼。

「我們懷疑『奪命設計師』的目標很可能是『創迷設計』。」

周智誠的說法讓洪國清啞然失笑。

「警員，雖然我們從事設計業，但是商場上的那套競爭模式也免不了，我們有時需要參加比稿競試，才能爭取到案子，不過會有設計師因為比稿失利沒搶到案子就跟『創迷設計』過不去，甚至犯下連續殺人案？——這我很難想像。」

「洪先生，有些罪犯的思考模式是不能以常人的觀點來看待的。」

「就算是這樣，我也想不到有哪個同行會把我們『創迷設計』當目標。」

「那有誰知道你們『創迷設計』跟原點設計出版社、遠藤印刷廠和百達鐵工廠有合作關係？」

「呃……基本上，我們公司裡的員工都知道。」

「那洪先生，能冒昧請你們公司的員工接受我們的調查嗎？」張明鋒問。

洪國清面色凝重地考慮了片刻。

「好吧，如果有助於釐清案情，我們沒道理不配合警方。」

「那就請洪先生替我們安排吧！」

「沒問題。」

5

陳傑鴻駕著剛剛與凌信齡黑色賓士車擦撞過的白色LEXUS，行經「創迷設計」，陳傑鴻沒有停下車，而是從後照鏡注視著那棟漸行漸遠、綠光籠罩的五層樓建築物。

感覺似乎沒什麼變，跟兩年前的記憶幾乎一模一樣——陳傑鴻暗忖。

陳傑鴻接下來的目標是「創迷設計」。他從「創迷設計」的網站得知他們即將在今年年底舉辦設計博覽會，還打算委託出版社出書替公司品牌形象做宣傳。

陳傑鴻稍微做了一下調查，很快就查出負責「創迷設計」出版品的責任編輯是劉雨儂。他連著幾天跟蹤她，最後決定在她家行兇。

殺害劉雨儂之後，陳傑鴻刻意替她換上鵝黃色的襯衫，這是他從前三件案子找出的共同元素，前三件被害人身上都有黃色的物件，那麼除了S形刀傷之外，警方或許還會注意到「黃色」這個共同元素。

「黃色物件」的安排有兩個用途：第一，把劉雨儂這件案子與前三件跟「創迷設計」無關的案子作連結；第二，混淆警方的視聽，使警方不會太快把注意力放在「創迷設計」。

雖然陳傑鴻的目標是「創迷設計」，但是他現在還不能讓警方察覺他的目標，以免壞了後兩件命案的實施，於是陳傑鴻打算先從劉雨儂下手，殺害這個負責「創迷設計」出版品的責任編輯——這條指向「創迷設計」的線索關聯性極強，但表面意象卻又不甚明顯。

下一個對象是遠藤印刷公司，當陳傑鴻還在「創迷設計」工作的時候，這家印刷公司就是「創迷設計」固定往來合作的廠商。

那天陳傑鴻假借要影印進到遠藤印刷公司，在看到上頭印有「創迷設計」的DM之後，就立即動手殺害陳可珊，並將陳可珊的屍體拖到「創迷設計」的DM旁，接著拿刀劃開她的喉嚨，讓鮮紅的血液沾染到「創迷設計」的DM。

陳傑鴻在這件案子當中，運用了設計上用來吸引觀眾視覺的「強調手法」（highlight），讓警方的注意力集中在「創迷設計」的DM上。

而強調手法不只使用一次，陳傑鴻同樣也運用在殺害鐵工廠老闆的過程中，他先擊昏施忠元，再用二十公斤重的鐵製看板壓斷他的頸椎——這次的強調手法更為明顯，幾乎可以讓警方確信「創迷設計」是奪命設計師的目標。

陳傑鴻認為警方或許猜得到這是兇手刻意安排的線索，但是他們到現在應該還是對「奪命設計師」犯下的一連串命案束手無策，所以他們無論如何都一定會去「創迷設計」調查。

目前計畫已經完成一半，就如同畫一個圓一樣，畫出圓滑弧線的筆尖最終將要跟起點交會，而現在距離交會的時刻越來越近了。

車子開到陳傑鴻住處公寓前的道路，沈百駒在公寓門口抽著煙，陳傑鴻先前打電話給他，要他來這裡等。

「哇靠！這是怎麼回事啊？」車子才一停在路邊，沈百駒就迎向前來，「車子怎麼會撞成這樣？」

「小沈，我有事要跟你商量。」陳傑鴻邊下車邊說道。

「欸，你這個車子是怎麼回事？」沈百駒怒氣沖沖地把煙蒂往旁邊一丟，指著上頭有擦撞痕跡的車頭問道。

「你先聽我講！」

陳傑鴻冷不防地提高音量，把沈百駒嚇了一跳，因為他很少聽見他說話這麼大聲。

「先聽我講好嗎？」陳傑鴻瞬時降低音量，見對方沉默以對，他繼續說道：「我剛才跟別人的車子發生擦撞，由於事發突然，我一時之間不知該怎麼反應，所以我不但沒停下車，還反倒開車逃逸。」

「什麼？」

「你先等一下，我還沒講完……我可以請你幫我處理這件事嗎？放心，錢的部分我會負責，不管是維修費用，甚至是對方精神上的賠償，我都全權負責……不過我還要拜託你一件事，那就是——你能說車子是你開的嗎？」

「你說什麼？」沈百駒張大了嘴。

「你別擔心，我沒撞到人，我只有擦撞到那個人的車而已……」見沈百駒將信將疑的模樣，陳傑鴻趕緊補充：「如果我騙你，你到時再把我供出來啊！我只是不想因這種事情跟別人打交道而已，所以才會請你幫我代為出面……還有，我不想背上肇事逃逸的前科。」

「可是……」

「講是這樣講，不過我相信那個車主應該不至於會揪你上法院，應該會私下和解吧，我猜。」

見沈百駒遲遲沒有答應，陳傑鴻使出撒手鐧。

「這樣吧，如果你幫我處理的話，我會額外付給你十萬元當作酬謝，這樣總可以了吧？」

一聽到錢，沈百駒臉上的疑惑情緒消去了一大半。

「好吧，我們是好朋友嘛，見朋友有難當然要拔刀相助。」

陳傑鴻忍不住笑了出來，一方面是因為得意詭計得逞，另一方面則是因為眼前這個傢伙說變就變的嘴臉實在是太逗趣了。

「那就麻煩你了。」陳傑鴻強忍著笑意說道。

第十章——席克法則 Hick's Law

當選項增加時，下決定的時間也增加。

——《設計的法則》席克法則

1

周智誠和張明鋒花了三個多小時的時間將「創迷設計」台北公司的三十六名員工大致訊問過一遍，並未發現任何可疑之處。

「如果還有任何需要我們協助的地方，儘管提出。」在周智誠和張明鋒準備離開時，洪國清態度誠懇地對他們說道。

「那接下來該怎麼辦？」走到「創迷設計」的地下停車場時，張明鋒問道。

周智誠若有所思地不發一言。

「智誠，你發什麼呆啊？」見周智誠沒有反應，張明鋒又問。

「啊！」周智誠回過神來，「你說什麼？」

「我問你接下來該怎麼辦？」

「我也不清楚，現在好像已經走到死胡同了，我們完全沒有任何對策。」

「那姜小姐講的前幾件被害人身上都有黃色物件那點呢？我們能從這點突破嗎？」

張明鋒突然提到姜巧謹，讓周智誠暗吃了一驚，因為他剛剛之所以對張明鋒上一個問題置若罔聞，就是因為他滿腦子都是姜巧謹。早上周智誠在偷看姜巧謹卻被她發現，他連忙狼狽地收回注視到忘我的眼神。

我對她的好感被察覺出來了嗎？——周智誠一整個早上都在想著這件事，就連在偵訊「創迷設計」的員工時也是如此漫不經心。

「那個……一點都不重要吧！」周智誠語氣輕藐地說。他故意貶低姜巧謹的推論，裝出對她毫不在意的模樣。

「可是第六件案子的死者施忠元腰部繫著一條土黃色的皮帶，連續六件案子都出現了黃色物件，這證明了姜小姐的觀察……」

「只是碰巧吧，我想。」周智誠不客氣地打斷張明鋒的話，「再者，就算姜小姐真的說對了，兇手挑選身上帶有黃色物件的被害人作為目標，我們又有什麼因應對策？」

「智誠，我覺得好奇怪喔。」張明鋒的頭歪向一邊，用好奇的目光看著他的夥伴。

「什麼事？」

「我覺得你的態度好奇怪，你對姜小姐的態度好像不是很好，這一點超不像你的。」

「有嗎？」周智誠沒想到張明鋒竟然能夠看出他故意冷淡對待姜巧謹。

「有，你表現得好明顯，每次遇到或提到姜小姐，你總是用一種否定的態度或語氣來對待她，好像你不是很喜歡她的樣子。」

「呵，你想太多，」周智誠用冷笑掩蓋內心的不安，「我承認我不認同她的推論，但是不代表我不喜歡她……我只是覺得要是我們照著她的建議去辦案，只會離真相越來越遠而已。」

「是這樣嗎……」張明鋒開玩笑地用狐疑的眼神看著周智誠。

「對，就是這樣……」周智誠突然噤口不語，停下腳步，轉過身子看著他們剛剛經過的一輛車子。

「怎麼了？」張明鋒隨著周智誠注視的方向看過去，那是一輛銀白色的克萊斯勒轎車。

周智誠沒有回答張明鋒的問題，而是朝那輛克萊斯勒走了過去。張明鋒見狀也跟了過去。

兩人走到那輛克萊斯勒的右側，車身下方有一道長約十五公分的殷紅色痕跡。

「這道痕跡看起來好像……」

「血跡。」周智誠替張明鋒把話講完。

2

現在會議室裡只剩姜巧謹獨自一人孤軍奮戰，林若蓮因為下午要向客戶提案而先行離開。

姜巧謹將六件案子的相關資料與照片攤在桌上，仔細地逐一檢視，最後她的目光停在鐵工廠老闆的屍體照片上，死者施忠元的腰上繫著一條土黃色的腰帶。

兇手果然鎖定身上有黃色物件的被害人行兇……可是，知道這點又有什麼用？——想到這裡，一陣無力感在姜巧謹體內擴散開來。

就在姜巧謹因案情停滯不前而感到沮喪之際，突然有個畫面吸引了她的注意——死者施忠元的皮帶並沒有繫緊，整條褲子看起來相當鬆垮。

這……

巧謹想起了林若蓮說過的一段話。

鵝黃色襯衫跟死者身上的鮮紅色外搭罩衫很不協調，這兩種顏色很不搭。

姜巧謹連忙翻出第四件案子的照片，赫然發現死者劉雨儂身上那件鵝黃色襯衫釦子全都扣錯了，襯衫的第一顆鈕釦未扣，而是從第二顆鈕釦開始扣。

該不會……劉雨儂身上的鵝黃色襯衫，和施忠元腰部的那條土黃色皮帶，是兇手替他們兩人穿上的吧？……那，兇手這麼做的原因是……

姜巧謹尚未想到解答，桌上的手機忽然響起一陣鈴聲，她看了手機一眼，是完全陌生的一組號碼。

「喂！是姜小姐嗎？」

是周智誠——完全出乎姜巧謹的意料之外。他的聲音聽起來有點戒慎恐懼，不似平日那樣鎮定冷靜。

「對，周警員找我有什麼事嗎？」

「能找妳出來談談嗎？」

倘若你想找個人談談，儘管打電話給我，不要客氣。

姜巧謹不認為周智誠的目的是要討論「奪命設計師」的案情，她立刻聯想到自己上次說過的那句話。

「ＯＫ，沒問題啊！」姜巧謹沒有遲疑地答應，「哪裡碰面？」

「妳知道『桃核餐廳』嗎？」

「『桃核餐廳』我知道，我去過。」

「那半小時之後見。」

「好。」

一結束通話，姜巧謹馬上後悔自己剛剛竟然如此爽快地答應周智誠。雖然她很樂意聆聽周智誠抒發心中的鬱悶，協助他走出過往的傷痛，但是一想到今天早上周智誠注視著她的愛慕眼神，她就開始擔心他的目的或許不是只想找個人談談而已。

我……對，我對周警員有好感。

此時，林若蓮羞澀的表白在姜巧謹的耳邊響起，林若蓮的暗戀令她對周智誠的邀約踟躕不前。

——不管了，周警員說不定真的只想跟我討論案情，就算不是，那趁這個時候把話講清楚也未嘗不是件好事。

姜巧謹迅速地把桌上的資料收拾好，拎起手提包，準備赴約。

3

姜巧謹在「桃核餐廳」待了二十多分鐘，但是周智誠卻遲遲未現身，她索性拿出命案資料閱讀。

「抱歉，我來晚了。」

姜巧謹抬起頭，看見周智誠難得顯露歉意。

「沒關係。」她回答。

「周先生，還是老樣子嗎？」一名服務生走近兩人坐的桌位問道。
「嗯。」周智誠朝服務生點了點頭，然後坐下。
「老樣子？你常來這家餐廳？」待服務生走遠之後，姜巧謹問。
「來這裡光顧已經有半年了，我每次都點同樣的酒，點到服務生想不認識我都難。」
半年？那不就是簡友實死後的事？——姜巧謹暗忖。
「酒？你現在不是在執勤嗎？」姜巧謹又問。
「沒辦法，這家餐廳的調酒令人難以抗拒，心情煩悶的時候需要喝一杯來紓解壓力……這件事請妳務必保密，別說出去。」
周智誠說這話時露出尷尬的微笑——這是姜巧謹第一次看見他對她笑，她沒多說什麼，只是拿起杯子喝了口咖啡，刻意避開周智誠的眼神。
「我剛剛跟明鋒到刑事鑑識中心，我們從『創迷設計』那邊發現一條關鍵的線索。」
「是什麼？」周智誠的話讓姜巧謹拋開心中的疙瘩，放下咖啡杯，急切地問道。
「一輛沾有血跡的車。」
「血跡？」
「經過初步鑑定，是人的血跡，不過還不知道是不是跟『奪命設計師』的案件有關。」
「那輛車是誰的？」
「『創迷設計』的創意總監洪國清。」
「那你們對他做過調查了嗎？」
「做過了，還是兩次，第一次是一般的詢問，第二次則是在我們發現車上的血跡後做的……初步找不到他涉案的可能，不過一切還是要等鑑定報告出來才知道……老實說，我很難相信洪國清有涉案，因為他一直很配合警方的調查，也同意讓鑑識人員檢查他的車……當然，我也知道有些犯人很善於偽裝，不過我的直覺告訴我他是兇手的機率不大。」

「直覺是說不準的。」

說完這句話之後，沉默尷尬地在兩人之間擴散開來，最後由姜巧謹率先開口打破僵局。

「周警員，你特地找我出來，為的就是要告訴我這條線索嗎？」

姜巧謹的詰問讓周智誠怔了一下，欲言又止的態勢在他臉上蠢蠢欲動——光看這個表情，巧謹就知道事情不妙了。

「先生，你的Margarita。」服務生遞上一杯淡黃色的調酒，杯口邊緣還有一層看似皚皚白雪的鹽巴。

「謝謝。」周智誠一臉感激地看著服務生，彷彿他適時出現拯救了自己。

姜巧謹則是開始猶豫：究竟是該找藉口離開，還是繼續留在這裡，眼睜睜地看著這個男人做出不理智的舉動，破壞接下來的氣氛？

只見周智誠拿起那杯Margarita，沒有遲疑地一口飲下——姜巧謹目瞪口呆地看著他荒唐的行徑。

周智誠將舌頭微微伸出，舔掉不小心沾在嘴唇上的鹽巴，然後抿了抿嘴唇，鼓起勇氣開口：「巧謹，我喜歡妳。」

拙劣且突兀的告白——姜巧謹最不願見到的情形終究還是發生了。

「你喝醉了。」

「我沒醉……我剛剛才喝……」

「我是來幫警方辦案的，不是來談戀愛的。」不等周智誠說完，姜巧謹立即開門見山地說道。

「可是妳目前沒有交往的對象，不是嗎？」

周智誠的這句話讓姜巧謹的臉色驟變，她毫不掩飾自己的不悅，忿忿地將桌上的資料收進手提包，並拿出皮夾，從中抽出兩張百元鈔票。

「不好意思，我要先走了。」

姜巧謹把鈔票放在桌上後，就快步朝門外走去。

「等一下！」周智誠起身拉住姜巧謹，「……妳生氣了？」

「你竟然調查我，我能不生氣嗎？」姜巧謹語氣激動地反問周智誠。

「我沒有……我沒有調查妳。」周智誠急忙澄清。

「那你是怎麼知道這件事的？」

「我……是靠推理得知的。」

「推理？」姜巧謹遽然收起憤怒的情緒，一臉納悶地望著周智誠。

「是啊，就像妳推理出林小姐學過鋼琴那樣。」周智誠貌似無辜地辯解，「妳的右手無名指根部有一圈因長時間戴上戒指而留下的痕跡，我猜那只戒指應該是妳男朋友送妳的，如果不是分手，妳怎麼會無緣無故把戒指摘下呢？」

「哼，」姜巧謹心虛地握緊右拳，企圖遮蓋無名指上的痕跡，臉上則是不以為然地冷笑道，「這也有可能是我跟我男朋友吵架，一時賭氣把戒指取下也說不定，你是憑什麼推論我目前沒有交往對象？」
姜巧謹的反駁令周智誠一時語塞。
「我沒有任何根據，我只是大膽猜測妳目前沒有交往對象。」周智誠坦承，接著他怯怯地說：「……這也是我所希望的情形。」
周智誠的最後一句話使姜巧謹愣了一下。
「你的推理很奇怪。」姜巧謹生氣地說，她試著要甩開周智誠抓住她的手，但是他不肯放手。
「巧謹，我知道這很突然，不過我無法抑制我對妳的愛意，我真的很喜歡妳。」
「Margarita。」姜巧謹不為所動地說。
「什麼？」周智誠一頭霧水。
「你不是忘不了你的女友，才會喝了半年的Margarita嗎？」
這句話宛如一句咒語，周智誠的手不自覺地鬆開。
姜巧謹擺脫周智誠束縛後，輕輕嘆了口氣，她整理好自己的袖子後，才快步離去。

4

「洪國清先生，我們在你的座車上檢驗出『奪命設計師』命案其中一位死者的血跡，你能解釋一下這是怎麼回事嗎？」
洪國清一臉驚惶地看著訊問他的員警，片刻後才回答問題。

「老實說，我真的不知道我的車上怎麼會有別人的血跡。」

張明鋒和周智誠兩人在偵訊室隔壁的房間透過單向玻璃看著偵訊室內的情形，鑑識報告已經出爐，洪國清車上的那道血跡符合印刷廠命案死者陳可珊的DNA，因此洪國清轉瞬間變成警方鎖定的頭號嫌疑犯。

「很難想像洪國清就是兇手，畢竟他很配合警方的調查……喂，智誠，你認為洪國清是『奪命設計師』嗎？」

張明鋒用手肘碰觸周智誠的左手臂，不過他卻完全沒有反應。

「喂，智誠。」

張明鋒再叫一遍，周智誠才驚覺有人叫他。

「喂，智誠，你最近到底是怎麼了啊？怎麼老是心不在焉的啊？」張明鋒困惑地問。

「我……沒有啊，大概是最近太過勞累吧。」周智誠故作疲憊狀撫著額頭。

「我想也是。」張明鋒恍然大悟，接著露出擔憂的神情說道。

看見好友擔憂的表情，周智誠著實感到慚愧，因為他知道明鋒一定是誤以為他在煩心案情的事，然而，他現在滿腦子卻想著姜巧謹。

你不是忘不了你的女友，才會喝了半年的Margarita嗎？

姜巧謹說得沒錯，他的確是因為思念死去的女友簡友實，才會點Margarita來喝。

半年前，周智誠上網看了美食部落客撰文推薦，到「桃核餐廳」用餐。那時他心情煩悶，想點杯調酒來喝，在酒保的介紹之下，他認識了Margarita這種調酒。

根據酒保的介紹：Margarita是以龍舌蘭酒為基酒的調酒中最具代表性的一種，是一位調酒師John Durlesser在一九四九年全美調酒比賽的優勝作，為了紀念在比賽前不幸喪生的女友，John Durlesser遂以女友的名字Margarita替這杯調酒命名。

然而，酒保隨後又補充說明：其實Margarita背後這個淒美的故事僅是謠傳，純屬虛構，但是喜好品嘗美酒的酒客們似乎也不求甚解，依舊不疑有他地把這個故事傳誦下去。

即便如此，Margarita的故事仍觸動了周智誠的心弦，令他聯想到自己的處境，於是他選擇了Margarita來喝。

龍舌蘭酒、橙酒、檸檬汁、糖漿和象徵創作者傷心淚水的杯緣岩鹽，混在一塊入喉，隨即就感受到酸甜鹹辣的複雜滋味在體內激盪，令周智誠暫時忘卻了失去友實的傷痛。

從那天起，只要回憶友實的痛超過自己的忍受極限，他就一定會到「桃核餐廳」點一杯Margarita來喝。

然而，姜巧謹竟能憑藉著Margarita和他到「桃核餐廳」的時間點，輕易察覺出這點。

周智誠原本還以為戒指痕跡的推理能讓姜巧謹對自己刮目相看，讓她留下深刻的印象，沒想到卻弄巧成拙，還反被她將了一軍。

真不該在那女人面前賣弄推理的——那時周智誠狼狽地苦笑。

「我覺得洪國清很可能是被陷害的。」為了暫時逃避內心的愧疚，周智誠趕緊把自己的思緒拉回到案情上。

「怎麼說？」

「巧謹不是說……」

「巧謹？」

周智誠這時才驚覺自己說溜了嘴。

「我是指姜小姐，」即便周智誠極力掩藏，但他很清楚自己說這話的神情一定相當困窘，「姜小姐不是說『奪命設計師』的真正目標是『創迷設計』嗎？那麼洪國清有沒有可能是被陷害的？畢竟要將陳可珊的血跡塗在洪國清的車上並不是件難事，要嫁禍他太容易了。」他尷尬地說完自己的推論。

「欸，你的推論有道理耶！」張明鋒如夢初醒地附和。

不知是沒有察覺出他方才的窘困，還是貼心地故意裝傻，總之張明鋒沒有針對他剛剛的失言追問下去——對此，周智誠暗自鬆了口氣。

「不過話說回來，洪國清也不能完全排除嫌疑，就算他不是兇手，但是他跟兇手一定有密切的關係。」周智誠又補充說道，「……只要緊跟著洪國清，應該就可以找到兇手。」

周智誠雙眼緊盯著偵訊室內的洪國清，但是他腦中卻想著一個與案情完全不相干的疑問：他是否該從此戒掉Margarita？

5

「喔，你們已經談完了是不是？……好，我知道了，多謝你幫我處理這件事，晚上我再約你出來，將該付給你的酬金交給你，到時等我的電話，再見。」

說完，陳傑鴻收起手機，以不快不慢的步伐走出大樓。剛剛是沈百駒打電話過來，告知他車禍糾紛賠償的事情已經處理完畢。

陳傑鴻特別吩咐沈百駒，倘若賠償商談事宜已經結束，要打電話通知他——這樣他才知道凌信齡何時會回來。

半小時前，戴上假髮和黑框眼鏡的陳傑鴻假藉替一位小姐搬東西的名義，進到了凌信齡居住的這棟大樓內。

當時那名住戶剛從「家樂福」大賣場回來，手中提著大包小包的生活用品。陳傑鴻見機不可失，趕緊上前去幫忙。

那位小姐相當感激陳傑鴻的協助，他謊稱自己也是這棟大樓的住戶，這棟大樓的住戶有上百人，那位小姐自然不可能識破他的謊言，而警衛大概也以為陳傑鴻是這位小姐的朋友，所以沒有多說什麼。

陳傑鴻慶幸自己的好運，無須動用到他口袋裡的證件。為了要順利潛進這棟大樓，他偽造了一張與這棟大樓簽約合作的清潔公司員工證。憑藉著他的設計才能，要仿造一張外觀幾乎完全相同的證件簡直是易如反掌。

陳傑鴻三個月前憑著這張證件，順利進到這棟大樓，然後從凌信齡房門旁的鞋櫃內取出一雙棕色英國Bruno皮鞋。

上次陳傑鴻到凌信齡他住的地方時，發現他把鞋櫃放在外頭，這個發現後來啟發了陳傑鴻的靈感。

表面上，陳傑鴻將「奪命設計師」設定成是個沒有特定犯案目標的連續殺人犯，但實際上卻並非如此，陳傑鴻犯下這幾起命案的目的，是為了替後來嫁禍凌信齡所作的鋪陳。

一想到凌信齡，千頭萬緒立即湧上陳傑鴻的心頭。

虧我這麼信任他，把他當作朋友，沒想到他竟然會用這種小人的手段來對付我——陳傑鴻在心底忿忿地咒罵著。

兩年前離開「創迷設計」後，陳傑鴻依照凌信齡的建議到一家小型的設計工作室，他在那裡工作了一段時間，情形並沒有如凌信齡所說的「有更多的空間可以發揮」，反倒因為老闆擔心失去客戶，所以處處遷就客戶，對客戶唯命是從，導致他無法完全發揮自己的設計才能，也因此做得相當不開心。

有天他跟同事留在工作室內，熬夜趕工處理交件時間迫在眉睫的設計案，休息時間兩個人閒聊了起來。

「什麼？你以前是『創迷設計』的員工？」聽了陳傑鴻過往的經歷，同事忍不住驚叫。

「是啊。」陳傑鴻喝了一口提神飲料，表情掩不住得意。他知道自己的經歷很輝煌。

「那你幹嘛屈就於我們工作室啊？」

「沒辦法，我在那邊跟同事處不來，沒辦法融入團隊。」陳傑鴻一臉苦澀地笑說，「我有一個朋友勸我最好到一家小型工作室，這樣比較有發揮的空間。」

「那你覺得這邊真的比較有發揮的空間嗎？」雖然這句話是疑問句，但答案卻已昭然若揭，接著這位同事表情怪異地說，「哼……你那是什麼朋友啊？」

「啊？」陳傑鴻不解地問。

「我的意思是說，你的那位朋友怎麼會給這麼爛的建議？」

「爛？」

「對啊，如果他真的是你的朋友，真心為你著想，自然希望你能往高處爬，哪有朋友會勸你去小公司待的？」

「呵，我那位朋友也是設計師，他不會不了解設計業界的情形。」

「哈，他也是設計師？難怪。」同事恍然大悟地喊道。

「什麼難怪？」

「欸，傑鴻，不是我在說你，你會不會太天真了啦！枉費你這麼聰明，居然看不出別人的詭計。」

「詭計？」

「你那個朋友是在害你，也可以說你被『設計』了。」那位同事咧嘴笑說，似乎很得意自己巧妙的比喻。

「設計？」陳傑鴻的心頭突然緊抽了一下。

「我看你的設計很傑出啊，你的初稿構想堪稱鬼斧神工，我就在想你這樣的一個人才怎麼可能會淪落到我們工作室來，原來是這樣。」

「你到底在說什麼？我根本聽不懂。」

「我這麼說好了——你，擋到別人的路。」

「我，擋到別人的路……」陳傑鴻漸漸明白這位同事的意思。

「那位勸你來小型工作室的朋友也是『創迷設計』的設計師吧？」見陳傑鴻表情呆滯地點頭，他繼續說道，「那就對啦，你的設計才能鐵定威脅到他，所以他才會假藉給你建議，利用這個機會將你趕出『創迷設計』。」

「可是……他是我的好朋友……」陳傑鴻費力地提出辯駁，他忽然覺得胸口好悶，像是狠狠地挨了一記重拳。

「好朋友會這樣陷害你嗎？好朋友會勸你去小型設計工作室，而自己卻待在大型的設計公司？」

這個問題讓陳傑鴻無言以對，視線因為暈眩而變得模糊，他無法相信他最信任的朋友竟然會如此對待他。

得知事情的真相之後，陳傑鴻接連失眠了好幾天，也沒去工作室上班。他這幾天都是在回憶他離開「創迷設計」那段時間前後發生的事：

先是凌信齡突然忙得不可開交，無法當他與其他同事之間溝通的橋樑，導致他與同事屢屢發生衝突，他甚至開始懷疑凌信齡在他背後對其他同事說他的壞話。

接著離開「創迷設計」後，與凌信齡之間的書信往返也頗令他起疑，除了對方回信的頻率逐漸下降之外，信件內容也變得有些言不及義，字裡行間似乎有一種敷衍的意味，完全感覺不出對方是自己的好朋友。

即便自己很努力想要替凌信齡護航，但是事實似乎頗符合那位同事所說的情形。

於是陳傑鴻決定不再相信任何人，隔天他向工作室遞出辭呈，打算當個獨立自主的ＳＯＨＯ族。

雖然獨自一人奮鬥的過程相當艱辛，但他卻從中找回了當初喜愛上設計的初衷，更幸運的是，他最終靠自己的能力在設計業界闖出一片天。

不過功成名就的同時，陳傑鴻卻也沒忘記自己心靈上斑駁累累的創傷。對一般人來說，只要成功，過往的仇恨怨懟都可以一筆勾銷，但對愛恨分明的陳傑鴻而言，他永遠忘不掉凌信齡對他造成的傷害。

我對他完全信任，但是他卻這麼對我，表面上裝作是我的朋友，但背地裡卻幹一些傷害我的勾當——陳傑鴻激動地緊握雙拳，發出咯咯作響的聲音。

比起直來直往、毫不掩飾的真小人，凌信齡這種偽君子更令陳傑鴻作嘔。

陳傑鴻從沒想過要殺死凌信齡，因為就算殺了他，世人也無法看清他的真面目，說不定還會感嘆一個英俊又優秀的設計師英年早逝。

所以陳傑鴻選擇用別的方式來報復凌信齡，他要凌信齡身敗名裂。陳傑鴻挑選幾個跟「創迷設計」相關的被害人，目的就是要讓警方將緝兇的目光投向「創迷設計」。

在劉雨儂命案當中，陳傑鴻仿效「B of the Bang」的設計佈置命案現場，這個靈感是從他在凌信齡家中看到的那幅「B of the Bang」的照片所想到的。當時凌信齡告訴陳傑鴻說那是他在英國留學時看到最震撼人心的設計，所以他拿出相機拍了下來，作為紀念。

所以陳傑鴻選用「B of the Bang」，作為將凌信齡與「奪命設計師」相連結的重要線索。

除了「B of the Bang」之外，陳傑鴻還在其中一個命案現場裡留下凌信齡鞋子的鞋印。至於用刀割開陳可珊喉嚨的原因，不僅僅運用「強調手法」，迫使警方把注意力轉移到「創迷設計」，更重要的是，要取得被害人的血液，好方便他嫁禍凌信齡。

為了讓嫁禍計畫更為逼真，不被警方懷疑，陳傑鴻需要另外找一個「選項」來混淆警方的視聽。

這是他依據「席克法則」（Hick's Law）所做出的設計，「席克法則」的定義是「選項的數目會影響使用者下決定的時間」。倘若設計師設計的物品需要經過使用者作出選擇才能使用（這類選擇通常不需經過複雜縝密的思考），那麼要儘可能將供使用者選擇的選項減少，以縮短反應時間，降低犯錯的可能。

比方說：指示方向的路標，或是電玩遙控器上的按鈕——這些設計都適用「席克法則」。

然而，目前陳傑鴻要設計的是「命案」，以兇手的立場來看，命案不能太過簡單，要儘可能複雜，最好複雜到讓警方搞不清楚狀況，這才是好的設計，於是他讓選項數目增加，也連帶讓警方耗費的時間增加。

即便陳傑鴻明瞭「席克法則」，而他同時也是「奧卡姆剃刀」（Ockham's Razor，定義為「**在不影響功能的情形下，設計越簡單越好**」）的信奉者，崇尚簡約的設計，但是就如寫作原則大師William Strunk所說的：「一流的設計師有時並不理會設計法則。」所以打破法則做設計並不是什麼過錯，有時甚至是必要的手段。

只是……

一想到選定洪國清作為混淆警方視聽的另一個選項，陳傑鴻的笑容就僵住了。

——洪國清是個好上司，也很賞識我，如果不是凌信齡暗中搞鬼的話，我一定能在洪國清的領導下平步青雲。

可是這也是沒辦法的事，因為經過陳傑鴻一番苦思，只有將洪國清設為選項，凌信齡犯下「奪命設計師」一連串殺人案的動機才會具說服力。

殺死陳可珊之後，陳傑鴻帶著她的血液，到洪國清的住所，將之塗在洪國清的座車上。

如果警方有發現洪國清車上的血跡，那一切就照著陳傑鴻的計畫在走，倘若警方沒發現或是洪國清發現血跡把它清除掉，那他也沒有什麼損失，畢竟洪國清不是他最主要的目標。

不管洪國清有沒有被警方當作嫌犯，陳傑鴻都得趕快將凌信齡的Bruno皮鞋「歸回原處」。陳傑鴻在那雙皮鞋鞋底沾上陳可珊的血跡，還在鞋頭放上一根施忠元的頭髮。

只要做完今天晚上的工作，「奪命設計師」的設計就大功告成，接下來就可以等著看好戲了——陳傑鴻摘下假髮和黑框眼鏡，他的步伐不自覺地加快，嘴裡也跟著愉悅的心情吹起了口哨。

第十一章——候補 Redundancy

萬一系統有一個或多個元素故障，使用多過於需要的元素，可以維持系統的運作。

——《設計的法則》候補

1

「一切都照我說的做了？」陳傑鴻問道。他現在跟沈百駒在一家名為「錦采」的餐廳裡聊天。

「對，我跟那個人說是我開的車，那個車主也不疑有他，雖然他一開始就沒給我好臉色看……這也難怪，換作是我的車被撞，肇事者不但沒停下來還逃逸離去，我想我也會很不爽吧！不過跟他談妥賠償費用之後，他的氣很快就消了。」沈百駒自口袋裡取出一小疊紙鈔，「哪，這是剩餘的錢。」

「不用了，你留著吧！還有，十萬元酬金我待會兒去提款機領取，謝謝你幫我處理這些事。」

「你真是太客氣了，這是身為朋友應該做的。」沈百駒眉開眼笑地把鈔票收回自己的口袋，「對了，我口好渴，想點杯飲料來喝。」

「不用點了，這杯珍珠奶茶請你喝吧。」陳傑鴻把桌上的珍奶推向沈百駒，「放心，我沒喝過。」

「喔，那我就不客氣了。」沈百駒不客氣地拿起杯子，大口喝著珍奶。

陳傑鴻趁這個時候看了一下手錶，現在已經是晚上九點五十八分，等等沈百駒的女友應該會撥電話過來。

「對了，那個人好像也是設計師。」片刻過後，沈百駒嘴裡邊咀嚼著珍珠邊說道。

「這麼巧啊？」陳傑鴻隨口答應。

「其實我沒問他啦，不過我有種直覺，設計師身上彷彿有種特質，讓我一看就知道。」沈百駒咧著嘴笑說。

「哈哈……是嗎？」沈百駒的說詞把陳傑鴻逗笑了。

突然，沈百駒腰際上的手機鈴聲響起。

「不好意思，查勤時間到了，先失陪一下啊。」

沈百駒邊說邊起身朝廁所走去，陳傑鴻見狀立即跟了上去。

2

一聽到門鈴聲，陳傑鴻立刻上前開門。

「請問是陳傑鴻先生嗎？」兩名男子站在門口問道，他們的表情充滿警戒心。

「是，我就是，有什麼事嗎？」陳傑鴻站在半掩的門板後方。

「我們是警察，有幾件事情想要請教你一下。」其中一名員警出示證件。證件上的名字寫著「張明鋒」。

「張警員，有什麼事嗎？」

「想請問昨天晚上十點鐘左右，你人在哪？」

「到底是怎麼了？」陳傑鴻又問。

「呃……沈百駒你認識吧？」另一名身材較高的員警問。

「認識，他怎麼了嗎？」陳傑鴻轉向另一名員警問道。

「他昨天被人家發現陳屍在一條小巷子裡。」

「什麼？」陳傑鴻一臉驚訝地大喊。

「案發時間就在昨天晚上十點。」

「那……這跟我又有什麼關係？」陳傑鴻臉上掛著疑惑的表情。

「根據可靠線報表示，你跟死者之間存在著某種不尋常的恩怨。」

員警的話令陳傑鴻的表情為之一沉。

「某種不尋常的恩怨？是誰說的？」

「抱歉，我們得保護消息來源……還是請陳先生交代一下昨天晚上十點的行蹤吧？倘若你有不在場證明，那麼我們警方就能將你剔除在嫌犯名單之外。」

「這樣啊……」陳傑鴻深沉的眉頭忽然戲劇性地揚起，「警員，我昨天晚上九點半左右在羅斯福路上的『錦采餐廳』用餐，到十一點店家打烊我才離開。」

「整整一個半小時都在？」

「是啊，不信的話，你們可以去問店家。」陳傑鴻神色自若地說道。

「ＯＫ，我們會去詢問的，倘若有什麼問題，會再跟你聯絡。」
「沒問題。」
「能跟你要手機號碼嗎？」那位名叫「張明鋒」的員警問道。
「手機號碼？」
「對，方便聯絡。」張明鋒拿出手機，準備要記下號碼。
「好。」
陳傑鴻唸出一段數字，張明鋒逐一按下數字。
「確認一下。」張明鋒邊說邊按下撥叫鍵，稍後屋內傳來一陣悅耳的手機鈴聲。
這陣鈴聲讓兩名員警相互對看了一眼，原先警戒的情緒瞬時降低了不少——這個畫面被觀察細微的陳傑鴻捕捉到了。
「陳先生，謝謝你的合作。」
說完，兩名員警就離開了。
陳傑鴻輕輕地把門關上，慢步走回書桌坐下。
——沒想到警方居然查探我的手機鈴聲，難不成那天在殺害陳可珊時忽然響起的手機鈴聲真的被人聽見了？……好在我把〈第五號交響曲〉的鈴聲換掉，要不然就會事跡敗露，一切都將前功盡棄。
陳傑鴻還聯想到使用者在使用產品時偶爾會因為疏忽或過失，而發生操作上的錯誤，因此設計師必須要盡量提升改善產品的安全性與使用性，避免使用者犯錯的可能，像是**加強設計的「功能可見性」**（Affordance），**降低使用者犯錯的機率**，例如電腦桌面上的「資源回收桶」以垃圾桶的圖示呈現，讓使用者一看圖示就明白其功能為何；或是**反覆確認**，例如使用者設定電子郵件的密碼時，系統通常會要求使用者再輸入一次密碼，確認無誤；又或是在設計中安排「**約束」功能（Constraint）**，**限制錯誤發生的可能性**，例如電腦每項週邊設備的插頭都有其對應的插座，使用者安裝電腦時不至於會插錯插座。

以上這些措施在設計完成之前就得準備好，不過陳傑鴻在犯案時手機鈴聲無預警響起的突發狀況卻不適用那些預防措施，所以他只能在事後採取補救措施，把手機鈴聲換掉——剛剛警察檢查他手機鈴聲的行為證實了這個決定正確無誤。

陳傑鴻鬆了口氣，他慶幸自己做了補救措施。從印刷廠命案的突發狀況之後，他就告誡自己千萬要小心預防錯誤再度發生的可能，所以他在昨天殺害沈百駒的過程，將防範措施做得堪稱滴水不漏。

在沈百駒來到餐廳之前，陳傑鴻一直注意餐廳二樓洗手間是否有人使用，確認無人進出，他才敢放心讓計畫繼續進行下去。

為了更加順利殺害沈百駒，陳傑鴻還在珍奶裡加了迷藥，讓沈百駒喝下，而沈百駒的女友也一如往常地在十點鐘左右打電話來查勤，趁著沈百駒進到洗手間講電話的同時，陳傑鴻小心翼翼地尾隨他進去，並且把洗手間的門鎖好，接著自口袋裡取出錄音機，按下播放鍵，然後放在洗手台上。

「喂，小妮啊，好，好，我知道，我知道，我待會兒就要回去了，我現在跟朋友在談生意……」

沈百駒話才說到一半，陳傑鴻手中的尼龍繩迅速且熟練地繞過他的脖子，使勁地用力拉緊，沈百駒因為被勒殺，手機自手中滑落，掉在地上，他的雙手連忙抓著深陷脖子皮肉裡的尼龍繩，試圖要鬆開陳傑鴻的拉扯。

即便陳傑鴻稱不上強壯，但是為了犯案，他特別做過鍛鍊，舉了三個月的啞鈴，手臂變粗約一公分。

不同於之前殺的那些人，雖然沈百駒身材不算高大，但頗有力氣，如果沒有特別準備，殺死他並不容易。

沈百駒努力掙扎了一會兒，然而，或許是迷藥的藥效發作了，他激烈擺動的手腳在轉瞬間不聽使喚地癱軟，最終整個人僵直地往旁邊倒下。

陳傑鴻大口喘著氣，緩緩地擦掉額頭上冒出的斗大汗珠，等到喘息聲消失在耳邊，整個洗手間只剩下抽水馬達運作的聲響——那是自放在洗手台上的錄音機播放出來的聲音。

看見掉落在地上的手機已經失去通話狀態，陳傑鴻將之撿起，收進口袋，準備進行最後一個階段的計畫：替自己安排不在場證明。

不在場證明的安排一樣也是為了預防「錯誤」再度發生，果不其然，警方找上門來訊問他。

陳傑鴻猜測：警方的消息來源應該是沈百駒的女友吧？陳傑鴻不認為沈百駒會把他握有自己把柄一事守口如瓶，他應該會把這件事告訴他的女友。

他大概是擔心把我逼到狗急跳牆的地步，萬一我採取什麼激烈的手段來對付他，到時可以用這點來保護自己……想不到沈百駒也懂得「候補」的概念啊——陳傑鴻露出諷刺的冷笑，因為他替自己安排不在場證明也正是「候補」概念的運用。

設計師設計的物品有時會發生系統故障的情形，於是必須考慮在設計的過程中安排「候

補」的元素，以維持系統正常運作。

比方說：現代化的火車通常會有多種的煞車系統，像是同時具備電力煞車、氣壓煞車和液壓煞車三項煞車系統，這三項性質不同的煞車系統不大可能會同時故障，所以現代化的火車甚少出現煞車故障的意外。

陳傑鴻以前在「創迷設計」任職的時候，有次被派去支援同事處理一家百貨公司櫥窗設計案，主導設計案的那位同事打算將這家客戶廠商的logo，一隻金黃色的蜘蛛，用金屬外殼做出形體，再用一根鋼絲吊到百貨公司一樓中庭上方五公尺高的半空中，想要營造出蜘蛛吐絲從天而降的場景。

陳傑鴻看了一下設計案，赫然發現那隻蜘蛛的規格太大，他擔心鋼絲會負荷不了蜘蛛的重量，萬一鋼絲斷裂，蜘蛛掉落下來很可能砸傷路過的民眾，於是建議把蜘蛛放在地上做爬行狀即可，無須吊在半空中。

不過那位同事非常堅持自己的構想，絲毫不願讓步。陳傑鴻本想放棄說服那位同事，然而，此時「候補」的概念卻在他的腦中如一道流星劃破天際那樣，激發了他的靈感，他建議讓那隻蜘蛛固定在由鋼絲編織而成的網上，如此一來，既可保留那位同事的原始構想，又能兼顧安全性。

這個構想最終獲得同事的認同，而後來發生的意外事故也證實了陳傑鴻的顧慮是對的，那隻蜘蛛正上方的鋼索果然因為負荷不了蜘蛛的重量而斷裂，所幸其他作為「候補」的網狀鋼索尚能支撐住蜘蛛的重量，一場可能砸傷民眾的意外才免於發生。

對設計師來說，不論設計構想多麼匠心獨具、多麼巧奪天工，但是付諸實行之際必須考慮設計的安全性，設計一旦有安全上的疑慮，肯定會讓使用者望而卻步。

在設計這起連續殺人案的時候，陳傑鴻自然也不會忘了考慮「候補」概念的運用，即便已經安排了一個煙霧彈混淆警方的視聽——在洪國清的車上塗上命案死者的血跡——但是萬一警方把懷疑的目光投射到自己身上時，他勢必很難置身事外，畢竟他曾在「創迷設計」任職過，也有殺害沈百駒的動機。

所以陳傑鴻決定在殺害沈百駒的過程中替自己安排不在場證明，作為嫁禍計畫失敗的「候補」。如果警方沒有注意到他，那這個不在場證明就無須拿出來，倘若警方察覺到他跟沈百駒之間的關係，這個不在場證明就會發揮效用，碰到瓶頸的警方鐵定會將注意力轉回到「創迷設計」。

陳傑鴻對自己的不在場證明極具信心，他相信警方一定無法識破他的詭計，他現在唯一擔心的是：警方能不能發現淩信齡跟沈百駒之間的「關聯」？

3

在詢問完陳傑鴻之後，周智誠和張明鋒立即趕往「錦采餐廳」確認他的不在場證明。

今天早上有民眾在松江路的一條小巷內發現一具屍體，警方根據死者皮夾裡的身分證，得知死者名叫沈百駒，而警方還在沈百駒身上發現一個懾人的景象：他的腰部上有八道交叉在一塊的S形刀傷。

這個景象證實了「奪命設計師」再度犯案，除了S形刀傷之外，八道刀傷也符合「費布納西數列」的規則。

所以警方自然不敢將這件命案等閒視之，周智誠和張明鋒先去訊問沈百駒的女友方蔓妮。

「只要百駒沒在十點回到家，我就會打電話去提醒他，昨天也是一樣，我在十點左右打電話給他，結果他接聽沒多久，就突然斷訊，好像是被人家襲擊了那樣。」方蔓妮哭喪著臉陳述昨天的情形。

「那他說了什麼嗎？」張明鋒問。

「他跟我說他馬上就回家了，他正在跟朋友談生意。」

「談生意？妳知道是誰嗎？」

「不，我不知道，百駒他沒說……不過有件事情我倒覺得很奇怪。」

「什麼事？」

「當時我聽到類似抽水馬達運作的聲音。」

這條線索讓周智誠和張明鋒互看了一眼，因為屍體陳屍的巷子旁確實有抽水馬達在運作。

「妳知道誰有動機殺害妳的男友？」

「有，我知道。」方蔓妮從抽屜裡拿出一張照片和一張和解書。

「百駒拿這張照片給我，告訴我說倘若他遭遇不測，這張照片上的人很有可能就是兇手。」沈百駒的女友方蔓妮將照片遞給前來訊問的張明鋒和周智誠。

張明鋒從方蔓妮的手中接過照片，照片上的人躺在床上，他的腹部有一塊紋身——四道圓弧曲線分居上下左右，正中央有一個紅點。

「這是什麼？」張明鋒問。

「我不知道，百駒他什麼都沒說，只告訴我這個人跟他有某種不尋常的恩怨。」

張明鋒將照片翻面，發現背面寫著「陳傑鴻」三個字，以及一串手機號碼和住址。

至於那張和解書上則有另外一個人名凌信齡，這個名字讓張明鋒和周智誠大吃一驚，因為他們兩人記得曾在「創迷設計」訊問其員工的時候看過這個名字。由於「凌信齡」這個名字還算特別，所以張明鋒和周智誠印象相當深刻。

方蔓妮說前幾天沈百駒跟這個人因為車禍糾紛而私下和解，說不定在談判的過程中，雙方有了言語上的摩擦而導致殺機。

張明鋒和周智誠獲得這兩條線索後，先依照片上的住址找到了陳傑鴻，故意詢問陳傑鴻手機號碼的原因，則是為了確認他的手機鈴聲，而結果證實他的手機鈴聲並非〈第五號交響曲〉。為了慎重起見，他們依舊到「錦采餐廳」確認陳傑鴻的不在場證明，餐廳店員證實陳傑鴻昨天晚上十點左右人的確在餐廳內，那時他到樓下櫃檯請求換座位，他嫌二樓的冷氣太強，想把座位換到一樓，由於客人不多，於是店員答應了他的請求。

後來陳傑鴻換到一樓靠窗的座位，那裡正好就在櫃檯旁邊，完全在店員的視線範圍之內，所以店員能替陳傑鴻的不在場證明擔保。

「看來兇手應該不是他了。」離開「錦采餐廳」後，張明鋒說道。

「是啊，手機鈴聲和不在場證明都可以排除陳傑鴻犯案的可能性。」周智誠附和道。

「那凌信齡呢？確定與『創迷設計』的設計師是同一個人嗎？」

「不知道，去問看看就知道了。」

兩名員警沒打電話向凌信齡確認，而是從「創迷設計」那邊問到他的住址。

兩人依據住址來到凌信齡的住所，在敲門之前，張明鋒注意到門旁的鞋櫃。

「智誠，你看。」張明鋒指著鞋櫃。

「怎麼了嗎？」

「我們在印刷公司命案現場發現兇手的鞋印，鑑識報告說鞋印是二十五號尺寸的鞋踩出來的，凌信齡的鞋子差不多就是這個大小。」

「嗯，你說得一點都沒錯。」經張明鋒提醒，周智誠才驚覺這個巧合。

兩人對看了一眼之後，張明鋒往後退了一步，右手則是伸進外套內，輕觸腰際上的槍套，蓄勢待發地做好準備，而周智誠則是走向前，按下門鈴。

「誰啊？」約莫十秒後，凌信齡從門板後方探出頭來問。

「凌信齡先生，請問你還記得我們嗎？」周智誠問。

凌信齡愣了一下，半晌過後才有反應。

「喔，我想起來了，你們是那兩位來公司調查訊問的警察，有什麼事嗎？」

「凌先生，請問你知道沈百駒這個人嗎？」

「沈百駒，他怎麼了嗎？」一提到沈百駒，凌信齡的表情驟變，一副不想聽到這個名字的樣子。

「今天早上他被發現陳屍在小巷子裡。」

「什麼？」凌信齡雙眼睜得大大的。

「凌先生，根據我們警方的調查結果，你跟死者沈百駒似乎有金錢上的糾紛。」周智誠拿出上有凌信齡簽名的和解書，「據說你們的車在不久前曾相撞。」

「是他開車來撞我，然後又肇事逃逸……等等，你們該不會認為是我殺了他吧？」凌信齡不悅地反問。

「凌先生，請問昨天晚上十點你人在哪？」

「你們是把我當成嫌疑犯了？」凌信齡拉高音量。

「很抱歉，凌先生，這是警方的職責，倘若你是無辜的，希望你能配合警方的問案，這樣的話，警方才能盡快將你自嫌犯名單當中剔除。」

「有沒有搞錯啊？」凌信齡一臉無奈地大聲抱怨。

4

姜巧謹站在白板前，全神貫注地凝視著沈百駒命案的現場照片，試圖想要藉此突破案情。照片中的沈百駒雙腳穿著米黃色的襪子，截至目前為止，七件案子當中的死者或受害者身上都有黃色的物件，其中第四件案子的劉雨儂和第六件案子的施忠元，兩人身上的黃色物件似乎是兇手刻意安排的。

「奪命設計師」為什麼要這麼做？——這個問題姜巧謹已在心中問過自己許多遍，卻百思不得其解。處處碰壁的她只好把注意力轉移到警方找到的幾名嫌疑犯身上。

首先是洪國清，檢方本來認為他涉嫌重大，打算聲請羈押，但是在洪國清律師的抗告下，檢方的羈押聲請被法院駁回，最後裁定以二十萬元交保。

根據張明鋒轉述的情報，洪國清拿出一張洗車場的收據，證明他在陳可珊命案發生的後兩天曾到洗車場去洗車，既然如此，他的車子又怎麼會留下明顯的血跡？洪國清的律師認為這分明是有人栽贓嫁禍，而法官採信了他的說法。

第二位嫌疑犯陳傑鴻則在警方確認他的不在場證明之後，很快就被剔除於嫌犯名單之外。

第三位嫌疑犯凌信齡則是目前警方鎖定的頭號嫌疑犯，因為他不但是「創迷設計」的員工，知道創迷設計合作的各家廠商，而且他也有動機陷害洪國清，因為洪國清在看守所的期間，他被公司同事推舉，暫時代理創意總監的位置，換言之，如果沒了洪國清，凌信齡就是創意總監的頭號人選。

此外，凌信齡還與最後一位死者沈百駒有車禍糾紛，這也是警方會找上他的主要原因。更巧的是，警方在他家中發現了一張「B of the Bang」的照片。

然而，真正讓凌信齡陷入麻煩的關鍵，是警方在他的鞋櫃裡搜到了一雙棕色英國Bruno皮鞋，經過警方比對命案現場發現的兇手鞋印，兩者完全吻合，警方更在鞋底採集到印刷公司命案死者陳可珊的血跡，還在鞋面上找到一根鐵工廠命案死者施忠元的頭髮。

證據確鑿，無庸置疑——這是警方的結論。

凌信齡則辯稱那雙鞋子在一個多月前遭竊，他也不清楚鞋子怎麼會莫名其妙地「物歸原位」，他認為自己也跟洪國清一樣被栽贓嫁禍。

警方對凌信齡的說法存疑，不過負責協助警方調查的姜巧謹卻覺得事有蹊蹺，因為警方找到的證據似乎太過明顯充分，明顯充分到給人感覺這一切都是兇手的精心設計。

更何況，倘若凌信齡真是兇手，他又何必大方地允准警方拿他的鞋子去檢驗？姜巧謹不認為犯下七件兇案、殺害六個人的「奪命設計師」會如此粗心（或者該說「如此大膽」）。

「哎唷，我覺得妳想太多，」聽完姜巧謹說出她的看法後，張明鋒不以為然地笑說，「有的時候呢，聰明絕頂的兇手偏偏就是會在這種小地方重重摔一跤。」

「是這樣嗎？」巧謹嘴裡念念有詞，追拿兇手到案的炙熱鬥志也因為案情一直無法有突破性的進展而逐漸消沉冷卻。她無奈地嘆了口氣，心灰意冷的目光不經意地停在白板上的某張照片，那張照片真實且殘酷地呈現沈百駒腹部的刀傷。

突然，姜巧謹的腦中浮現出一個影像，與沈百駒身上的刀傷重疊……

「張警員，能否請你幫我調查一下陳傑鴻這個人的背景經歷？」姜巧謹冷卻的鬥志遽然轉熱，她熱切地向張明鋒提出請求。

「什麼？」張明鋒露出一副「自己是不是聽錯了」的表情。

「此外，再查看看陳傑鴻跟沈百駒的關係。」姜巧謹無視張明鋒的疑惑，繼續說道。

「可是……要調查陳傑鴻幹嘛？他有不在場證明，絕對不可能是兇手啊！」

「他的不在場證明或許是設計出來的……對了，你能載我去沈百駒命案的案發現場嗎？我想去那邊看一下。」

「我載妳去吧！」

張明鋒還來不及回答姜巧謹，會議室門口就傳來這句話。姜巧謹轉身一瞧，只見周智誠站在門口。

周智誠的出現瞬間澆熄了她內心燃起的炙熱鬥志。

「明鋒，你先依姜小姐的指示去做，我帶她去命案現場調查。」

「喔，好。」張明鋒看了緊抿嘴唇、欲言又止的姜巧謹一眼，他似乎察覺氣氛有異，不過他沒說什麼，就離開了會議室。

張明鋒一離開，姜巧謹立刻拿起外套穿上，朝會議室外頭走去。

「周警員，謝謝你的好意，不過我自己去就可以了，不用麻煩你。」姜巧謹連瞧也不瞧地經過周智誠身旁。

「巧謹，你幹嘛這樣？」周智誠跟了上去。

「請你不要這樣叫我，我很不習慣，畢竟我們沒有這麼熟。」姜巧謹冷冷地回道。

「好，如果妳不希望我這樣叫妳，那我就不這樣叫妳……不管怎樣，我送妳過去吧，不然妳知道地點嗎？」周智誠一邊跟著姜巧謹，一邊對她說。

「我知道，資料上有寫。」

「那案發當時，陳傑鴻所在的那間餐廳地址呢？」

姜巧謹停下腳步，轉頭望向周智誠，臉上透露出莫可奈何的情緒。

「看吧，妳還是需要我。」周智誠笑了出來，表情有點不好意思，「就算妳知道住址，但妳也需要一名警察陪著妳吧，不然妳要怎麼問案？」

姜巧謹想再度開口拒絕他，但是卻又找不到任何適當的理由。

5

車子才開離市刑大沒多久，巧謹的手機鈴聲就突然響起，手機螢幕顯示是林若蓮打來的電話。

「喂，巧謹，我若蓮啦！」電話彼端傳來活潑有朝氣的聲音。

「若蓮，」聽到林若蓮的聲音，巧謹喜形於色地回答，「對了，妳提案的情形怎麼樣了？」

巧謹之所以這麼問，是因為昨天和前天打電話給林若蓮，得知她在提案的過程中遇到了一點麻煩，客戶對幾個地方很不滿意，要她回去修改。

林若蓮在電話大吐苦水，說這個客戶十分挑剔龜毛，是個「奧客」，她甚至還一度想放棄這個案子。

巧謹聽了連忙在電話裡安慰她，告訴她客戶會對她的提案不滿意，並不是她的設計不好，而是不合客戶的意罷了。巧謹還對林若蓮說：「妳沒問題的，再撐一下子就可以過關的，別這麼輕易放棄。」

巧謹不知道自己的加油打氣有沒有對林若蓮造成效用，不過她還是在這兩天裡默默地替她的好友禱告。

「巧謹，我過關了，那名客戶很滿意我這次的提案，我今天下午就要去跟客戶簽約。」

「太好了！看吧，我就說妳行的。」

「巧謹，謝謝妳的鼓勵，多虧有妳勸我堅持下去，我才能順利接到這個案子。」

「我的鼓勵不是重點，這是妳自己努力的成果，妳要為妳自己感到驕傲。」

「巧謹，真的很謝謝妳……對了，妳現在在幹嘛啊？」

「我現在要去調查某位兇嫌的不在場證明。」

「巧謹，妳有看這期的《8週刊》嗎？」

《8週刊》是台灣頗具知名度的八卦雜誌，每逢星期六出刊，今天恰好就是星期六。

「我沒有直接翻雜誌，不過我有看到電視新聞引用雜誌內容。」

「那兇手真是那個設計師凌信齡嗎？」

「我到目前還不確定，不過我傾向相信凌信齡是被陷害的。」

「這樣啊，那還需不需要我過去市刑大？」

「現在是還不用，妳就先專心在設計案上吧，如果我有需要協助的地方，會再打電話聯絡妳。」

「喔，好，那……」林若蓮的聲音忽然變得有點羞怯，「周警員他人現在在幹嘛啊？」

這個問題令巧謹遲疑了一下，她刻意把頭偏向身旁的車窗，讓正在駕駛的周智誠完全消失在她的視野內。

「他，我不大清楚耶，可能人在外頭吧？」

「這樣喔……」語氣聽起來有點失望，「好，那就先這樣，以後再聊。」

「好。」巧謹有點心虛地答應。

「再見。」

「再見。」

「是林小姐打來的啊？」

巧謹才一結束通話，周智誠就問道。

「嗯，對。」姜巧謹連頭也不轉地回應，語氣聽起來有點敷衍。她的雙眼望向身旁的車窗，看著窗外一閃即逝的街景。

車內瞬時轉為一片寂靜。

「不好意思，我不知道妳討厭煙味。」一分鐘後，周智誠開口說道。

「你說什麼？」姜巧謹仍舊沒有轉頭看著周智誠。

「妳第一天來市刑大對我們解析案情的時候，我注意到妳很排斥煙味，我只不過離妳稍微近一點，妳就被我身上殘留的煙味給嗆得幾乎快說不出話來了。」

「你不用介意，你又不是當著我的面抽煙。」

「我會戒煙。」

周智誠忽然拋出這句看似相關但實際上卻很突兀的話。

「戒煙是好事，對你的健康有幫助。」姜巧謹淡淡地說。她心想：也許他真的想戒煙，沒別的意思。

「我本來是不抽煙的，但是友實死後，我心情真的太過鬱悶了，所以才會用抽煙來解悶。」

「你覺得用抽煙來悼念自己死去的女友是一種很好的方式嗎？」姜巧謹語帶嘲諷地批評，不等周智誠回答，她又繼續說道：「我不明白為什麼有的人在難過的時候，要選擇抽煙或喝酒之類傷害自己的方式來表達內心的傷痛？我認為這種行為反倒證明了自己的內心其實並沒有那麼痛，所以才會利用那些殘害自己健康的事物來讓自己覺得痛。」

姜巧謹說這話時，雙眼依然並未對著周智誠，而是持續看著車窗外的景色，她原本想藉由瀏覽街景來閃躲兩人共處車內的尷尬，但此刻她卻不經意地從車窗反射的影像，瞥見周智誠臉上悵然若失的神情。

我剛剛是不是說得太過火了點？——姜巧謹有點自責。

「妳說得很有道理……我也會戒酒，當然也會戒掉Margarita，以後再也不喝了。」

正當姜巧謹還在後悔剛剛因一時衝動脫口而出的嘲諷之際，周智誠再度拋出一句弦外之音響亮的話語。

你不是忘不了你的女友，才會喝了半年的Margarita嗎？

巧謹凝視著玻璃窗上反射出的影像，即便周智誠的俊俏臉龐幾乎快與空氣融為一體，但仍不難看出他說這話的堅決意志。

經過三秒鐘的思量，姜巧謹決定對他剛剛說的話置若罔聞。

這樣，對他或對我都好——巧謹在心底苦笑。即便目前是單身，但是她不認為自己的狀態適合接受另一份新的感情。更何況，一想到林若蓮對周智誠的那份愛戀，自己就更不可能對周智誠動情。

接下來，兩人之間的沉默延續到抵達目的地的那一刻。

「到了，就是這裡。」周智誠解開安全帶。

姜巧謹轉頭看了周智誠一眼，然後跟著他下車。

兩人進到「錦采餐廳」，此時已快接近傍晚，用餐的客人還算不少。現在餐廳內值班的服務生就是當天替陳傑鴻作證的服務生。

「這個男人，你見過嗎？」姜巧謹先拿出沈百駒的照片。

「這個客人我沒什麼印象耶。」那名服務生害羞地回答。他的視線停在姜巧謹臉上的時間比停在照片上的時間多。

「能請你再仔細看一遍嗎？這很重要。」姜巧謹察覺到這名服務生根本沒在專心看照片，所以她要他再看一遍。

被姜巧謹這麼一講，服務生不好意思地收斂欣賞美女的目光，把注意力放回到照片上。

「我真的沒什麼印象，抱歉。」

服務生的答案讓姜巧謹的臉上寫滿了失望，連帶讓服務生露出歉疚的表情。

「那，這個人呢？」姜巧謹接著拿出陳傑鴻的照片問。

「喔，這位先生我知道啊，這位警員前天有問過我。」服務生指著周智誠，「這位客人大約在一個多月前來光顧本店，往後每個禮拜都會來這邊消費，我記得我看過他四、五次。」

「那他大前天，也就是十二月二十二號晚上來你們店裡的時候，手邊有沒有帶著行李箱之類的物品？」

「欸？妳怎麼知道？」服務生露出難以置信的神情，「這位先生大前天的確帶著一個行李箱，我還在想說他是要去哪裡旅行呢？」

「果然沒錯。」

「巧謹，妳的意思是？」經巧謹的提點，周智誠似乎也已識破陳傑鴻的不在場證明。

「嗯，你們發現屍體的命案現場應該是第二現場，而非兇手行兇的第一現場。」巧謹講完才意識到周智誠剛剛直呼她的名字，她本想開口糾正他，不過礙於旁邊有服務生，她只好隱忍下來。

「那要請鑑識人員來這邊檢查嗎？」

「照理來說，應該是要，不過我想鑑識人員可能找不到太多線索，就算找到跟沈百駒相關的微物證據，但也只能證明沈百駒來過這家餐廳，無法證明他何時來的，也沒有辦法瓦解陳傑鴻的不在場證明。」

即便希望不大，但周智誠還是撥了通電話回市刑大，要他們派鑑識人員來這裡搜查。

兩人離開餐廳後，接下來趕往距離錦采餐廳有十五分鐘車程的沈百駒陳屍現場。

「他就倒在這裡？」姜巧謹左手拿著照片，邊比對邊指著地上以粉筆畫下的模糊輪廓，問道。

「嗯，就如同照片上顯示的那樣。」周智誠答覆。

粉筆畫出的區塊內外散落著無數大小不一的綠色玻璃碎片，姜巧謹逐一翻閱照片比對，除了屍體陳屍的畫面之外，還有搬移屍體之後拍攝下的畫面，與她眼前實際所見幾乎完全相同——看來現場保存得相當完整。

姜巧謹從踏進巷子內觀察命案現場的那一刻起，不時緊抽鼻頭憋著氣，因為巷子內的空氣彌漫著自水溝飄出的腥臭味，相當難聞。

巷子旁邊的民房內傳來陣陣馬達運作的聲音，姜巧謹想起張明鋒交給她的筆記裡有提到，沈百駒的女友說在與沈百駒通話的過程中有聽到抽水馬達運作的聲音。

「沈百駒的女友說過，他在跟沈百駒通話的時候有聽見抽水馬達運作的聲音。」

周智誠的這句話居然完全命中自己的想法，令姜巧謹嚇了一跳，她心想：這個男人真是觀察入微，心思細膩，竟然能跟上她的思路。

「對了，抽水馬達聲不正可以證明兇手就在這裡犯案嗎？」周智誠問。

「要製造這種假象並不困難，只要用錄音機就可以了。」姜巧謹若無其事地回答，「前幾件案子的命案現場都是第一現場，因此警方一定也會先入為主認定沈百駒陳屍的現場是第一現場，再加上有證人可以作證聽到馬達聲，更可以讓警方對這點深信不疑——由此可知，『奪命設計師』行事風格十分謹慎，竟會在這種小細節下工夫。」

「那，接下來該怎麼辦？」

「看來我們只能用最笨的方法，拿照片去向附近的店家詢問，看看他們有沒有在大前天晚上十一點以後看到陳傑鴻出現在小巷內。」姜巧謹無奈地作出結論。

兩人開始到巷子兩旁的店家詢問，第一間是巷子口一家賣滷肉飯陽春麵的店家。

「這個人？沒見過。」老闆拉下老花眼鏡，對著照片上的人端詳了半天後說。

「那十二月二十二號晚上十一點以後，你有聽到巷子內有奇怪的聲音嗎？」姜巧謹用台語提出下一個問題。

「奇怪的聲音？」老闆反問。

「就是……」姜巧謹一時之間無法用台語精準表達她想要知道的這個問題，不過她隨後又想：要問什麼聲音？兇手「丟」屍體的聲音？這種問題就算我用國語問也辭不達意吧？於是她對小吃攤老闆揮揮手，表示作罷。

「沒啦，沒啥啦……頭家（老闆），多謝喔。」即便沒問到什麼令人滿意的結果，但她還是很禮貌地向小吃攤老闆鞠躬道謝。

「怎麼不繼續問下去？」在轉身離去的同時，周智誠湊近姜巧謹耳邊低聲地問。

「我要問什麼聲音？兇手把屍體丟在小巷子內也不可能會發出什麼聲音啊！」姜巧謹自己都覺得有點好笑。

正當兩人要踏出店門之際，小吃攤老闆突然拋出一句話。

「有喔！」

兩人轉頭看著小吃店老闆。

「你說什麼？」姜巧謹好奇地問。

「那天晚上十點半我打算要收攤的時候，我看到我隔壁公寓五樓的住戶丟酒咁仔（酒瓶）下來巷子內，隔天我看到警察來這條巷子，才知道有人死了，我那時還在想說跟那酒咁仔咁有關係（是不是有關係）？」

姜巧謹還以為真有什麼線索，原來是一個不相關的事件。

「沒關係啦，兇手是十一點以後來到這條巷子內，十點半丟下來的酒咁仔跟這件案子沒關係啦。」姜巧謹解釋道。

「這樣喔，」小吃店老闆突然話鋒一轉，看著周智誠，「欸，警察先生，要是有夫妻冤家（吵架），恁警察咁有法度處理（你們警察有辦法處理嗎）？」

「啊？」周智誠不解地問。

「就是我剛剛講的丟東西下來的那間啊！他們那間喔，每天都嘛吵吵鬧鬧，煩死啊……那天更夭壽，從上面丟東西下來，萬一丟到人，那就很危險呢！」

「要是真的太吵，你可以打電話給派出所，叫警察來處理。」周智誠嘴巴上這麼講，但他也很清楚警察不太想管這種家務事，最多就是登門拜訪勸導一下而已。

「稍等一下！」姜巧謹忽然用宛若發現寶藏的表情看著小吃攤老闆，「頭家，你剛剛說那天晚上十點半有人丟酒咁仔下來巷子內？」

「對啊。」老闆回答。

「怎麼了嗎？」周智誠看出巧謹的表情有異，連忙問道。

只見姜巧謹臉上的驚愕表情漸漸被豁然開朗的神情取代。

「我想我找到陳傑鴻不在場證明的破綻了。」

第十二章——最弱的一環 Weakest Link

故意使用一個會失靈的微弱元素，使系統中其他元素免於故障。

——《設計的法則》最弱的一環

1

奪命設計師的窮途末路？

震驚全台的「奪命設計師」連續殺人案在近日內有了重大突破，警方前後鎖定兩名嫌犯，「創迷設計」的創意總監洪國清與產品設計部門經理凌信齡——前者在罪證不足的情形下獲得交保，而後者目前則因為涉嫌重大遭到檢方收押。

「奪命設計師」從今年的五月四日開始犯下第一件命案，至今已有七人受害，其中有六人喪命，據本刊記者調查，第四、第五和第六起案件中的死者，都跟「創迷設計」這家國內最具知名度的設計公司有關。

把兇手行兇的目標與警方逮捕的嫌犯相對照，不難推測出兇手犯案動機就是要嫁禍「創迷設計」的設計總監洪國清。

警方推測凌信齡刻意殺害與「創迷設計」相關的人，讓警方把注意力投向「創迷設計」，然後又在洪國清的車上塗上其中一位死者的血液，留下關鍵的證物，而警方也「誤入歧途」，循線找到了洪國清以及關鍵證物。

凌信齡的嫁禍計畫眼看就快大功告成，卻因為一起突如其來的車禍糾紛而功虧一簣。警方研判凌信齡因車禍糾紛與被害人起了衝突，一時衝動而犯下這起殺人案，還異想天開地留下「奪命設計師」犯案的簽名特徵S形刀傷，想要藏葉於林，混淆警方的視聽，沒想到聰明反被聰明誤，這個自作聰明的舉動竟意外毀了自己置身事外的完美處境。

經過警方深入調查，意外發現凌信齡與最近發生的這起兇殺案死者有過車禍糾紛，因而把他與「奪命設計師」連續殺人案連結在一塊。

凌信齡是「創迷設計」的看板人物，也是公司內部最被看好能自洪國清手上接下創意總監的頭號人選，沒想到卻因為急切渴望權力，而犯下這一連串令人髮指、駭人聽聞的慘案。

整件案子最讓人毛骨悚然之處，就在於凌信齡這個人，倘若他真是殺害數條人命的「奪命設計師」，那英俊外貌和得體談吐所包裝的內裡，就是一顆兇殘暴虐、目無法紀的惡魔之心。

雖然不應在警方破案之前妄下斷語，但美國最知名的連續殺人魔Ted Bundy就是屬於這類典型，同樣外表俊俏、談吐得體，不過卻有無數女性死於他的魔掌，況且古人有云：「知人知面不知心」，難保凌信齡不會是台灣的Ted Bundy。

一度被警方懷疑為兇手的「創迷設計」總監洪國清在接受本雜誌專訪時，卻一再宣稱自己相信下屬凌信齡的清白，堅信他亦跟自己一樣是遭到構陷，盼警方能夠持續追查下去，秉持著勿枉勿縱的精神，將案情查個水落石出，還死者和社會大眾一個公道。

究竟「奪命設計師」就是凌信齡，還是另有其人，就讓我們靜待警方的調查結果出爐。

陳傑鴻在日式料理店內一邊享用新鮮生魚片和美味燒烤，一邊看著今天早上剛在全台各大便利商店與書局上架的八卦週刊。

這期的封面人物是英俊帥氣的設計師凌信齡，銬上手銬的他眉頭深鎖，身旁還有兩名法警將他帶上囚車，雜誌標題為「『奪命設計師』連續殺人案完全解密」，報導內容極為聳動，充滿浮誇煽情的字句。

雖然陳傑鴻做的這一切，就是為了要讓凌信齡身敗名裂，不過他沒想到最後會以如此戲劇化的方式完結。儘管出乎自己意料之外，但是那種陷仇人於痛苦深淵的快意還是令他感到相當滿足。

陳傑鴻把沾有芥末與醬油的鮪魚生魚片送進嘴裡，芥末嗆辣的口感和魚肉鮮嫩富彈性的咬勁刺激味蕾，他一臉滿足地仰起頭，同時深吸一口氣。

一切都結束了……

「還滿意吧？」師傅隔著料理台問。

「很滿意，非常滿意。」陳傑鴻睜開雙眼，滿臉笑意地回答。

陳傑鴻用完餐結帳後離開日式料理店。

即便他知道事情已經完結，但是他還是忍不住去回想雜誌週刊內的那篇報導，撰寫那篇報導的記者幾乎依照他的誤導在下筆，將他「希望」呈現在眾人眼前的計畫公諸於世，該說這個記者聰明呢，還是愚笨呢？

陳傑鴻搖頭苦笑，不置可否。

綜觀這整起計畫，在實行上可謂相當順利，儘管出了點差錯，像是手機鈴聲被警方得知，但整體而言，堪稱天衣無縫，那名記者的報導就是最好的證明。

不過他很好奇那名記者的消息怎麼會如此靈通，竟能得到S形刀傷的內幕消息？是警方有人違反「偵查不公開」的原則，將案情洩漏給記者？倘若如此，也間接證明了警方被他玩弄於股掌中。

陳傑鴻得意地笑出聲音。

在這一連串的案件當中，陳傑鴻運用了許多設計法則，像是以**顏色**這個元素串連所有案件，形塑出各個案件之間的**相似性**、用**強調手法**將警方的注意力轉移到「創迷設計」、根據**席克法則**增加警方追查的目標選項、製造不在場證明作為計畫失敗的**候補**等等。

除了上述這些法則之外，陳傑鴻還使用了一個相當重要的設計法則——**最弱的一環**（Weakest Link）。

這個設計法則相當值得玩味，就字面上來說，**產品當中「最弱的一環」是最不具價值、最可以被犧牲的一項設計，但偏偏也是產品當中最重要的一項設計**。

比方說：電子迴路裡的保險絲之所以被設計成「只要達到一定電量就會燒熔掉」的狀態，為的就是要確保過高的電量不會通過保險絲，破壞整個系統。

電路保險絲的例子是屬於「消極」的設計，「最弱的一環」也有「積極」的設計方式，例如大樓的消防自動灑水系統，裡頭的零件有一個極為敏感的感應裝置，只要感受到一定熱度，感應裝置就會破裂，進而啟動消防自動灑水系統。

在「奪命設計師」的連續殺人案當中，陳傑鴻使用「最弱的一環」這個概念不只一次。

像是他在第四件案子當中替劉雨儂穿上鵝黃色襯衫時，就刻意把襯衫鈕子扣錯，而在第六件案子裡替施忠元換上土黃色的皮帶時也故意不繫緊，為的就是要讓警方懷疑「顏色」這項元素只是「奪命設計師」的故佈疑陣，加強命案現場中以強調手法呈現「創迷設計」的可信度。

當然，整件案子當中最關鍵的「最弱的一環」，就是嫁禍洪國清，陳傑鴻故意笨拙地將血跡塗在相當顯眼的位置，儘管這麼做很可能被洪國清發現而將血跡擦掉，不過他的目的本來就不在嫁禍洪國清，萬一警方沒將目光放在洪國清身上，並不會對整件計畫造成太大的損失。

不過倘若洪國清沒發現車上的血跡而警方卻注意到，那他們就會鎖定洪國清，但同時也會對這條明顯的線索存疑，進而去懷疑洪國清被嫁禍的可能。

接著身上有八道S形刀傷的沈百駒讓警方循線找到有明確犯案動機的凌信齡，他不但有顯而易見的動機，還從他的住處搜到沾有死者血跡和頭髮的鞋子，鞋印也與命案現場發現的兇手鞋印完全吻合。

警方一定預料不到兇手會安排另外一條伏線讓他們循線找上凌信齡，並能謹慎到連續使用兩次嫁禍手段。

這就好比打獵，兇手是獵物，而警察則是獵人，倘若只有一隻獵物，很容易就被獵人鎖定，將其獵殺，這麼一來，獵人或許會覺得無聊，進而再去尋找其他的獵物。要是獵物不只一隻，獵人勢必會疲於奔命，一旦覺得疲憊，就會放棄去尋找其他獵物的念頭——將洪國清設為兇手選項之一的目的也就是如此。

今年的冬天似乎特別冷，陳傑鴻把雙手插進外套口袋裡，加快腳步，忽然有樣東西出現在他的視野左上角，他停下腳步，抬頭一看，是台北一〇一大樓。

——不知道今年一〇一大樓的跨年煙火會不會很精采？

即便陳傑鴻討厭人群，從未參加跨年這種人擠人的活動，但他每年還是會從電視新聞畫面欣賞一〇一跨年煙火秀，也因此他現在不禁在腦海裡想像煙火綻放、絢爛奪目的跨年夜景。

一〇一大樓的外型仿造竹節，中間部分有長度相等的八段，每段由八個樓層組成，是取八的諧音「發」設計而成，第二十六樓外還有古代銅錢的圖像，讓一〇一大樓深具東方意象的美感，有別於西方其他的摩天大樓。

一〇一大樓是台北最耀眼醒目的地標，也是目前世界第一高樓，不過再沒多久，阿聯杜拜的「哈里發塔」（Burj Khalifa）就會取代台北一〇一成為世界第一高樓。

台北一〇一大樓世界第一高樓的頭銜即將被阿聯杜拜「哈里發塔」取代的這件事，讓陳傑鴻聯想到他跟凌信齡之間的競爭，認真說起來，他把凌信齡當成好朋友看待，但凌信齡卻因為自己心中那股不肯屈於人下的優越感而設計陷害他。

陳傑鴻不明白為何人人稱羨、堪稱人生勝利組的凌信齡什麼都要贏？

保有一定程度的競爭心很好，但超過限度就不會是件好事，畢竟沒有人能夠一直位居巔峰而不被超越，就像台北一〇一終究還是得讓出世界第一高樓的頭銜。

處於高度競爭狀態當中的壓力相當恐怖，陳傑鴻也曾感受過，過去在義大利求學的期間，他每天都過得戰戰兢兢，生怕被同儕超越，輸給他們。

可是時間一久，他也得漸漸接受「自己不可能永遠獨佔鰲頭」的殘酷事實。這個道理連以自我為中心的自己都懂，待人處世經驗更為豐富的凌信齡難道會不曉得？

即便陳傑鴻不想跟凌信齡比較，但是他還是使盡全力去贏得這場競爭的勝利。

——我不要輸，我也不想輸……這是你逼我的。

陳傑鴻收回注視一〇一大樓的目光，繼續往前走。此時外套口袋裡傳來一陣手機鈴聲，由於不是自己熟悉的〈第五號交響曲〉，陳傑鴻過了一會兒才意識到自己的手機在響。

他拿出手機一瞧，發現螢幕上頭出現一串陌生的號碼。

「喂！」陳傑鴻按下通話鍵後問。

「請問是陳傑鴻先生嗎？」手機傳來一陣低沉但充滿自信的女性音調。

「我就是，請問妳哪位？」

「我是協助警方調查『奪命設計師』連續殺人案的心理學家，我叫姜巧謹，想跟你當面談談案情，不知你是否願意？」

陳傑鴻表情迷惘地佇立在街頭，沒有即刻答覆。

2

時鐘上的指針顯示現在是五點半，趙慕斌在辦公桌電腦前打著很可能是下禮拜雜誌封面的頭條報導。

這個禮拜的雜誌封面，總編輯選用了他拍的照片和標題，而他執筆的那篇報導也陸續被各大電子媒體和網路媒體引用，當作頭條新聞報導。

這不是趙慕斌的報導第一次被電子媒體和網路媒體引用，發明「奪命設計師」這個名詞的人正是這位記者，也是他揭露第一件命案的奇特之處——死者田偕宇陳屍位置四周圍的碎石子從某個角度看去，會呈現一棟房子的形狀。

雖說是相機意外捕捉到的畫面，但是一般記者未必會注意到這個異象，然而，趙慕斌卻不同於一般記者，他擁有敏銳的觀察力與縝密的思考能力，才能看出箇中奧祕。

七年前，趙慕斌自學校畢業後就進到國內一家知名的報社擔任採訪記者，不過做不到一年就離職了，原因是記者這份行業並非如他所想的那樣美好。

有幾次趙慕斌意外挖掘出政商名流的醜聞，將其寫成一篇篇具震撼力的報導，但交上去的稿件卻被主編左刪右改，最後刊登在報紙上的新聞已跟他的原稿有了十萬八千里的差距，辛苦跟監拍下的照片也沒有被採用。

事後才知道主編收受那些政商名流的賄賂，將那些新聞壓了下來。當他得知事實真相後，他毅然決然提出辭呈，毫無眷戀地離開報社。

趙慕斌本以為加入其他報社，可以避開這類狗屁倒灶的鳥事，但媒體圈的情況卻大同小異。他往往負責跑一些業配新聞，也就是所謂的置入性行銷，企業、政黨、甚至政府付錢給報社，要報社記者寫一些美化形象的報導，這樣的做法讓堅信新聞自由的他無法接受。

最後，趙慕斌在朋友的引介下，進到台灣最知名的一家八卦雜誌社任職。以往他對充斥腥羶色報導的八卦雜誌很反感，但是進入雜誌社了解內部情形之後，他的想法有了一百八十度的大轉變。

在趙慕斌的心中，比起那些接受金錢而枉顧新聞自由、蒙蔽自己良知的媒體，堅持挖掘真相的八卦雜誌顯得高尚多了。

至於腥羶色的批評，趙慕斌則認為赤裸裸的真相往往是殘酷得令人難以置信，也因此很容易引起視聽大眾內心的不安，有的人選擇理解接受，而更多的人是選擇抗拒排斥，但記者不能因為某些人無法接受真相就不去挖掘揭露它——趙慕斌就是秉持這樣的想法在從事記者這份工作。

今天上市的雜誌除了引發社會大眾的熱烈討論之外，也有警界人士打電話到雜誌社內關切，畢竟現在案子正在偵查階段，許多細節還不便公開，但是趙慕斌寫的這篇關於「奪命設計師」的報導卻揭露了許多關鍵的細節，他之所以能夠得知許多內幕，是因為一位名叫「周智誠」的員警提供給他相關資料。

趙慕斌在四個月前認識周智誠，那時周智誠站在雜誌社門口，將他攔住。

「你就是趙慕斌？」周智誠神情憔悴地問。

「我是，有什麼事嗎？」

「我是警察。」周智誠出示證件，「我有件事情要拜託你。」

趙慕斌還沒來得及反應，周智誠又繼續說道：「是關於『奪命設計師』連續殺人案的事。」

「奪命設計師」這個名詞喚醒了趙慕斌塵封一段時間的記憶，先前這件連續殺人案鬧得滿城風雨，最後兇手在警方的追捕下，落水身亡——當時警方這麼宣稱。

——既然如此，警察又為什麼會因為這件案子找上我？

基於好奇心，趙慕斌跟著周智誠到一家餐廳坐下來詳談。在接下來的兩個小時，趙慕斌得知其實「奪命設計師」的屍體並未被尋獲，不過大多數的警察都認為「奪命設計師」已經溺斃，屍體則是被湍急的河水沖走，只有周智誠不這麼想。

周智誠認為「奪命設計師」根本還沒死，所以他持續調查此案到現在。而他找上趙慕斌的原因，就是要借重他抽絲剝繭的推理能力，來找出「奪命設計師」的真實身分。

「你可以看出『奪命設計師』精心設計的命案現場，代表你有過人的推理能力，我需要你的協助，來阻止他再度犯案。」

一聽到「奪命設計師」的屍體未被尋獲，趙慕斌的直覺告訴自己「奪命設計師」尚未身亡，倘若真是如此，那麼日後「奪命設計師」再度犯案，鐵定又會造成社會不小的動盪，所以他沒有考慮很久就答應周智誠的請求，同時提出條件交換，要周智誠以後得把案件的相關內幕全盤托出，作為他撰寫報導的資料。

談妥條件後，周智誠把手中的相關資料和聯絡方式交給趙慕斌，在兩人道別之前，趙慕斌提出一個令他納悶的疑問。

「你為什麼對這件案子緊追不捨？」

「不為了什麼……只是為了得知真相。」周智誠先是沉默了半晌，接著才諱莫如深地回答。

趙慕斌聽得出這句話並非實情，不過既然對方有難言之隱，他也就不繼續追問下去。

趙慕斌詳閱相關資料，絞盡腦汁思索了好幾個禮拜，卻絲毫沒有頭緒。每隔一個禮拜，周智誠就會打電話給他，向他詢問結果，而他照實回答，換來的卻是電話另一端無奈的嘆息。

通過四次電話之後，趙慕斌就失去了周智誠的音訊。由於自己並未幫上忙，所以他也不好意思主動聯絡周智誠。

然而，上個禮拜六日接連爆發了兩件命案，在確定是由奪命設計師所犯下的案件後，趙慕斌突然興起與周智誠聯絡的念頭，他是這麼盤算的：雖然我沒有功勞，但也有苦勞吧，打電話給他看看能不能獲得一些內幕消息？

接獲趙慕斌的來電，周智誠一開始還認不出他是誰，等到趙慕斌講出之前他收受資料一事，周智誠才想起來他是誰。

面對趙慕斌的要求，周智誠先是遲疑了一下，後來才答應透露相關案情內幕，供他寫成報導。

當然，周智誠也不忘吩咐要趙慕斌保密，不能說出消息來源，畢竟「奪命設計師」連續殺人案目前還在偵查階段，有很多細節不便公開。

其實根本無須周智誠的提點，趙慕斌作為一個專業記者，自然相當清楚保護消息來源的重要性，不然的話，日後哪有人敢再提供內幕消息給自己？

趙慕斌依據周智誠提供的資料，寫出這篇震驚全台的報導，即便受到警方關切，但還是阻擋不了他追求真相的決心。

至於閱聽大眾批評報導內容「過於聳動，充滿浮誇煽情的字句」，他也絲毫不以為意，因為他很清楚，適度的煽情是吸引讀者閱讀的一種手段。

即便這麼做多少會對當事人凌信齡造成傷害，但是根據周智誠提供的資料與自己的判斷，犯下一連串謀殺案的「奪命設計師」應該就是這個才貌雙全的設計師凌信齡。

對趙慕斌來說，這類衣冠楚楚、道貌岸然的偽君子是最令他作嘔的類型，跟某些政客沒什麼兩樣。而且他對台灣的司法制度沒什麼信心，要是讓凌信齡請到一位能言善道的律師為自己辯護，說不定可以幸運逃過一死，甚至還能全身而退、安然無事。所以用報導來引起社會的注意，利用輿論的壓力給這個傢伙一點教訓，也算是自己伸張正義的一種方式。

一想到這裡，趙慕斌一點都不覺得自己有錯。

3

姜巧謹坐在「錦采餐廳」一樓靠窗的位置，這是案發當天陳傑鴻換座位後坐的位置。為了講解方便且省得麻煩，姜巧謹刻意選擇這個地點跟陳傑鴻碰面。

她看了一下右手手腕上的手錶，陳傑鴻遲到了五分鐘。在等待的期間，她的左手手指在桌面上胡亂地敲擊。

巧謹分不清楚自己現在是緊張還是興奮，因為待會兒就要跟兇手面對面交手，即便她已經搞清楚這一切的來龍去脈，但是她很擔心稍後能否論理清晰，並且憑藉自己的推論讓兇手俯首認罪……

巧謹突然發現櫃檯那邊有人在注視她，她定睛一瞧，是那名稍早被她詢問的服務生，巧謹還來不及露出微笑作為回應，那名服務生就害羞地把頭撇到一邊。

此時，餐廳門口出現一個人影，個子不高，外表稚氣未脫，臉上戴著金框眼鏡，根據沈百駒女友提供的照片，姜巧謹馬上認出那人就是陳傑鴻。

「陳先生，這裡。」姜巧謹向他揮揮手。

陳傑鴻看見姜巧謹揮手，他先是愣了一下，接著才朝她坐的座位走去。巧謹的眼角餘光還不經意地瞥見那位偷看她的服務生臉上表情充滿著驚愕與嫉妒。

「我沒想到警方找來協助辦案的心理學家竟然長得那麼漂亮，我還以為美貌與智慧是無法並存的，至少我認識的女生都是如此。」陳傑鴻邊說邊入座。

「陳先生，你過獎了，此外，會有這種錯誤的認知，我想是因為你認識的女生不夠多吧？」

「妳找我來談話的目的，就是要嘲諷我沒什麼異性緣？」陳傑鴻神色自若地回應。

「不，我找你來是要麻煩你確認我對你犯案經過的重建是否正確。」

雖然陳傑鴻臉上的微笑並未因為對方直截了當的指控而消失，但姜巧謹從他的眼中察覺到瞬間燃起的熊熊鬥志。

「先生，請問你要點什麼？」服務生突然從一旁冒出來，用略帶敵意的語氣問道。

陳傑鴻的目光直視著姜巧謹，沒有開口答覆服務生的問題，只舉起左手揮了揮，示意「不用了」。

「謝謝你，不用了。」姜巧謹見服務生沒有動作，連忙補上一句。

服務生羞澀地看著姜巧謹，露出靦腆的微笑，然後才悻悻然地離去。

「妳說吧！我洗耳恭聽。」待服務生走遠，陳傑鴻說道。

「嗯，就先從你的不在場證明開始說起好了，」姜巧謹將放在桌面正中央的咖啡杯移到旁邊，「據死者女友所言，沈百駒是在她十點打電話給他的時候遭受兇手襲擊，而她還聽見電話彼端有抽水馬達運作的聲音，而隔天沈百駒就被發現在小巷內，巷子附近果然有抽水馬達運作的聲音。

「前幾件案子的命案現場都是『第一現場』，警方自然而然會把這件案子的死者陳屍的現場當作第一現場，再加上抽水馬達這點，警方勢必會對第一現場這點深信不疑。

「有動機殺害沈百駒的你，案發當時人卻在這家餐廳內，你擁有看似完美的不在場證明，所以你很快就被剔除在警方嫌犯名單外的重要原因，不過我卻很輕易看穿你的不在場證明。」

姜巧謹稍作一下停頓，她刻意以輕藐的口吻說出最後一句話，想要用這句話刺激陳傑鴻，藉此窺伺他的反應，但陳傑鴻並未對她的話有任何顯著的反應，只是拿起旁邊的水瓶，倒水進玻璃杯內。

「服務生可以作證，那天晚上十點後，你人都在餐廳內，既然如此，如果你是兇手，而沈百駒陳屍地點又非第一犯罪現場，那只有一種可能，那就是沈百駒是在這裡被殺害的。」

「繼續。」陳傑鴻面無表情拿起杯子喝了口水。

「我重建你那天的犯案經過，你將沈百駒找到這家餐廳來，先確認二樓的洗手間無人使用，接著趁他去洗手間回電話的時候襲擊他，將他殺害。

「抽水馬達的聲音則是你事先到那條小巷子去錄下的，然後在行兇的時候播放出來，製造出沈百駒人在小巷內被殺害的假象。

「至於要怎麼把屍體帶往小巷子內，那就得仰賴你那天帶在身邊的行李箱了。」

說到這裡，姜巧謹注意到陳傑鴻的眼神閃爍了一下，表情也不再像適才那樣神色自若。

「我向服務生確認過，你當天的確帶著一個行李箱，你殺害沈百駒之後，就把他的屍體塞進行李箱內，接著帶著行李箱來到樓下，告知服務生你想要換座位，目的就是要讓服務生替你的不在場證明作證。

「等到十一點餐廳打烊後，你帶著裝有屍體的行李箱來到那條小巷內，把屍體丟在那裡，就這樣完成了那件命案。」

「妳的推論很有道理，不過妳又能確定屍體所在的地點不是兇手犯案的第一現場？」陳傑鴻提出反駁。

「我可以確定。」陳傑鴻話一說完，姜巧謹立刻回答，同時自放在旁邊的一疊照片當中抽出一張，遞給陳傑鴻，「這張照片是鑑識人員把屍體搬走後的畫面，有沒有注意到：粉筆圈出的屍體輪廓內外有無數大小不一的綠色玻璃碎片，光看到這些碎片，我就知道那是『台灣啤酒』酒瓶的碎片，恰好巷子旁有人可以指證，案發當天的十點半，有人從巷子旁的公寓五樓丟酒瓶下來。」

陳傑鴻接過照片仔細端詳，他的表情因為姜巧謹的推理而變得黯淡。

「你知道這證明了什麼嗎？」不等陳傑鴻回答，姜巧謹繼續說道：「啤酒瓶在案發當天晚上十點半掉在小巷子內，破裂成無數碎片，但是理應十點就在小巷內被殺死、倒在地上的沈百駒，屍體底下竟會壓著啤酒瓶的碎片，這怎麼樣也說不通。

「唯一合理的解釋，就是沈百駒是在別的地方被殺害，然後在十點半之後才被搬運到小巷內，才會造成這種情形。」

陳傑鴻用微微顫抖的左手拿起杯子喝了口水，然後作出回應。

「我那天的確是帶了行李箱，不過妳並不能證明我用行李箱搬運屍體。」

「的確，不過你的不在場證明也變得毫無用處，此外，我請員警替我調查你的背景，發現一件很有趣的事，你曾到義大利留學，而沈百駒也在義大利待過一陣子。」姜巧謹拿出一張照片向陳傑鴻展示，上頭是他光著肚子，露出腹部上的刺青，「我還請員警去查了一下這個標誌，得知這個標誌是義大利某個幫派的標記，而很湊巧的，沈百駒身上的刀傷，恰好就在腹部的位置，所以我靈機一動，請鑑識人員檢驗沈百駒的腹部刀傷，果然發現腹部刀傷附近有刺青的痕跡，而刀傷就巧妙地掩蓋住刺青的標誌。

「我先前就在想：你的身上有這個標記，那沈百駒的身上會不會也有這個標記？而鑑識人員的結果證實了我的猜想，也讓所有看似不相關的事件有了合理的連結點。

「我推測：你跟沈百駒在義大利結識，你們曾加入一個幫派，並在身上刺下那個幫派的標記，後來你學成歸國，在台灣設計界闖出名號，在你的事業即將起步之際，很不巧的，沈百駒卻出現了，他拿你過往加入幫派的事來威脅勒索你，為了不讓這件醜聞曝光，你只能一直用錢封他的口。

「但是沈百駒的貪婪卻深不見底，一直付錢給他只是飲鴆止渴，並非長久之道，所以你乾脆殺了他，同時掩蓋掉他身上的刺青，也一併掩蓋掉你曾加入義大利幫派的污點……」

「哈哈哈……」陳傑鴻用不以為然的笑聲打斷姜巧謹的推論，「妳是說我殺害這麼多人，為的只是要用S形刀傷來掩蓋沈百駒身上的刺青？」

「欸？我剛剛好像沒有說到S形刀傷吧？你怎麼會知道這件事的？」

姜巧謹這麼一講，陳傑鴻才驚覺自己剛剛說溜了嘴。

「……是報導，八卦雜誌的報導上有寫。」陳傑鴻連忙解釋。

「是這樣嗎？那你又怎麼會知道沈百駒跟『奪命設計師』的案子有關？我記得報導上並未提到沈百駒的名字喔。」

姜巧謹的反問讓陳傑鴻一時啞口無言，不過他隨後又補充說明。

「……不過報導上有凌信齡的名字，沈百駒曾跟我講他跟凌信齡有過車禍糾紛，彼此鬧得很不愉快，所以我很自然地把沈百駒的死亡跟『奪命設計師』連續殺人案連結在一塊。」

「你的聯想力真豐富。」姜巧謹語帶諷刺地奚落。

陳傑鴻沒有理會對方的嘲諷，繼續說道：「倘若真如妳所說的，我是要掩蓋那個刺青，那我直接殺了沈百駒，再焚毀他的屍體，不也可以做到？何必如此大費周章地犯下這一連串的案子？」

「的確，倘若你的目標是沈百駒，那麼你只需殺死他，並除去他身上的刺青即可……所以，你真正的目標並不是沈百駒，而是凌信齡。」

姜巧謹的推論令陳傑鴻不小心碰倒了放在桌上的杯子，水在桌面上擴散開來。陳傑鴻見狀連忙從紙巾盒裡抽出紙巾，把桌面擦拭乾淨。

姜巧謹無視陳傑鴻的慌亂，繼續進行她的推論。

「員警查出你曾在『創迷設計』工作過，我想你應該就是在那個時候跟凌信齡結怨；後來沈百駒的出現，讓你萌生復仇的靈感，你打算設計出一個連續殺人魔犯案的戲碼，來陷害凌信齡。

「在你的設計當中，這個連續殺人魔除了殺人之外，還會在屍體上留下S形的刀傷，而刀傷會依據『費布納西數列』的規則而演變。

「為了讓自己的犯案更加安全，你前三件案子先隨機挑選被害人犯案，一方面是要磨練自己的犯案技巧，另一方面則是避免讓警方識破你的陰謀。

「而在第四、第五、第六件案子當中，你刻意挑選跟『創迷設計』有關的人犯案，為的就是要將警方的目光轉移到『創迷設計』。

「最後在第七件命案，也就是殺害沈百駒的時候，用八道S形刀傷掩蓋他身上的刺青，同時讓凌信齡成為警方懷疑的對象。

「換言之，沈百駒不過是你犯罪計畫當中一個小環節罷了，而你還趁著這個機會掩蓋掉你過去的污點——真可謂一舉兩得，很聰明的點子。」

此時，陳傑鴻已將桌面上打翻的水擦乾淨，他抬起頭望著姜巧謹，神情甚是激憤。

「妳剛剛說的那些話，全是妳的想像，妳說我的聯想力很豐富，我倒是覺得妳編故事的能力很出色……妳的確證明了沈百駒陳屍的地點並非第一犯罪現場，但是妳能證明人是我殺的嗎？妳有證據能證明妳的推論嗎？」陳傑鴻連珠炮似地開口反擊。

「要證據其實不難，先前你所仗勢的，是警方根本不會懷疑你，因為他們不會把你跟『創迷設計』作連結，沒有動機，就沒有嫌疑。如今你與凌信齡和沈百駒之間的關係都被挖掘出來了，你絕對無法全身而退。只要我們能找出凌信齡在其中一件案子裡的不在場證明，就能證明他不是『奪命設計師』，這麼一來，就只剩下你有嫌疑了。」

聽了姜巧謹的話，陳傑鴻露出冷笑，但不難看出慌張的情緒摻雜其中。

「去自首吧，現在還不遲，我現在是給你機會，如果要等到警方蒐證、檢方起訴，到時你就後悔莫及了。」姜巧謹語重心長地規勸。

「想嚇唬我啊！我才沒有這麼容易中計呢！」陳傑鴻情緒激動地站起來，「警方一定是找不到證據才會派妳來這裡虛張聲勢，不過很抱歉，你們搞錯對象了，我不是『奪命設計師』，我跟這一切一點關係都沒有……很榮幸能跟妳這麼漂亮的女人聊天，再見了。」

說完，陳傑鴻轉身快步離去，姜巧謹則是默默看著他顫抖不已的背影消逝在餐廳門口。

4

陳傑鴻走在街上，全身止不住戰慄，並非因為寒冷的氣溫，而是他的內心目前有兩股情緒正彼此激盪撞擊，一股情緒是因事跡敗露而導致的恐懼，另外一股情緒則是對自己挫敗感到的憤怒。

——該死！這是怎麼回事？那個女人是怎麼猜到死者身上逐漸增加的刀傷數目與我身上的刺青有關？她怎麼有辦法識破我的不在場證明？這一切不是都完美無缺、毫無破綻嗎？我的設計怎麼可能會出現這麼大的瑕疵？

陳傑鴻氣自己竟然會把那個籌備甚久的構想給搞砸了，他氣得用力捶了自己的胸口兩下。

——我的設計構想沒問題，一定是我在實行上出了差錯。

設計師解說創意的方式，跟創意本身同等重要。

陳傑鴻又再度想起了英國資深設計人Adrian Shaughnessy在他的作品裡講過的這句話。

此時，兩行溫熱的淚水自眼眶裡潰決而出。陳傑鴻回想自己這一生從沒做好過什麼事，唯有設計這件事，他不僅做得比別人好，而且還比別人好很多，所以每當自己在設計方面出了差錯，他總是萬般自責。

——就這樣認輸了？

陳傑鴻不知不覺已走到捷運站出入口。

我不要輸，我也不想輸……

忽然萌生的這個念頭激勵了陳傑鴻頹敗潰散的鬥志。

——不！還沒結束……警方倘若有證據，那乾脆把我抓起來就好，何必派那個心理學家來嚇唬我？……對！那個女人肯定是在虛張聲勢！

一想到這裡，陳傑鴻擦乾臉頰上冷卻的淚痕，挺起胸膛，快步走進捷運站，搭上剛進站的列車。

——先回家，把所有可能會將我定罪的證物消除掉，對，就這麼辦！

陳傑鴻突然意識到捷運內有人偷偷注視他。

——是警察嗎？

陳傑鴻慌亂地四處張望，把車廂內的每一個乘客掃視過一遍。

——是這個中年男子？還是偽裝成帶著小孩的媽媽的女警？還是有著高中生面孔的娃娃臉菜鳥刑警？

陳傑鴻越想越不對勁，他趕緊離開這節車廂，往下節車廂走去，但是不管他走到哪裡，他都可以感受到窺視他的目光。

當陳傑鴻走到最後一節車廂，列車也已到站，他連忙一個箭步下車，朝站外走去。然而，即便出了捷運站，被窺視的感覺並未消失，陳傑鴻只能加快腳步朝自己居住的那棟公寓走去。

一步、兩步、三步……最後他以跑百米的速度衝回公寓，跑上七樓，打開自己房門，然後關上，並且將門閂和防盜鍊統統鎖上。

在確定不可能會有人闖進來之後，陳傑鴻趕緊翻箱倒櫃，拿出一個牛皮紙袋，朝裡頭看了一眼。

——ＯＫ，全部的東西都在這裡。

陳傑鴻鬆了口氣。

——對了，還有萬用手冊！

陳傑鴻丟下牛皮紙袋，跑到書桌前，他從口袋摸出鑰匙，把書桌最底下一個上鎖的抽屜打開，拿出那個深藍色膠皮萬用手冊。

——可惜，這裡頭記載著我的犯罪紀錄，是值得珍藏的回憶……可是為了不被警方找到證據，這也是不得已的事。

陳傑鴻一臉惋惜地凝視著這本萬用手冊許久，最後作出壯士斷腕的決定，正當他轉身走回到適才丟落牛皮紙袋的地方，馬上就聞到空氣中彌漫著一股嗆鼻難聞的化學氣味……

——這……是什麼味道？聞起來好像汽油？

只見掉在地上的牛皮紙袋有泰半已被一攤混濁不清的液體給浸濕了，陳傑鴻順著那攤液體流過來的方向看去，發現汽油是從門縫底下流進室內，而且量還在持續增加……

——搞什麼啊？

這個想法才剛通過陳傑鴻的喉嚨要轉化成聲音之前，一道如波浪般的火焰鑽進門縫，席捲吞噬了地上的牛皮紙袋，接著火舌迅速爬上床單和木製書櫃，不到五秒鐘，整個房間有一半陷入火海之中。

姜巧謹把杯中的咖啡喝完後，就起身朝櫃檯走去買單，她找陳傑鴻來的目的，誠如自己所言，是要給他一個自首的機會，但是陳傑鴻不知道有沒有把她的忠告聽進去。

姜巧謹會氣定神閒地縱虎歸山，是因為他早已交代周智誠在外頭待命，只要陳傑鴻是獨自一人走出餐廳，就立即跟蹤他，看看他接下來會怎麼做。

巧謹認為：陳傑鴻的下一步或許會想辦法湮滅掉相關證據，如果時機成熟，周智誠就可以當場人贓俱獲；倘若證物不幸被湮滅，還是有其他的方法可以將陳傑鴻定罪。比方說：調閱各路口的監視畫面錄影帶，看能不能找出案發當時沈百駒的行蹤。

當然，姜巧謹不希望走到這一步，她還是企盼陳傑鴻能夠懸崖勒馬，主動向警方自首好換取減刑。她之所以願意給陳傑鴻機會，是因為得知此人在設計方面的才能出類拔萃，屢屢奪下國際大獎，替台灣的設計爭光，這樣的人才倘若被判死刑，那豈不是十分可惜？

即便台灣近年來因為歐盟施壓、導致死刑執行的數目減少，但是難保未來政府不會因為社會輿論的壓力，再度執行死刑，逐一槍決牢中剩餘的死刑犯。

未來是生是死，由你自己決定，我也只能幫到這裡，一切看你自己的造化，倘若你執迷不悟，我也愛莫能助——看著陳傑鴻離去時，巧謹在心裡禱告著。

「小姐，這杯咖啡請妳喝。」那名服務生在姜巧謹要轉身離去之前說道。

姜巧謹先是看了他手中的咖啡，然後再與他害羞的眼神相交。

「謝謝。」姜巧謹大方地接過他手中的咖啡。

「如果覺得我們的服務不錯，希望妳能再度光臨本店。」服務生鼓起勇氣說道。

不知為何，巧謹竟被這樣迂迴羞澀的愛慕之情給感動了。

「我一定會的，再見。」姜巧謹露出甜美的笑容道別。

「再見。」服務生喜出望外地舉起手道別。

姜巧謹走出餐廳，室外凜冽的冷風讓她不自覺地縮起身子，也連帶更緊握手中裝滿溫熱咖啡的紙杯。

此時街上人群熙來攘往，當中有不少是情侶，看著情侶們成雙成對地依偎在一塊取暖，形單影隻的失落感頓時在巧謹的心中蔓延開來，

雖然姜巧謹的外在形象給人一種獨立自主的感覺，但是她的內心卻是渴求愛情的滋潤。

面對周智誠的追求，巧謹表面上是顧忌林若蓮暗戀周智誠而拒人於千里之外；實際上，巧謹卻很清楚自己無法接受全新情感的緣故——因為上一段挫敗的感情對她的傷害至今依舊存在。

儘管巧謹早已忘了前男友林御潔，但是她卻沒有接受下一份全新感情的勇氣……或者更精準地說，她沒有再度承受情傷的勇氣。

姜巧謹並不討厭周智誠，即使他一開始對她故作冷淡，甚至還給她臉色看，不過巧謹可以理解他這麼表現的緣故：因為上段情感羈絆著他，使他無法割捨，所以面對會讓他拋棄上段情感的對象，自然會有抗拒排斥的感覺。

就跟自己無法接受周智誠感情的情形很相近——不同的是，周智誠對他死去的女友簡友實還有愛，而我對御潔卻只有恨；**他害怕改變，而我害怕傷害**。

當周智誠說願意為她戒煙戒酒，老實說，她確實有被感動到。比起「給予」，巧謹認為「犧牲」更加難得，倘若她不知道林若蓮對周智誠的愛戀，或許她會給周智誠一個機會。

不過，話說回來，周智誠當真能忘掉他的女友簡友實嗎？畢竟他為她付出那麼多，這些情

感哪是他說忘就能忘……

不管「奪命設計師」的動機為何，他都要為友實的死付出代價。

此時，周智誠信誓旦旦的宣言在巧謹的耳邊響起，手上的紙杯因為震驚而自鬆開的手掌滑落，咖啡在地上濺成一片。

巧謹心中沒來由地泛起一股不祥的預感，她連忙拿起手機撥打周智誠的電話。

「您的電話將轉接到語音信箱，嘟聲後開始計費……」

電話彼端傳來的電話語音讓姜巧謹心中的不祥迅速擴散，她看了一眼手錶，現在時間是六點整，陳傑鴻在五點五十分離開餐廳，餐廳距離他家大約只有十分鐘的車程，換句話說，他應該快到家了。

巧謹連忙攔下一輛計程車，告知司機陳傑鴻住處附近的捷運站，要司機盡快帶她到那裡。

——該死！我真是糊塗，我竟然讓周智誠單獨跟蹤陳傑鴻，我竟然忘了周智誠對「奪命設計師」恨之入骨……倘若給他逮到機會，他說不定會親自動手，讓陳傑鴻付出他應付的代價……

十分鐘後，計程車抵達目的地，巧謹連司機找的零錢都不拿，就急忙下車。

在哪裡？陳傑鴻住的那棟公寓在哪裡？——巧謹慌忙地抬頭四周張望，遠端有一個景象攫獲了她的目光，有棟公寓的某個樓層冒出熊熊烈火與濃煙，有個人影在窗戶旁搖搖欲墜地掙扎著。

不會吧——巧謹想也不想，馬上朝那棟某樓層起火的公寓跑去。

「啊——」

姜巧謹距離公寓一樓大門還有十公尺左右之際，懸掛在窗外的那個人影忽然從窗口掉落下來，即便隔著一段距離，還是可以清楚看見金黃色的火焰附著在他的身上。

砰！

重重的墜樓聲讓巧謹心頭一驚，只見那人一動也不動地躺在防火巷內，任由火焰在他身上狂噬——從這點研判，他已經沒有生命跡象了。

正當巧謹要走過去一探究竟時，眼角餘光卻瞥見周智誠自公寓門口走出來，她轉頭一瞧，發現他的手上拿著一個殘留些許淡褐色透明液體的寶特瓶。

第四階段

衰退

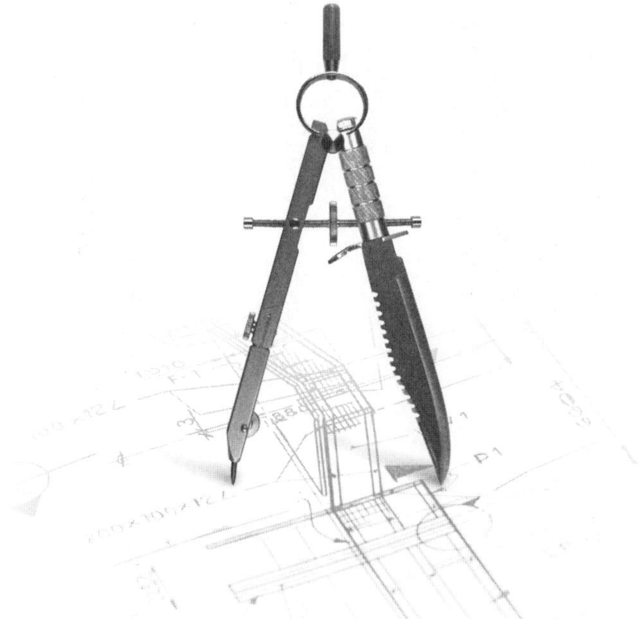

第十三章——前導組織教育 Advance Organizer

一種教學技巧；利用人們已有的知識，讓他們了解新資訊。

——《設計的法則》前導組織教育

1

周智誠也在稍後發現姜巧謹，兩人皆用難以置信的目光看著對方，兩人臉上都掛著震驚的表情。

數秒鐘的僵持，直到姜巧謹面孔上的震驚被憤怒取代，才被打破。

周智誠迎向前去，姜巧謹卻掉頭就走。

「巧謹，事情不是妳想的那樣。」周智誠跑到姜巧謹的旁邊解釋道。

「我真是白癡，居然派你去跟蹤陳傑鴻。」巧謹氣急敗壞地低吼。

「巧謹，妳聽我說，事情是這個樣子的，我跟蹤陳傑鴻回到公寓，這時他忽然發了瘋似地狂奔上樓，我一時措手不及才會跟丟，後來我追上樓，卻發現他住處門前地上有一個寶特瓶，而門縫還冒出火舌，所以……」

「所以你就用沒戴手套的手，撿起上頭可能殘留兇手指紋的寶特瓶？」姜巧謹停下腳步，轉頭用凌厲的目光瞪著周智誠，「你是個辦案經歷豐富的警察，怎麼可能犯下這麼離譜的錯誤？

你說謊都不打草稿的嗎？還是你覺得我的智商很低，隨便編個謊就能把我瞞過去？」

姜巧謹沒有間斷的斥責讓周智誠無言以對。

「因為『奪命設計師』殺了你的未婚妻，所以你就燒死他洩憤？這樣的話，你跟他有什麼分別？你們兩人都是冷血的殺人兇手。」

說完，姜巧謹再度往前走，這次周智誠沒有追上去，他一臉呆滯地站在原地不動。走沒幾步，姜巧謹又停下腳步，轉身看著周智誠。

「你對他恨之入骨，但是到最後你也跟他一樣，不是嗎？……我以前聽過一句話，『人往往會變成自己所討厭的那種人』，以前我不懂這句話是什麼意思，但是現在看到你的情形，我總算明白了。」

語畢，姜巧謹毫不留情地離去。等到她的背影消逝在大街的另一端，周智誠狠狠地把手中的寶特瓶扔到一旁，並且忿忿地罵了一句髒話。

2

「妳還好吧？」張明鋒一臉心疼地問。

「嗯，還好。」姜巧謹虛弱地抬起頭回答。

姜巧謹離開火災現場後，就立即回到市刑大，向張明鋒講解案情，不過她隱瞞周智誠縱火一事，只說陳傑鴻的住處發生火災。

「別太自責，他的死又不是妳造成的。」張明鋒安慰姜巧謹，「妳已經給了他機會自首，不過他沒有接受司法審判的勇氣，才會畏罪自殺啦！那個傢伙殺了那麼多人，本來就不該讓他有減刑的機會，現在他死了也算是正義獲得伸張啦。」

雖然姜巧謹不認同張明鋒的論調，但是她現在沒有心情、也沒有體力去跟他打辯論賽。

周智誠的事件對她的打擊很大，她好不容易才開始考慮是否要接受周智誠的情感，但是後來卻發生這種事，讓她心底剛萌生對周智誠的好感在轉瞬間凋零枯萎。

「巧謹！」

姜巧謹抬起頭望向叫喚聲傳來處，是林若蓮。由於心情沮喪，姜巧謹想找個朋友訴苦解悶，所以撥了通電話給林若蓮，要她趕來。看到林若蓮的出現，姜巧謹心中湧出一股想要擁抱她尋求慰藉的衝動。

「妳沒事吧？」林若蓮主動迎向前，將巧謹擁進懷裡。

「若蓮。」姜巧謹強忍將要潰堤的淚水，緊緊抱住林若蓮。

「到底發生了什麼事？」林若蓮放開姜巧謹，面對面地問。

「林小姐，妳就讓姜小姐好好休息一下吧！」張明鋒打岔說道，「她剛剛花了快半個小時解釋案情給我聽，我相信她現在已經很累了。」

「啊，張警員你說得對，我沒考慮到巧謹已經很累了，真是不好意思。」林若蓮吐了吐舌頭。

「沒關係啦，我不要緊。」姜巧謹連忙說道。

「其實那種事情改天再講也可以，我先載妳回去休息吧！」林若蓮說。

「謝謝……那張警員，我先回去休息囉。」

「辛苦了，好好休息。」

姜巧謹向張明鋒道別之後，起身與林若蓮一起離開。

3

姜巧謹一臉疲倦地靠在座椅上，沉默不語；而林若蓮則在駕駛座上握著方向盤，左耳戴耳機聽iPod。

突然，手機鈴聲響起，姜巧謹懶洋洋地拿起手機一瞧，是周智誠打來的電話。她皺起眉頭顯露出厭惡的表情，遲遲未按下手機上的通話鍵。

「怎麼不接電話？」林若蓮好奇地問。

姜巧謹索性把手機丟進手提包裡。

「不是很熟的朋友，況且我有點累了，不想接電話。」

「喔。」林若蓮沒追問下去。

姜巧謹則是在心理嘀咕：哼！我已經對你很仁慈了，替你隱瞞縱火謀殺的罪行，你居然還敢打電話過來煩我？

——等等！

姜巧謹轉頭看著林若蓮，只見她專注開車，頭則是隨著iPod傳來的音樂節奏不停地搖晃。

——雖然我知道周智誠的真面目，不會接受他的情感，可是若蓮呢？若蓮還喜歡著周智誠，那我該不該把周智誠縱火燒死陳傑鴻的事情講給她聽？她能承受她的愛戀對象有犯罪污點的事實嗎？

「若蓮……」

「怎麼了？」林若蓮的視線仍直視著前方問。

姜巧謹欲言又止，最後她改變心意，決定過幾天再跟她說。

「……我有點餓。」

「呵，那妳想吃什麼？」林若蓮斜視看著姜巧謹。

「呃……我想吃披薩。」巧謹心血來潮地回答，「妳今天乾脆在我家吃晚餐好了，我請客。我們可以點一個大披薩『公家吃』，或是點兩個不同口味的小披薩交換吃也可以。」

「妳吃得下那麼多啊？」林若蓮聞言不禁咋舌。

「這樣會很多嗎？」

「妳喔，真是天生麗質，怎麼吃都吃不胖。」

「哪有。」姜巧謹嘟著嘴說。

「對了，我可以找周警員過來吃啊？」

林若蓮的話讓姜巧謹在心底暗叫不妙。

「他應該沒空吧？……警察很忙的，要忙著『維護社會正義』，我們還是不要打擾他好了。」即便周智誠人不在這裡，姜巧謹還是藉機酸了他一頓。

「喔。」林若蓮的臉上寫滿失望的情緒。

看見林若蓮這個樣子，姜巧謹心中更是為難，她開始煩惱要怎麼把周智誠的事情講給林若蓮聽。

4

「您的電話將轉接到語音信箱，嘟聲後開始計費……」

周智誠的手機再度傳來電話語音，周智誠無奈地嘆了口氣，過了三十分鐘後再撥打，姜巧謹還是沒接聽他的電話。

周智誠現在人在姜巧謹居住的公寓對面的大樓天台，他想找機會當面跟她解釋，不過她卻遲遲未回到住處。所以他撥了數通電話，但姜巧謹卻都沒接。

周智誠一臉黯淡地凝視著無邊無際的夜空，片刻過後，上頭緩緩浮現出他死去的女友簡友實的臉龐。

——對不起，友實，妳願意原諒我嗎？願意原諒我喜歡上別的女人嗎？……我知道這麼做很對不起妳，但是也請妳念在我為妳做了那麼多的事，原諒我喜歡上別的女人，好嗎？……我不是不愛妳了，而是我真的好累，我好需要有個人來陪伴……

此時，對面公寓姜巧謹的住處亮起燈光，周智誠定睛一瞧，看見姜巧謹和林若蓮出現在室內。

如果巧謹不想接我的電話，那我乾脆登門拜訪，當面跟她講個清楚好了——周智誠下定決心，然後快步走下天台，到下個樓層等候電梯上來。

半分鐘後，電梯門打開，一男一女從裡頭走出來，正當周智誠要踏進電梯時，一陣氣味刺激了他的嗅覺。

——是友實！

周智誠驚愕地轉身看著那對剛剛自電梯走出來的男女。

「友實！」

周智誠按捺不住內心的激動，大喊出聲，但是話才一出口，他就知道自己出糗了。只不過是聞到友實慣用的香水氣味，他竟然會有這麼激烈的反應。

那對男女一臉好奇轉過頭看著周智誠。

「先生，怎麼了嗎？」男子問。

「不……不好意思，我……我在自言自語。」周智誠胡亂謅了個理由。

不知道是不是編的理由太過拙劣，女子忍不住笑了出來。

正當周智誠想躲進電梯閃避尷尬，電梯門卻早已關閉，電梯也已經向下。

周智誠一臉困窘，他輕輕捶了牆壁一下。

——等等！

周智誠再度轉頭看著那對男女，男人身材英挺高大，身穿名牌西裝，胸前打著一條黃色領帶，而女人則穿著連身裙，披著一件外套，脖子上還圍著一條黃色絲巾。

周智誠隱約覺得那個男人似曾相識，好像在什麼地方見過他，但一時之間卻又想不起來。

5

張明鋒看著桌上凌亂擺放的證物，大部分的東西都有被燒毀的痕跡，看來要從這些東西找出證據來證實陳傑鴻就是「奪命設計師」有點難度。

不過，就如同姜巧謹所說的，除了凌信齡和陳傑鴻之外，似乎就沒有人同時跟「創迷設計」和沈百駒有關聯，所以兇手只可能會是這兩人。

然而，根據警方的作業流程，並不能只依靠推論就結案，需要有相關證據來佐證，比方說：找到凌信齡在這幾件案子當中的不在場證明，或是陳傑鴻確切犯案的證明。

也就是如此，張明鋒必須逐一檢視證物，從中找到陳傑鴻犯案的確切證據。

一些被燒得焦黑的精美設計品讓張明鋒想起在網路上查到有關陳傑鴻的設計經歷。這個傢伙真是個天才，年紀輕輕竟能屢屢奪下國際設計大獎。可是好好的一個設計師幹嘛自毀前程、犯下惡性重大的連續殺人案呢？——張明鋒不禁搖頭嘆息。

突然，桌上一本沾有煙灰的深藍色膠皮萬用手冊吸引了張明鋒的目光，他好奇地用戴上乳膠手套的手拿起來檢視。

據到場蒐證的員警表示，這個本子是自陳傑鴻身上找到的。張明鋒心想：或許裡頭記載著陳傑鴻的犯罪紀錄，只要能找到他的自白，那幾乎就可以宣告破案了。

於是張明鋒急忙解下釦環，開始翻閱手冊。前幾頁除了生活瑣事，和他在設計方面的心得，以及手繪設計草圖之外，並無任何特別的地方。

唯一引起張明鋒注意的事項，大概就是他的住處在三個多月前曾遭不明人士入侵，不過卻沒有遺失什麼貴重物品，所以他沒有報警。

張明鋒繼續翻閱下去，突然有一個關鍵字印入他的眼簾：奪命設計師。他趕緊翻回到寫有「奪命設計師」的那頁，仔細閱讀。

2010/09/25

今天早上一起床，我發現玄關處躺著一只牛皮紙袋，上頭沒有寫著任何東西，看來是被人從門縫塞進來的。

我好奇地撿起來一探究竟，發現裡頭竟然是「奪命設計師」連續殺人案的相關資料！除了十多張兩名死者陳屍和第三件案子受害人的相片之外，還有十多張打字稿，裡頭詳細記載命案現場狀況等等的相關情報。

起初我搞不太懂這是什麼，但是轉瞬間我恍然大悟——除了「奪命設計師」外，還有誰能有這樣詳盡的資訊？

換句話說，「奪命設計師」還沒死？

我聽說犯下罪行的罪犯有的會替受害者拍下照片，作為犯罪紀錄供自己回味，而且大部分的罪犯還很關心案發之後的後續消息，有的罪犯甚至還會冒著被警方逮捕的風險回到犯罪現場，這麼做可能是為了要知道警方是否掌握線索，或者是享受那種受眾人注目的感覺——「奪命設計師」應該也是這種人。

得知「奪命設計師」沒死，我高興得歡呼出聲，因為從「奪命設計師」的第一條新聞問世，我就深深對這個人和他所做的一切感到著迷。

「什麼？」看到這裡，張明鋒忍不住驚叫失聲。難不成……「奪命設計師」另有其人？

張明鋒繼續看下去。

我自認全身細胞充滿設計意念，我總是試著用充滿設計意念的目光去看這個世界上的所有人事物，企圖要讓設計融入各式各樣的事物。然而，在「奪命設計師」的新聞出來之前，我壓根沒想過「犯罪」也可以設計。

是啊，犯罪也能設計啊，而且相當具挑戰性。在設計的領域當中，設計師最大的對手並非同行，而是客戶。如果做出來的設計不能通過客戶這關，那麼設計再怎麼巧奪天工都是白費。

這麼看來，「奪命設計師」顯然是設計界的頂尖高手，因為他要面臨的客戶不是一般人，而是擁有高科技鑑識技術和高超偵訊手段的警察。只要他的設計有了瑕疵，到時可不是產品滯銷、摸摸鼻子承認失敗、重新再做一個設計那麼簡單，而是要付出慘痛的代價，接受法律的制裁。

從這個角度來看，「奪命設計師」真是我所見過最酷的設計師，我也非常崇拜他，我瘋狂收集一切與「奪命設計師」相關的新聞剪報與網路資料，簡直就像是個瘋狂迷戀偶像的追星族。我回想我這一生，好像從沒那麼崇拜過一個人呢。

後來，得知「奪命設計師」遭警方追捕落水喪命，我還為此難過了一整天。現在知道「奪命設計師」還沒死，我心中那份曾因他而萌芽的能量又再度死灰復燃，熊熊燃起。

那……「奪命設計師」將他的犯案紀錄寄給我是為了……

該不會是「奪命設計師」在被警方追捕的過程中，身受重傷，所以後來才被迫放棄了這個大膽的犯罪設計，銷聲匿跡一段時間？

這麼說來，他把資料寄給我，是……要我替他完成進行到一半的設計？

對了，他一定是這個意思。不過……他是怎麼找上我的？是看過我部落格或Facebook上的作品，認為我有與他相似的設計天賦，才會選擇我來作為「奪命設計師」的繼任者？

對，應該是這樣沒錯。偶像的肯定欽點讓我心中的那股能量快速滋長，我這輩子從未有這樣的感受，也因此無須多想，我義無反顧地接下「奪命設計師」的頭銜與使命，要替他完成進行到一半的設計……

看到這裡，張明鋒的背脊流竄過一陣寒意，他連忙丟下萬用手冊，拿起手機撥打電話給姜巧謹。

第十四章——模擬 Mimicry

一種行爲；模仿熟悉的物體、有機體或環境的特性，以便實現這些特性所提供的特定優勢。

——《設計的法則》模擬

1

「妳還是不打算接電話啊？」進到室內後，林若蓮問。

由於剛剛那通電話是周智誠打來的，所以姜巧謹依舊沒有接聽。

「我跟那個朋友真的沒什麼話講，不接也罷。」姜巧謹臉上的笑容極不自然，「……對了，若蓮，我去換一下衣服，如果妳肚子餓的話就先吃吧！」她迅速轉移話題，避開尷尬。

「喔，好。」林若蓮在客廳的沙發落座。

「把這裡當自己家，不要客氣。」

「我知道。」林若蓮笑答。

姜巧謹走進臥室，全身彷彿虛脫似地癱坐在化妝台前。

總算結束了，花了一個星期就破了「奪命設計師」連續殺人案，就破案的速度而言，應該算快了，不過巧謹卻絲毫沒有破案的喜悅，因為犯罪並未終止，反倒還因此多了一名罪犯，那就是復仇成功的周智誠。

姜巧謹氣得輕輕捶了桌子一下，她為自己的疏忽感到自責，不但害陳傑鴻慘死，還讓周智誠背上殺人的污點。

其實怪周智誠也不完全對，換作是誰都會跟他一樣吧？巧謹也在想：倘若是我的親人遭到殺害，而我有報仇的機會，那自己按捺得住心中的仇恨，饒兇手一命嗎？

巧謹無法回答這個假設性的問題，只是一想到周智誠也是受害者，她對周智誠的厭惡稍微減輕了些。

巧謹嘆了口氣，試著不去煩惱這件事。她逐一脫下襯衫、裙子和絲襪，再換上居家服。就在這一瞬間，「奪命設計師」連續殺人案當中的死者身上的S形刀傷標記在姜巧謹眼前一閃而過──這個不知打哪來的畫面把她嚇了一跳。

──這究竟是怎麼回事？

巧謹一臉疲憊地按住額頭，閉上眼睛。

是這段期間太過勞累吧，才會產生這種幻覺──巧謹這麼告訴自己。

──可是……那圖案不是幻覺……

姜巧謹張開雙眼，注視著化妝台的鏡子，就在這一刻，她發現了一個令她迷惑的景象。

正當她打算湊近化妝台看清楚「那個令她迷惑的景象」之際，手提袋裡的手機鈴聲再度響起。

姜巧謹第一個想到周智誠，她先前在氣頭上，所以故意不接他打來的兩通電話，不過經過剛剛的自責，她已經沒那麼厭惡周智誠，況且自己當時似乎也太過衝動，完全沒給他解釋辯駁的機會，實在有點過分。

一想到這裡，姜巧謹決定拿起手機接聽，不過她卻發現手機螢幕上顯示的是張明鋒的手機號碼。

2

周智誠不敢相信他剛剛所聽到的一切，他瞠目結舌地看著眼前的這個男人。

這個男人叫「韓德烈」，周智誠雖然沒聽過這個名字，不過他想起了他是在什麼地方看過這個男人——韓德烈曾出現在林若蓮工作室辦公桌上的相框裡。

林若蓮注意到周智誠的目光停在辦公桌上的相框，她解釋：「那是我前男友，他本來負責這間工作室的業務部分，後來我們分手，這間工作室就剩我一個人在撐。」

周智誠還發現韓德烈胸前有一條醒目的黃色領帶，這條領帶立刻令周智誠聯想到第一件案子的死者田偕宇，田偕宇身上也有一條同樣款式的黃色領帶。

此外，旁邊那個女人，也就是韓德烈的女友，身上圍繞著一條黃色的絲巾，這個飾物也曾出現在第三件案子倖存下來的被害人蔡榆如身上。

再加上友實常擦的CHANEL No.5香水……

——這……三件事情難道是巧合嗎？

此時，對面公寓姜巧謹的住處亮起燈光，周智誠定睛一瞧，看見姜巧謹和林若蓮出現在室內。

「天啊！」

一個可怕的念頭在周智誠腦中浮現，他急忙轉身狂奔下樓，留下那對男女不明所以地面面相覷。

3

「你說什麼？」巧謹不敢相信她耳朵所聽見的事實。

「對，我知道這很難相信，不過『奪命設計師』確實另有其人，這是陳傑鴻的手冊上寫的，是『奪命設計師』告訴陳傑鴻犯案的細節，而他只是模擬『奪命設計師』的犯案模式。」

Copycat，模仿犯——這個字眼從姜巧謹的腦中蹦出。

「那……姜小姐，現在該怎麼辦？」

「呃……這件事我等明天到市刑大再跟你討論，好嗎？」

「喔，真是抱歉，我忘了妳現在很累。」

「別這麼說，我還得謝謝你打電話告訴我這件事呢。」

「那妳好好休息。」

「好。」

「再見。」

「再見。」

姜巧謹將手機放在桌上，表情盡是沮喪，得知「奪命設計師」另有其人，令她身心俱疲的狀況雪上加霜。

——天啊，這一切還沒結束……如果陳傑鴻不是真兇，那，在這背後操控一切的「奪命設計師」究竟是誰？

巧謹想起剛剛那個在眼前一閃而過的S形標記，就出現在化妝台鏡子左側，巧謹再度將目光聚焦在那上頭——那道S形標記的形狀與弧度與各個命案當中死者身上的S形刀傷如出一轍，無須專業鑑定就能判定那是出自同一個人的手筆……

鏡子裡的S形標記位於巧謹臥室牆上的那張海報，那張由林若蓮設計的海報。

由林若蓮親筆簽下的「Nolan」筆劃圓滑，不帶任何菱角，大寫字母的N在鏡中變成了平躺的S……

——怎麼可能？若蓮是「奪命設計師」？

姜巧謹的腦中冒出這個不可思議的答案，她努力說服自己這一切都是巧合，當她從鏡中看到海報上的王建民變成左手握球，她不禁笑了出來。

——真是的，我真是多疑敏感！鑑識報告上寫「奪命設計師」是左撇子，但若蓮是右撇子啊，所以若蓮她不可能……

妳的右手手掌側面有鉛筆碳粉殘留的痕跡，這說明了妳是右撇子，用右手寫字，但是妳離開妳工作室鎖門的時候，我卻注意到妳從褲子左側的口袋拿出鑰匙，換句話說，妳的左手還算靈活，學樂器的人大多都是雙手靈活的人，因為大部分的樂器都需要兩手並用……

自己那段曾讓林若蓮大為讚嘆的推論在姜巧謹的耳邊響起。

——左手還算靈活？

巧謹自己就是個左撇子，所以她很清楚左撇子從小受到的待遇，比方說她小時候常常被媽媽糾正，要她改用右手寫字，即便成效不彰，自己後來還是慣用左手，但小時候的糾正過程卻讓她現在也能用右手寫字。

——難道……若蓮靈活的左手不是因為玩樂器導致的，而是因為她本來就是左撇子？

「剛剛是誰打電話過來啊？」

這句話驚醒了深陷思考狀態的巧謹，她從鏡子看見林若蓮站在臥室的門口，不知是不是鏡中影像左右相反的緣故，林若蓮看起來彷彿變成了另外一個人。

4

跑！像跑百米那樣地衝刺！

周智誠快記不起上次像這樣狂奔是什麼時候，那次好像是追捕一名毒販，他在街上追逐犯人跑了一公里左右才將他制伏。

——可惡！妳已經從我的手中奪走了友實，這次妳休想奪走巧謹！……之前我保護不了友實，但是這次我一定要保護巧謹，我絕對不會再讓我愛的人受到任何傷害！

周智誠花了不到一分鐘的時間，就從十樓跑到一樓大門口。正當他衝出大門，直接橫越馬路的時候，左側有輛貨車煞車不及，將他撞飛到一旁。

即便貨車已經緊急煞車減速，但衝擊力道還是相當強烈，周智誠落地之後翻滾了六圈才停了下來。

貨車駕駛連忙下車察看，只見周智誠搖搖晃晃地站起來，額頭則是因為剛剛在柏油路上翻滾擦破皮流出鮮血。

「先生，你沒事吧？」貨車駕駛問。

「……」周智誠因為暈眩沒有答話，等到站穩之後，他繼續朝姜巧謹居住的那棟大樓走去。

「先生，你這樣不行啦，我趕緊送你去醫院。」

貨車司機邊說邊伸出手去攙扶周智誠，但卻被他一手推開。貨車司機本想再度過去攙扶他，但卻被他自腰後掏出的手槍給嚇了一跳。

「你……快去報警，說……巧謹……家裡出事了。」周智誠語氣含糊不清地說著。

「喔……好。」貨車司機唯唯諾諾地答應。

聽見貨車司機回答後，周智誠步履蹣跚地朝目的地前進。

5

姜巧謹轉過身子看著林若蓮，同時往自己的右手邊踏過去一步。

「剛剛是我的一個大學同學打電話給我。」她胡亂撒了個謊。

「大學同學？」林若蓮歪著一邊眉毛，表示疑惑。

「對，是我一個很好的朋友。」巧謹注意到林若蓮有一半身子隱沒在房外，從這裡看不見她左手拿著什麼。

「是這樣嗎？」林若蓮露出微笑，「……不過我剛剛好像聽見妳講市刑大耶！」

她剛剛在我的房外偷聽？——巧謹大驚。

「巧謹，妳真的很愛說謊耶！」林若蓮忽然話鋒一轉，語調也在瞬間轉為陰沉，「就像今天下午妳說妳不清楚周警員人在哪裡，可是後來我卻看見妳跟周警員在一起，兩人還有說有笑。」

「什麼？……若蓮，妳誤會了，我不是故意對妳說謊的。」巧謹連忙辯解，同時在腦中回想她什麼時候跟周智誠有說有笑。

「怎麼不繼續問下去？」在轉身離去的同時，周智誠湊近姜巧謹耳邊低聲地問。

「我要問什麼聲音？兇手把屍體丟在小巷子內也不可能會發出什麼聲音啊！」姜巧謹自己都覺得有點好笑。

該不會是……這個時候吧？——今天下午的情景浮現在巧謹的腦海中。她心想：不會這麼巧，這一幕恰好被若蓮撞見了吧？

「為什麼我把妳當作好朋友，妳卻這樣對待我？」說到這裡，林若蓮臉色驟變，神情憤怒地對巧謹咆哮，「……妳明明就知道我喜歡周警員，但是妳表面上裝成我的好朋友，私底下卻像個卑鄙小人，不動聲色地橫刀奪愛！」

「若蓮，事情不是妳想的那個樣子……」巧謹覺得很無奈，但是她又不能把周智誠喜歡她的事說出來。

「妳跟他們都一樣，跟那對狗男女一樣，一樣都背叛了我。」林若蓮厲聲打斷姜巧謹的辯解，同時整個人激動地踏進臥室，原先隱藏在房外的左手此時露了出來，她的左手握著一把水果刀。

「若蓮，妳幹什麼？」看到林若蓮手上的刀子，巧謹大驚失色。

「我要幹什麼？妳不是名偵探嗎？不是頭腦很好？怎麼看不出我要做什麼？」林若蓮一臉不屑地諷刺道，「哼，我本來以為警方找的專家會很聰明，結果只不過是一個外貌長得漂亮的蠢蛋而已……那個陳傑鴻是冒牌的，我才是正版的『奪命設計師』。」

即便姜巧謹早已推理出「奪命設計師」的真實身分，但聽到林若蓮親口承認這點，還是令她感受到猶如青天霹靂的打擊。

「妳的觀察力還算出色啦，可以從我不經意的動作看出我兩手都很靈活，不過很抱歉，老娘我從沒學過鋼琴……我只是因為那天在躲避警方追捕的時候，慣用手不小心骨折，所以後來才會改用右手寫字。我小時候有用過右手寫字，所以要改用右手寫字還不算太困難。」

「那……我那天在妳辦公桌上看到的琴譜是？」

「那是一個獨立音樂人最近要出鋼琴演奏專輯，請我幫她設計ＣＤ專輯封面，所以她拿琴譜供我參考。」

原來是這樣，我真他媽的有夠好運——巧謹在心底咒罵。

「老實說，雖然妳的推理失敗，但我還是稍微被妳嚇到了，那時我就在想：你們既然找上門來，那麼我何不利用這個千載難逢的機會誤導你們，讓你們離真相越來越遠？」

巧謹回想起林若蓮在「奪命設計師」連續殺人案當中替警方作出的「貢獻」，雖然林若蓮點破第四件案子中仿「B of the Bang」設計的場景，以及依「費布納西數列」規則演進的刀傷數目，但是識破這兩點對於陳傑鴻的計畫並無太大的影響，甚至可以說本來就在他的計畫之內，所以幕後黑手林若蓮才毫無顧忌地替警方指出這兩點吧。

不過林若蓮還是充分利用「警方特別顧問」的身分，以「雛型設計」的解釋，巧妙地將前三件「與『創迷設計』無關」的案子推給陳傑鴻，加強警方認為所有案子都是由陳傑鴻一人犯下的印象。

「妳為什麼要殺害那三個人？」巧謹問。

「不為了什麼？因為那三個人讓我想到背叛我的前男友和那個狐狸精，所以我才會殺了他們。」

「什麼？」巧謹沒想到：開啟這一連串血腥殺戮的犯案動機，竟是如此單純的惡意。

「先是田偕宇，他在一家餐廳向我搭訕，當我一看到他胸前的那條黃色領帶，我馬上就想起了我的前男友韓德烈，他很喜歡穿戴黃色的領帶，而眼前這個色迷迷的中年男子恰好也戴著一條黃色的領帶。

「一開始我還沒認出他來，後來才發現他是個很有名的企業家，我曾在電視上看過他跟他老婆一起參加慈善晚會，沒想到這個表面上愛家愛老婆的男人竟然會用如此露骨挑逗的言詞搭訕陌生女子。

「光他的穿著就已經讓我反感，而背著妻子亂搞的行徑更是激起了我的殺機，於是我假裝樂於接受他的搭訕，並且約他隔天在同一個地方見面。

「看到獵物上鉤，這個傢伙自然欣然答應，但是他卻不知道他即將變成我的獵物。

「我離開餐廳後，就跑到河濱公園旁的空地，用小石子鋪排成『從某個角度看去會成為一棟房子』的圖案，這是我利用空間設計原理製造出的錯覺。

「我這麼做不為了什麼，我只是想到我前男友毫無眷戀地把工作室丟給我，他以為這麼做可以消除我被甩的憤恨，可是我一點都不稀罕，現在我要把那間工作室還回給他。」

以行為心理學的角度來看，林若蓮對於黃色領帶的反應可視為「古典制約」，她已經把對前男友的怨念投射在那條黃色領帶上，然而，她被制約的程度甚至嚴重到把繫有黃色領帶的人都視為她的前男友——巧謹暗忖。

「後來田偕宇赴約，他一定沒想到，他還沒跟我上床，他人就已經變成一具屍體，躺在河濱公園邊的空地了，哈哈哈……」林若蓮突然歇斯底里地笑了起來，稍後她收起笑聲，「……殺死田偕宇後，我心血來潮，在他的身上留下S形標記，會這麼做大概是因為我習慣在自己的設計上留下簽名……當然，我不能直接簽自己的名字，所以我轉了個彎，把我的英文名字Nolan的第一個字母N的筆劃倒過來簽，沒想到警方卻把這個標記錯當成S了。」

「那接下來的兩名受害者呢？妳為什麼要殺害她們？」巧謹又問。

「很簡單，因為一個擦著跟那隻勾引我前男友的狐狸精同樣的香水，另一個身上繫著一條黃色絲巾——我曾看我前男友買過那條黃色絲巾，我本以為那條黃色絲巾是要送給我的，但是我男友在跟我攤牌後隔天搬離工作室的時候，卻把那條黃色絲巾給帶走，我連想也不用想就可以猜到那條黃色絲巾是要送給那個賤貨的。」

「我已經愛上別的女人了」——那天晚上他回來之後，這麼對我說。那時我還聞到他身上有那個女人殘留的香水氣味，我想他大概是豁出去了，才會這麼肆無忌憚、毫不掩飾吧！

林若蓮傾訴男友變心出軌的經過言猶在耳，巧謹認為林若蓮或許連那位橫刀奪愛的第三者都沒見過，但是她的怨念實在太過強烈，才會將那些怨恨投射在有形具體的物品上頭。

「若蓮，他們三人是無辜的啊，只因為妳對妳的前男友和第三者有恨，妳就對他們痛下殺手？」巧謹神情激動地質問林若蓮。

「我才不管這麼多，我只知道當我一看到他們，就會不由自主地想到我的前男友和那隻狐狸精……此外，殺人得到的快感似乎是會上癮的，只要起了頭，我就無法控制繼續殺人的衝動……」林若蓮咧嘴笑道，神情甚是恐怖。

——那，陳傑鴻也是她放火燒死的囉？

姜巧謹還沒來得及將心中這個疑問脫口而出，林若蓮就舉起手中的刀子，緩慢地朝她逼近。

「……當然，也包括現在。」

語畢，林若蓮突然加速衝向巧謹，刀尖朝她的腹部刺去，而巧謹卻俐落側身閃過林若蓮的刺擊，同時將適才握在手中、藏在背後的瓶中船朝林若蓮的頭部用力一砸。

啪！

清脆的破裂聲響在室內爆開，而透明的玻璃碎片在空中噴濺散開，瓶子內的那艘帆船也掉落在地，摔得四分五裂。

林若蓮倒地不起，頭部血流如注，一動也不動。

剛剛林若蓮叫喚巧謹的時候，她利用轉身並且向右側跨出一大步的時機，把放在化妝台旁邊的瓶中船偷偷拿到手中，並且小心地藏在背後。果然在這個時候發生功用——巧謹在心裡暗自慶幸。

看到鮮血自林若蓮的頭上汩汩流出，巧謹內心感到忐忑不安，她連忙丟下殘餘的瓶頸，拿起手機，邊朝臥室外頭走去邊打電話報警。

才一走出臥室，姜巧謹的腦後立刻就受到一記重擊，她整個人往前撲倒在地，手機也因手滑而飛了出去。

「媽的，真看不出妳這個女人平日舉止這麼優雅，下手倒挺狠的。」

巧謹還沒恢復意識，倒臥在地的身體隨即就被翻過來，只見滿頭是血的林若蓮蹲了下來，跨坐在她的身上，令人不寒而慄的冷光在她手裡的刀子上舞動閃耀著。

「其實妳會死也得怪妳自己，誰叫妳要背叛我，搶我的男人。」林若蓮將臉湊近姜巧謹，咬牙切齒地說道，手中的刀尖則輕輕劃過巧謹滑順柔嫩的臉頰，「放心，我會等妳斷氣之後，再把妳這張美得令人嫉妒的臉孔刮花，妳不用擔心痛。」

巧謹想要大聲喊叫，喝止林若蓮的瘋狂行徑，無奈卻怎麼也喊不出聲來。

「巧謹，再見了。」

就在林若蓮挺起身子，高舉手中的水果刀，即將朝巧謹的胸前刺去之際，客廳的窗戶忽然傳來打破玻璃的聲音。

林若蓮抬起頭，赫然瞧見周智誠站在窗外，雙手舉槍對準她。

林若蓮本以為周智誠會喝令她把刀放下，但是她卻只聽見懾人的槍聲，伴隨著槍口冒出的黃色火焰，然後感受到一顆顆子彈貫穿身體的炙熱與劇痛。

一槍、兩槍、三槍……直到彈匣裡的子彈打完，先是水果刀自手中滑落，掉在一旁，緊接著跨坐在姜巧謹身上的林若蓮僵直地朝旁邊倒下。

等到林若蓮倒在地上毫無動靜，確定死亡，周智誠才放心地昏厥過去。

第十五章——圖優效果 Picture Superiority Effect

圖片比文字容易記憶。

——《設計的法則》圖優效果

1

周智誠張開雙眼，第一個見到的人是他的好友張明鋒。

「你終於醒啦！終極警探。」張明鋒打趣地說道。

即便意識還沒完全恢復清醒，但是周智誠卻因為他朋友的揶揄而笑了出來。

「我聽醫生說你的大腿骨有骨折的情形，可是你居然可以忍著痛爬到十樓，上演『即刻救援』的戲碼，真是太強了。」張明鋒豎起大拇指，用誇張的表情稱讚道。

周智誠的神智在一瞬間清醒，他猛然挺起上半身問道：

「對了！巧謹呢？她沒事吧？……噢！」話才一說完，大腿處就傳來一陣痛楚。

「你是說姜小姐對吧？」

張明鋒的反問讓周智誠一臉羞赧地啞口無言。

「這麼關心人家喔？……啊不是嫌人家胸部小？」張明鋒一臉促狹地說道。

「哭爸啊！現在都什麼時候了，還在開我玩笑。」周智誠收起羞赧的情緒，沒好氣地回嘴，「……快告訴我她怎麼樣了？」

「多虧有你啊！及時出現英雄救美，姜小姐只是受了點皮肉傷，沒什麼大礙啦。」

聽到張明鋒的答案，周智誠才在心底鬆了口氣。

之前我保護不了友實，但是這次我一定要保護巧謹，我絕對不會再讓我愛的人受到任何傷害！

還好，我不會再因為無法保護我心愛的人而感到悔恨——想到這裡，周智誠的眼淚忍不住流了出來。

「又想起了友實？」張明鋒精準命中周智誠的心事。

「嗯。」周智誠擦掉臉頰上的兩行淚水，點點頭作為回應。

突然，圍在病床四周的簾幕被微微拉開，姜巧謹走了進來，臉上掛著既擔心又帶點「看似是裝出來」的惱怒的神情。

看見姜巧謹，周智誠大吃一驚，他作勢要朝張明鋒揮拳。

「你這個傢伙，人家就在外面，你剛剛還講那麼大聲。」

「科科，胸部小又不是我講的。」張明鋒吐了吐舌頭，「好了啦，我就不要在這裡礙事了。」他轉向姜巧謹，「姜小姐，那我先走了喔，你們慢慢聊。」

「喔，好。」姜巧謹微笑點頭。

等到張明鋒離去，周智誠連忙解釋。

「妳不要聽明鋒亂講，那個是我跟他開玩笑的，我不是那個意思。」周智誠試圖替「胸部小」一事作辯解。

「算了啦！我原諒你的『低級幽默』。」姜巧謹收起適才的笑容，沒好氣地說，「反正你對我有救命之恩，我不會因為這種小事對你發脾氣的……倒是你，你現在感覺還好吧？」

「這點傷死不了人啦。」周智誠還在為剛才的玩笑話感到困窘，他不好意思地回應。

「謝謝你。」姜巧謹說這話的神情有點拘謹。

周智誠覺得眼前這個女人不管擺出哪種表情都很美。

「那……我可以把妳的這句話當成『答應』囉？」周智誠鼓起勇氣問。

「答應什麼？」巧謹眨了眨清澈明亮的美麗雙眸。

「答應我的追求。」

巧謹抿起嘴唇，臉頰逐漸轉紅。

「等你先把煙跟酒給戒了，我再考慮。」這是她的回應。

「啊——」周智誠忍不住內心的雀躍，大聲歡呼。巧謹表面上的答覆是未定，但周智誠聽得出來這幾乎等於答應了。

「噓，小聲點啦！」巧謹連忙用手指輕觸鼻尖，示意周智誠安靜，「這間病房不是只有你一個病患啊。」

「ＯＫ，ＯＫ，不好意思。」周智誠本來還想吃他「未來」的女友豆腐，要她親吻他的臉頰一下，好讓他能康復得更快，不過他想說還是見好就收，不要太得寸進尺。

「沒什麼事的話，我要先回去了。」巧謹說。

「妳這麼快回去幹嘛？我要妳留在這邊陪我。」

「我要回去整理房間啦，房間亂成那個樣子，能不整理嗎？」

「那我怎麼辦？我腿受傷不能行動啊！」

「放心，張警員已經打電話聯絡你的家屬，好像是你爸會過來照顧你吧？」
「這樣啊。」周智誠覺得有點失望，他還是希望巧謹能留下來陪他。
「我要回去了，有什麼事打我的電話。」
「喔，好，再見。」
周智誠心不甘情不願地看著姜巧謹走出簾幕，他心想：等巧謹到家之後，就立即撥打電話給她，這樣應該不算得寸進尺吧？

2

姜巧謹將凌亂不堪的房間打掃整理完畢後，拖著疲憊虛弱的身軀去洗澡。
熱水從蓮蓬頭流出，自柔嫩無瑕的肌膚上滑落，巧謹邊淋浴邊回想昨天晚上發生的一切，即便當時的場景驚心動魄，但是她還是不禁去回想。
當畫面帶到林若蓮被周智誠一槍又一槍擊中的時候，巧謹的眼淚忍不住流了下來，畢竟林若蓮一度跟自己成為好友，至少對巧謹來說，她曾經很看重那份友誼。
雖然林若蓮是殺害兩條人命的「奪命設計師」，而且想置巧謹於死地，但是看到曾經是好友的林若蓮慘死在自己面前，還是令她感到無比難過。
為什麼妳會變成這樣？我還以為妳是個可以克服情傷、勇於面對情傷的女人，我本來還打算以妳為學習榜樣，希望能成為一位像妳一樣獨立自主勇敢的女性，可是妳居然也會因為情傷而想不開，還逼自己走上報復的絕路……這到底是為了什麼？妳這個大笨蛋！——巧謹在心裡聲嘶力竭地狂吼，無奈林若蓮再也無法回答她的疑惑了。

洗完澡後，姜巧謹帶著一雙泛紅的眼眶回到客廳，把放在茶几上的資料拿出來閱讀。其中大部分是陳傑鴻萬用手冊的影本，即便案件已經結束，但是作為一個心理學家，還是想去研究一個頂尖設計師轉變成冷血連續殺人犯的心路歷程。

巧謹逐一翻閱著陳傑鴻萬用手冊的影本：

2010/09/30

這幾天我把這些照片翻了又翻，除了S形刀傷之外，我找不到這些被害人的共通點，不論是這三人的性別、年齡、身高、職業，都沒有任何的共通點，看來「奪命設計師」在把這個重責大任交給我之前，還要考驗我是否能夠看出這一連串謀殺案的核心關鍵——究竟「奪命設計師」為何要挑選這些被害人？如果不能看出這點，那麼我就無法接續完成這項設計。

就在我絞盡腦汁，累到眼前視線一片模糊之際，田偕宇和簡友實的照片上遽然浮現黃色的影像，就在這一刻，我靈光一閃，翻出第三件案子倖存下來的被害人蔡榆如的資料，上頭記錄著她當時穿戴一條黃色的絲巾。

難不成「奪命設計師」純粹用「顏色」來挑選被害人？第一個死者田偕宇胸前有一條金黃色的領帶，第二個死者簡友實身上穿著橙黃色的襯衫，第三件案子的倖存者蔡榆如脖子則圍著一條粉黃色的絲巾——三個被害人身上都有黃色的物件。

這是我唯一想得到的解答，不過……我真要跟他一樣，隨機挑選身上有黃色物件的被害人下手？雖然犯下沒有動機的命案對我比較有利，比較不會被警方追查到，不過我不想去做毫無意義的事。

這時我想到了凌信齡，那個假裝是我朋友、但私底下卻玩弄小手段傷害我的偽君子，我一直嚥不下這口氣，既然如此，我為什麼不乾脆利用「奪命設計師」的這個案子來陷害他，讓他身敗名裂呢？此外，我還聯想到那個貪婪卑劣的小人沈百駒，雖然他並不會對我造成太大的影響，但是他就像隻蟑螂害蟲那樣噁心討人厭，讓人想一腳踩扁，所以我也把他放進這起連續殺人案當中。

我的初步構想是：我先從凌信齡家中偷走他的一雙鞋子，接著再挑選幾個跟「創迷設計」相關的人物，殺害他們，並在命案現場留下鞋印，還取走當中幾名被害人的血液和頭髮，放在鞋子裡，再將鞋子「物歸原主」——這個部分是為了要製造凌信齡「犯案」的直接證據。

倘若那幾個跟「創迷設計」相關的人物身上沒有佩戴黃色物件，我就準備好黃色物件幫他們穿上——我赫然發現黃色物件的安排，不但可以串連所有命案，還可以迷惑警方的思考。

至於沈百駒的部分，我的主要目的是要掩藏我在義大利那邊的過往，所以單單殺了他還不夠，還得除去他身上的那塊刺青，警方才不會把他跟我聯想在一塊，進而追溯到我跟他在義大利的過往。

正當我苦惱該如何掩蓋沈百駒身上的刺青之際，我看到照片裡兩名死者身上的S形刀傷，「費布納西數列」的規則突然從腦海深處躍出，倘若前兩名死者身上都有一道S形刀傷（第三件案子的被害人身上有一道S形刀傷，但她並未死亡，所以我不把她算進數列當中），那第三名死者身上就該有兩道S形刀傷，第四名死者身上有三道S形刀傷，第五名死者身上有五道S形刀傷，第六名死者身上有八道S形刀傷……

夠了，八道刀傷應該足以掩蓋沈百駒身上的刺青而不被看出，那麼我在殺沈百駒之前，我得再殺三個跟「創迷設計」相關的人物。

計畫初步規劃到這裡，我自己感到相當得意，因為刀傷數目的增加跟黃色物件的安排一樣，都有迷惑警方的功用，而且還應用了「費布納西數列」，替這一連串的連續殺人案增添了設計的美感——倘若「奪命設計師」知道這點，一定會以我為榮，而我也等不及要趕緊動手完成這項設計……

看到這裡，手機鈴聲突然響起，姜巧謹連來電顯示都不用看，就可以知道這通電話是周智誠打來的，她才離開醫院沒有多久，周智誠就打電話給她，到現在已經是第三通電話了。

「喂，你到底要打幾通電話啊？」巧謹沒好氣地說。

「巧謹，妳就行行好嘛，因為我真的好想聽妳的聲音，妳的聲音比止痛藥還有用，一聽我的腿就馬上不痛。」

「胡扯，我的聲音那麼沙啞，又不是娃娃音，一點都不甜美，哪有療傷的效果啊？」

「重點不是聲音，而是這些話是由妳講出來的，這比什麼都來得重要。」

「神經。」巧謹邊笑邊輕聲罵了一句，心裡則是在嘀咕：這個男人還沒跟我交往，就已經這麼肉麻，正式交往的時候豈不更嚴重？

「我說的是事實，千真萬確，我這個人絕對不會說謊。」

說到這裡，巧謹突然想到一件事。

「唔，對了，我還要跟你說聲對不起呢。」

「幹嘛跟我說對不起？」

「我那天誤以為是你縱火燒死陳傑鴻的，還對你講話那麼大聲。」

「喔……沒關係啦，妳不必道歉啦。」

「你當時為什麼不向我解釋清楚啊？」

「怪我囉，妳當時又不給我解釋的機會，噼哩啪啦地就講了一大堆，我嚇都嚇傻了，哪有時間替自己辯解？」

「你……你現在是在嫌我咄咄逼人就對了？」巧謹故作惱怒狀跟周智誠鬥嘴。

「好啦好啦，跟妳開玩笑的啦……說真的，妳知道我當時為什麼沒跟妳解釋清楚嗎？」

「為什麼？」

「因為妳生起氣來的樣子還是好美，我看都看傻啦，所以才會忘了要替自己辯解。」

「你真的很肉麻耶，不跟你講了啦！」巧謹心想：要是讓這個男人繼續扯下去，我肯定會雞皮疙瘩掉滿地，得趕緊換個話題，「……啊，還有一件事！你是怎麼知道林若蓮就是『奪命設計師』？」

「哈，小姐，這下妳就不得不佩服我了，那時我在妳公寓對面的大樓天台偷窺妳……」

「你偷窺我？」得知這件事，巧謹心底冒出一股不舒服的感覺。

「好啦，我跟妳道歉，妳就大人有大量，原諒我吧……因為我太想見妳，才會出此下策……不過我沒有看到什麼不該看的，我發誓！」

「你喔……」要不是看在周智誠救了她一命，且自己也打算跟他交往，不然巧謹鐵定會對此事大發雷霆。

「好啦，我剛剛說到哪了？啊，對了，我說我人在對面大樓，看到妳跟林若蓮回到家，由於妳不接我電話，我打算直接登門拜訪跟妳講清楚，哪知在下樓的時候，我遇到了兩個人，就是那兩個人讓我得知林若蓮就是『奪命設計師』。」

「哪兩個人？」

「妳猜。」

「我哪知道啊，快跟我講啦。」

「是林若蓮的前男友和他現任的女友。」

「什麼？」巧謹沒想到那個狠心拋棄林若蓮且令她性情大變的男人居然就住在這棟公寓的對面大樓。

「我之所以會注意到他們，是因為那個女人擦的香水跟友實遇害時擦的香水是同個牌子，由於我對友實的思念很深，所以只要一聞到那個牌子的香水，馬上就會引起我的警覺……」

巧謹注意到周智誠現在提到他的女友簡友實已經沒有像之前那樣的充滿悲痛，她一方面慶幸周智誠已走出失去女友的陰霾，另一方面卻也感嘆至死不渝的愛情還真是難尋啊。

「……結果我卻意外發現我曾在林若蓮工作室見過那個男人，他就出現在辦公桌上的相框裡，一問之下，才知道那男人是林若蓮的前男友，而那個女人則是拆散兩人的第三者……而更讓我驚訝的是，那個男人身上戴著一條黃色領帶，女人則圍著一條黃色絲巾——跟田偕宇和蔡榆如一樣，再加上友實的香水，我當下判斷這絕對不是巧合……一想到妳跟林若蓮共處一室，於是我飛也似地狂奔下樓，趕去救妳。」

「哇嗚，你的頭腦真好，居然能把這些事情連在一塊。」巧謹由衷地讚嘆。

「那當然囉，要不然怎麼能匹配得上美貌與智慧兼具的女偵探呢？」

「你又來了。」巧謹笑罵道。

突然，門鈴響起。

「好了啦，不跟你聊了，有人按門鈴，我要去開門了啦！」

「啊？可是我想跟妳再多講句話。」
「夠了啦，講得夠多了啦，快點睡覺休息啦！」
「給我一個親吻，讓我今晚可以甜甜地入睡。」
門鈴再度響起。
「神經，不理你了啦，晚安。」
說完，巧謹就中止通話，跑去開門，只見門外站著一個身材高壯的男子，他的手上拿著一個看似禮物的盒子。
「請問你是？」
那名男子一看到姜巧謹，像是著了迷般地發呆五、六秒，稍後他似乎察覺到自己的失態，連忙回過神來回答姜巧謹的疑問。
「小姐，妳好，我是住在妳對面大樓的住戶。」
「對面大樓的住戶？」巧謹不解地問，「那你有何貴幹？」
「我叫韓德烈，是林若蓮的前男友。」
什麼？這個男人就是韓德烈？——得知此人的真實身分，巧謹突然對眼前的這個男人感到厭惡，即便林若蓮犯下殺人罪行，但是站在同樣身為女性的立場，她還是相當同情林若蓮的遭遇。
巧謹還沒決定該拿出什麼態度對待韓德烈，他就繼續說道：
「我今天看電視新聞的時候，得知若蓮就是犯下一連串殺人案的『奪命設計師』，而且還在我住處的對面公寓行兇，一想到這裡，我就覺得過意不去，新聞有講當事人，也就是妳，幸運逃過一劫，所以我就想說帶點東西過來給妳。」韓德烈表情有點不自然地說道，「雖然若蓮已經跟我沒有任何瓜葛，不過我想既然妳就住我家附近，我想還是過來慰問一下。」

沒有任何瓜葛？老兄，就是因為你移情別戀，若蓮才會性情大變，犯下這一連串的殺人案耶！你竟然說她跟你沒有任何瓜葛？——巧謹內心有股衝動想大聲駁斥韓德烈，但最後還是忍了下來，因為她知道在感情的世界裡，提議分手主動離開的一方絕不會認為自己有錯。

「這個送妳，希望妳能盡早恢復到正常的生活。」

韓德烈把手中的禮物遞給姜巧謹，她本想婉拒，但最後還是伸手收了下來，不過她沒有說謝謝。

也許是氣氛有點尷尬，韓德烈繼續打開話匣子聊下去。

「呵，說來還真巧，我昨天晚上六點左右沒來由地想起若蓮，不知道為什麼，我突然想打電話給她，想問問她現在過得怎麼樣。」

「那她怎麼講？」巧謹問這話的表情有些冷淡，因為她不想給眼前這個男人好臉色看，不過她是真的很想知道林若蓮如何面對他的前男友。

「她的態度很自然啊，聲音聽起來怡然自得，看來她早就已經對我們分手一事釋懷了。」

你這個混帳，才不是這個樣子呢——巧謹在心底狠狠咒罵。

「她當時接起電話的時候還不知是我打去，還很有朝氣地對我說『Nolan室內設計，您好』，一聽到她充滿幹勁的嗓音，我就知道她並沒有被情傷打倒，依舊過得很好。」

廢話！難不成要為了一個爛男人茶不思，飯不想啊？——巧謹不以為然地心想。

「我本想打她的手機號碼給她，不過一想到她看到來電顯示可能會不接我的電話，所以我改打她工作室的電話給她。」

哼，換成是我也不想接啊！——巧謹在心底冷笑。

「我當時就在想：這個女人還真拚啊，星期六晚上六點還待在工作室內，她真是個工作狂啊！妳說是吧？哈哈哈……」

先生，你忘了喔，若蓮的工作室是住辦合一啦，白癡！——一陣怒火在巧謹胸口悶燒著。

見巧謹繃著一張臉，韓德烈尷尬地收起笑聲，繼續說道：「後來她知道是我，態度並沒有明顯的起伏，沒有像先前我離開她時那樣的哀痛欲絕，光聽她講話，我大概猜得到她有新的對象了，這樣也好，這樣我就不用替她擔心了……後來我們聊了十多分鐘，過程相當平和，就像多年不見的老朋友那樣敘舊，老實說，我真的很欣慰自己能跟前女友聊得那麼開心呢……對了，妳知道嗎？若蓮甚至願意承接我跟我未婚妻結婚喜帖的設計呢，一聽到她這麼講，我立刻將我和我未婚妻的資料傳真過去給她，她看了我傳過去的資料，還大方地稱讚我未婚妻的名字很美……當時聽她講話沒什麼異狀啊，沒想到幾個小時後，她就跑來這邊對妳行兇……」

夠了！我聽不下去了！這個男人真是有夠不要臉！居然還以為自己都沒有錯，還在那邊假惺惺地同情若蓮，更沒有顧及對方感受，竟要若蓮替他設計喜帖？——巧謹再也按捺不住心中的怒火，她決定要結束這場讓她越聽越火大的對談。

「先生，不好意思，我有點累了，你講的這些事情我都不是很想知道，我現在只想趕快去睡覺，請你回去好嗎？」

看到對方如此明白地表態，韓德烈只好自討沒趣地道別離開。

「該死！」

巧謹重重地把門關上，走回客廳時，還將韓德烈送的禮物隨手丟在地上。

若蓮幹嘛為這種男人想不開啊？真是笨蛋——巧謹替林若蓮感到不值。想著想著，巧謹又再度怒火中燒，她用力捶了牆壁一拳。

哎唷！好痛！——巧謹看了一眼紅腫的左手側面，突然，她想起剛剛韓德烈說過的話。

我昨天晚上六點左右沒來由地想起若蓮，不知道為什麼，我突然想打電話給她，想問問她現在過得怎麼樣……我本想打她的手機號碼給她，不過一想到她看到來電顯示可能會不接我的電話，所以我改打她工作室的電話給她……我當時就在想：這個女人還真拚啊，星期六晚上六點還待在工作室內，她真是個工作狂啊！妳說是吧？哈哈哈……後來我們聊了十多分鐘，過程相當平和，就像多年不見的老朋友那樣敘舊，老實說，我真的很欣慰自己能跟前女友聊得那麼開心呢……對了，妳知道嗎？若蓮甚至願意承接我跟我未婚妻結婚喜帖的設計呢，一聽到她這麼講，我立刻將我和我未婚妻的資料傳真過去給她，她看了我傳過去的資料，還大方地稱讚我未婚妻的名字很美……

——昨天晚上六點？……可是，昨天晚上六點的時候，林若蓮應該不在工作室內啊，她那時人應該在陳傑鴻的住處附近……

她看了一眼手錶，現在時間是六點整，陳傑鴻在五點五十分離開餐廳，餐廳距離他家大約只有十分鐘的車程，換句話說，他應該快到家了。

——難不成……

一個可怕的念頭在巧謹的腦中逐漸成形。

3

周智誠剛剛吃完午餐，有點愛睏，但是不知怎麼搞的，就是遲遲無法入睡。由於行動不便，他只能百無聊賴地躺在病床上，眼睛直視著天花板。現在病床旁沒有人在看護他，他爸有事回家一趟，留下兩支枴杖供他行動。

雖然周智誠躺病床躺到煩了，不過他卻沒有興致下床走走，他索性拿起手機打電話給姜巧謹，不過巧謹卻沒有接電話。

周智誠相當納悶，早上他撥了兩通電話給巧謹，但她也沒接。

——到底是怎麼了？

此時病房內一片靜謐，昨天下午還在的同房病人今天早上已經出院，現在整間病房只剩他一個人。

獨自一人，再加上失去巧謹的音訊，一陣孤寂遽然襲來，讓周智誠感到莫名的惆悵，他拿起放在病床旁桌上的皮夾，抽出一張照片。

照片中，周智誠和簡友實頭部緊緊相依，兩人都笑得很開心，背後是狹窄陡峭的大理岩峽谷，那是他們到花蓮太魯閣國家公園拍下的照片。

周智誠隨身攜帶這張照片並非是為了要回憶過往的美好時光，而是因為照片中簡友實的衣著跟她遇害時穿的衣著完全一致——同樣的白色襯衫，同樣的紅色橫紋針織棉料短裙，同樣的黑色透膚絲襪，以及同樣的黑色漆皮高跟鞋，甚至連身上擦的香水也是CHANEL No.5的香水。

周智誠隨身攜帶這張照片的目的是要提醒自己一定要為友實報仇，而他也的確做到了。

——友實，我替妳報仇了，而很抱歉，我即將要結交新的女友，展開全新的人生，但是妳永遠在我心中保有一席之地，請相信我，就算我愛上別的女人，我也絕對不會把妳給忘了。

想著想著，淚水開始在周智誠的眼眶裡打轉，就在此時，病床旁的簾幕驟然拉開，姜巧謹緩緩走了進來。

姜巧謹突然現身，令周智誠來不及反應，手中的相片一個不小心滑落到床底下。

姜巧謹彎下身子，撿起照片端詳片刻。周智誠見狀，連忙解釋：

「巧謹，請妳不要誤會，我只是突然想起友實，沒別的意思，我敢保證友實絕對不會成為妳跟我交往的阻礙，我發誓！」

「我不會介意這種事情的，」姜巧謹把照片放到桌上，面無表情地說，「倘若你把你的未婚妻忘了，我反倒會覺得你這個男人很無情。」

聽到巧謹這麼講，周智誠頓時放心了不少。

「不過我倒是很介意你對我說謊。」巧謹話鋒一轉，語氣變得具侵略性，與昨晚的她判若兩人，「我記得你昨天說過你這個人絕對不會說謊，對吧？」

我說的是事實，千真萬確，我這個人絕對不會說謊。

「……對。」周智誠回覆得有些遲疑，因為他察覺氣氛有異。

「那我現在問你一個問題：」姜巧謹問這話的表情冷若冰霜，「縱火燒死陳傑鴻的人究竟是不是你？」

面對姜巧謹的提問，周智誠再度遲疑了片刻，因為他從對方的表情察覺到這個問題似乎是明知故問，他認為巧謹心中已經有了答案。

「你回答不出來嗎？」巧謹露出苦澀的微笑，「其實你的遲疑就已經等於默認了，不是嗎？」

周智誠的話卡在嘴邊，無法反駁。

「那天我在六點十分左右趕到現場，換句話說，陳傑鴻住的地方失火是在六點十分之前，可是我昨天得知林若蓮在案發當時人在自己的工作室內，因此她絕對不可能殺害陳傑鴻。」

「怎麼會？」周智誠一臉木然地說道。

「林若蓮的前男友韓德烈告知我說，他那天晚上六點打林若蓮工作室的電話給她，兩人還聊了十多分鐘，所以林若蓮有很完美的不在場證明。」

「難道……林若蓮沒有使用轉接電話的可能？」周智誠企圖找出巧謹推論當中的漏洞，「……比方說：利用電話的轉接功能把來電轉到自己的手機，製造出人在工作室內的假象？」

「不可能，我到林若蓮的工作室調查過了，她的傳真機有一張未撕下的傳真紙，上頭是韓德烈傳真過去的資料，還印有傳真時間，是十二月二十五日晚上六點十二分，韓德烈還說林若蓮在電話裡頭提到他傳真過去的資料。」姜巧謹朝病床走近一步，「倘若林若蓮是用轉接電話製造不在場證明，人不在工作室的她絕對看不到傳真機送出的資料。」

巧謹的推論說得周智誠啞口無言。

「你了解了嗎？最有可能殺害陳傑鴻的人，就是林若蓮或你，而林若蓮是怎麼得知我們已經鎖定陳傑鴻的，我不清楚，我只知道她有不在場證明，這麼一來，她就被排除在嫌犯名單外，目前有機會和動機殺害陳傑鴻的人只剩下你。」巧謹激昂的語氣在轉瞬間變得斷斷續續，聽起來像是哽咽，「……智誠，除了我看到你手上拿著殘留汽油的寶特瓶之外，我承認我沒有證據……

我只希望你能親口對我坦承……告訴我：殺害陳傑鴻的人究竟是不是你？」

兩人四目相交數秒鐘。

不過我倒是很介意你對我說謊。

「對，是我縱的火。」周智誠莫可奈何地點頭。

這個答案令巧謹泫然欲泣，她表情痛苦地往後退了兩步。

「巧謹，妳能理解我的感受嗎？」周智誠雙眼泛著淚光，神情激動地大喊，「妳知不知道自從友實死後，我是怎麼過日子的？……那個時候我每天過得渾渾噩噩，不只一次想要自殺，我幾乎可以說是失去了活下去的意義……要不是想著要替友實報仇，我絕對不可能會活到現在……在認識妳之前，我人生只剩下一個目標，那就是找到『奪命設計師』，並且殺了他……可是呢，當我知道陳傑鴻就是『奪命設計師』時，妳卻打算給他機會活下去，妳知道我當時的心情是什麼嗎？……好，可以，我尊重妳，給他一次機會，但是我卻暗自決定：倘若那個傢伙執迷不悟，沒有認罪跟妳一起走出餐廳，那他接下來就得隨我處置，我不會再給他第二次的機會。」

「那這樣子你高興了嗎？復仇的快感令你滿意嗎？」巧謹話中帶刺地反問，同時流下兩行淚水。

周智誠的語氣不似剛才那樣激動，他一臉落寞地回答：「本來是有，但看到妳這麼生氣且難過的樣子，我很後悔自己當時這麼做……」

巧謹不知該說什麼，只能淚眼迷濛地看著眼前這個她一度愛上的男人。

「妳說得沒錯，『人往往會變成自己所討厭的那種人』，我就是最好的例子……」說完，周智誠低下頭來，緊緊握拳，全身不停地顫抖，「……可惡，為什麼妳不早一點出現？……這麼一來，這一切就不會發生了……」

巧謹看見幾滴眼淚如雨點般地滴在他的被單，在上頭渲染出心碎的形狀。

「巧謹，我們之間還有可能嗎？」周智誠猛然抬頭，他朦朧的眼神充滿哀求與悔恨。

巧謹以搖頭代替回答——這一幕讓周智誠痛徹心扉。

「難道這就是說實話的代價？」周智誠不甘心地看著姜巧謹，「……妳寧願給陳傑鴻機會，也不願意給我機會？」

「不，我有給你機會。」巧謹拭去臉頰上的淚水，「如果你說謊，我會把我的發現告知警方，要他們去調查縱火的人是不是你……而你剛剛向我坦承，我現在決定把這件事情放在心底，不說出來……所以你不會受到任何懲罰。」

說完，巧謹就轉身離去。

「哈哈哈……」周智誠破涕為笑，不過笑聲聽起來卻十分心酸，「我哪裡沒有受到懲罰？我失去妳就是最嚴厲的懲罰了，哈哈哈……」

巧謹頭也沒回地消失在病房門口，但周智誠的笑聲卻一直持續著。

4

姜巧謹悵然若失地走出醫院，她現在滿腦子都是周智誠悲從中來的笑聲，雖然她給周智誠的答案很殘酷，但周智誠給她的答案又何嘗不殘酷？

巧謹認為自己的做法已經很寬容了，她體諒周智誠的處境，畢竟他也是受害者，為了替她的未婚妻報仇，一時衝動鑄下大錯——所以她決定違背自己的良心，隱瞞周智誠的罪行。

就跟自己無法接受周智誠感情的情形很相近——不同的是，周智誠對他死去的女友簡友實還有愛，而我對御潔卻只有恨；他害怕改變，而我害怕傷害。

真諷刺啊，就在我打算接受他的感情之前，我察覺到他改變了，而我也受到傷害了——巧謹露出苦笑。

此時，一個與自己認知相衝突的景象在腦海中閃過！

巧謹猛然停下腳步，因苦笑而揚起的嘴角也慢慢垂下。

是什麼？到底是什麼？——巧謹在心底反覆問著自己。

當巧謹找到正確答案的時候，她的身體因為過度震驚而開始顫抖。

5

「張警員，我知道了，謝謝你，再見。」

結束通話後，姜巧謹收起手機，先是抬頭望著巷子口散發白色燈光的路燈，接著再把目光投向巷子裡散發黃色亮光的路燈，然後踩著堅定的步伐朝巷子正中央的位置走去。

這裡是天津路上的一處窄巷，也是簡友實被殺害的案發現場。

巧謹憑藉著腦中刑案現場資料的記憶，走到簡友實當時陳屍的位置——她人站在一圈黃色亮光當中，低著頭沉思，宛若站在舞台正中央被聚光燈籠罩的演員那般，低著頭屏氣凝神，等候下一幕開演。

然後，等到布幕拉起，呈現在巧謹眼前的，不是一排排坐在觀眾席引頸期盼的觀眾，而是殘酷到令人難以置信的真相。

第二片拼圖也已放上，剩下最後一片拼圖——巧謹既期待又怕受傷害地在腦中持續進行著拼圖的作業。

雖然兩片拼圖已經足夠讓巧謹窺知真相的原貌，但是都已經做到這裡，沒道理不把最後一片拼圖找出來放上。

姜巧謹快步走出巷子，舉手攔下一輛計程車，朝「藏有最後一片拼圖」的下一個目的地前進。

十分鐘後，計程車在一棟建築物前停了下來，建築物旁立著一塊看板，上面寫著大大的幾個字「《8週刊》，給你絕對真實的真相」。

第十六章——共同命運 Common Fate

往相同方向移動的元素，會被視爲是比較相關的。往不同方向移動，或是不動的元素，會被視爲是比較不相關的。

——《設計的法則》共同命運

1

周智誠撐著兩支枴杖，費力且不熟練地移動自己的軀體前進，他現在人正在台北第四公墓，簡友實死後就葬在這裡。出院返家之後，他不顧父親的勸阻，獨自一人來到這裡。

沿路經過幾片草地，或許是因為季節氣候的緣故，上頭的草雖然生長茂盛，但顏色卻略顯枯黃，散發著一股蕭瑟淒涼的悲戚氛圍。

二十分鐘後，周智誠來到簡友實的墓前。

「友實，今天是十二月二十九日，也是我們正式交往的紀念日，所以我特地來看妳……」說著說著，周智誠露出自我解嘲的笑容，「……此外，我要告訴妳一個好消息，我目前不會跟別的女人交往了，我還是屬於妳的……呵呵，我想這是老天爺對我『不能從一而終愛著妳』的懲罰吧？」

凝視著墓碑上的簡友實照片須臾，回想起這段日子以來為她付出的一切，周智誠禁不住流下兩行心酸的眼淚。

終於結束了，不過留下的竟是空虛的孤獨與心如刀割的痛楚——這是周智誠此刻最大的感觸。

結束悼念女友的儀式，周智誠連臉上的淚痕都不擦，就轉身朝來時路走了回去。

可惡，為什麼妳不早一點出現？……這麼一來，這一切就不會發生了……

最後的結果令周智誠不免抱怨老天爺，為什麼不讓他早點遇到姜巧謹？不然也就不會發生接下來的那些事情了。

半年前，「奪命設計師」落水後，歷經數天的打撈，卻一無所獲，警方絕大多數都認為「奪命設計師」已經在那場追捕過程中落水喪命，唯有周智誠還不死心，堅持要見到「奪命設計師」的屍體才肯罷休。

專案小組解散後，僅剩周智誠獨自一人追查著「奪命設計師」連續殺人案，他每天都抽出不少時間去詢問被害人家屬，或是造訪案發地點旁的民家以尋求目擊證人，甚至還作了大海撈針的心理準備：他打算逐一調查居住在台北市的所有設計師。

在調查期間，周智誠還跑去《8週刊》雜誌社，拜託當初看出第一件案子特殊場景的記者趙慕斌，希望能藉由他卓越的推理能力，來釐清案情。

無奈這名援軍的能力令周智誠失望，趙慕斌的加入絲毫沒有幫助，案情依舊陷入瓶頸。

就在周智誠身心俱疲，求助無門，一度想要放棄之際，破案的契機出現了。

那時周智誠調查到第二百二十一位設計師，這個設計師叫陳傑鴻，根據周智誠的初步調查，此人行事低調，不愛交際，個性有點陰沉，沒有固定工作——這些特徵完全符合教科書上對於「連續殺人犯」的特徵描繪；更何況，他還是左撇子，與鑑定報告的結果相符。

因此周智誠很確定此人就是「奪命設計師」，為了不打草驚蛇，周智誠趁著某天陳傑鴻外出的時候，潛入他的住處，發現房間牆上貼著「奪命設計師」相關報導的剪報。

這個現象令他聯想到教科書上所寫的內容，教科書說犯罪者通常會很注意自己的犯行，會搜集與自己犯行相關的報導。

賓果！終於逮到你這個畜生了——周智誠難掩內心的激動，不顧可能會被發現的後果放聲狂吼。

接下來周智誠在抽屜內搜到陳傑鴻的護照，他發現陳傑鴻今年五月多曾到歐洲一趟，而友實被殺害的時間就在陳傑鴻出入境之間這段期間發生，換句話說，陳傑鴻有近乎完美的不在場證明。

難道兇手不是他？——周智誠開始懷疑陳傑鴻是奪命設計師的可能性。

周智誠持續搜索陳傑鴻的住處，找到了一本深藍色膠皮萬用手冊，翻閱後發現他當時到歐洲的行程是去義大利參加ＤＡ舉辦的設計師研討座談會。

什麼？陳傑鴻真的不是「奪命設計師」？——周智誠剛剛的狂喜在一瞬間冷卻下來，最後他帶著失望的情緒離開陳傑鴻的住處。

不過周智誠並未完全放棄陳傑鴻即「奪命設計師」的可能性，他拜託一名曾到義大利留學的設計師替他打電話到義大利ＤＡ去求證，而ＤＡ那邊給了一個明確的答覆：陳傑鴻在簡友實遇害的當晚，人確實在研討座談會上。

這個結果令周智誠心灰意冷，放棄追查下去的念頭又再度浮現腦海。正當他在「放棄」與「堅持」之間游移不決的時候，一個突發奇想的點子在腦中蹦了出來。

——雖然陳傑鴻不是「奪命設計師」，但是他是設計師，又蒐集過「奪命設計師」的相關新聞，那麼他說不定可以看穿「奪命設計師」的把戲，提供給警方有用的建議？

就在周智誠打算去找陳傑鴻，請他協助調查之際，他猛然驚覺一件事。

——等等！就算陳傑鴻不是「奪命設計師」，但是萬一他跟「奪命設計師」有聯繫的話該怎麼辦？也許他是「奪命設計師」的助手也說不定，倘若我直接找上門，會不會讓他起了戒心……倘若他向「奪命設計師」通風報信，那不就更難找到「奪命設計師」的下落？

雖然這種設想可能性不高，但是周智誠已經無法承受線索斷裂的風險，所以他不敢貿然行動。經過一個多小時的苦思，周智誠想到了一個折衷的方法。

——對了，我只要把「奪命設計師」相關資料偷偷地塞進陳傑鴻的住處，什麼都不用多加說明，接下來暗自監視他，看他會有什麼舉動？

隔天，周智誠整理出一些「奪命設計師」連續殺人案的相關資料，然後在深夜來到陳傑鴻的住處，把資料從門縫底下塞進去。當然他刻意除去資料裡跟警方有關的元素，比方說：不讓警方用來標示編號的黃色立板出現在命案現場的照片中，這麼做的目的是不要讓陳傑鴻起戒心。

接著，周智誠守在陳傑鴻的住處外，監視他的動靜，但是怪的是，陳傑鴻的表情似乎沒有任何異狀，好像是什麼事情都沒有發生那樣。

難道他沒收到我從門縫塞進去的牛皮紙袋？——周智誠心想，不過這個想法很快就被推翻了，他認為陳傑鴻不可能會沒收到牛皮紙袋，是這個傢伙太過與眾不同了。這幾天觀察下來，周智誠注意到陳傑鴻的情緒幾乎不形於色，很難看出他有什麼情緒起伏。

因此周智誠只能毫無頭緒地緊跟著陳傑鴻，然而，接連好幾天不眠不休地跟監，使他的意志漸漸衰弱潰散。某天周智誠在陳傑鴻住處外監看的時候，由於太過疲累，他不自覺地昏沉地睡去，當他醒來的時候，街景已從陽光普照的明亮轉為華燈初上的朦朧，而陳傑鴻也在九點左右回到公寓。

「該死！」周智誠氣得在車內大罵，他氣自己竟然會漏掉陳傑鴻的行蹤。

隔天他到市刑大總部，隊長杜明概突然把他叫進辦公室。

智誠，有什麼新的進展嗎？……智誠，是該適可而止了……我知道這不是最好的結果，但是我們也只能接受它……你再這樣下去，身心遲早會累垮的……你完全沒休息，你的身體到底還能撐多久？……就讓這一切結束吧，雖然沒有找到「奪命設計師」的屍體，但是那個傢伙絕對不可能活著，後來也沒有他再犯案的消息傳出……這個結果雖然稱不上完美，但也還算可以接受……智誠，我真的不想看你一個人這樣孤軍奮戰，我很想幫你，可是你也知道，警方無法投注太多心力在一件懸案上，更何況是一件被大家認為已經完結的案子……

周智誠才跟隊長談完話，稍後就傳來劉雨儂命案的消息，等他和張明鋒一到命案現場，看見仿造「B of the Bang」設計的場景，一開始他還不知道這件案子跟「奪命設計師」有關，直到看到死者腹部的兩道S形刀傷，他才知道「奪命設計師」再度重出江湖。

當然，時間點的巧合也讓周智誠一度懷疑這件案子是陳傑鴻所犯下，不過礙於自己的疏失，他不敢把這件事情說出來。倘若此案真是陳傑鴻犯下的案件，那劉雨儂會遭殺害，他需要背負很大的責任，畢竟是他把資料交給陳傑鴻的。

可是一想到劉雨儂被殺害的慘狀，周智誠的內心開始動搖。在懊悔與自責的情緒交錯下，周智誠曾考慮要把實情說出，但是他突然想到一件事。

——不管此案是由誰犯下的，為緝拿「奪命設計師」到案而成立的專案小組勢必會再度成立。

自從專案小組解散後，周智誠可以說是獨自一人孤軍奮戰，面對已經陷入死胡同的案情，周智誠幾乎可以說是無計可施，只能用大海撈針的方式來尋找真相，逐一調查居住在台北市的設計師。

光是設計公司，台灣就有上萬家，那設計師的人數鐵定更多，倘若真要逐一調查，只靠他一個人，那不知要何年何月才能清查完畢？

為了要讓專案小組再度成立，為了讓自己能有更多支援，周智誠最終選擇沉默。至於面對劉雨儂的死帶給他的罪惡感，他只能在心底反覆告訴自己：**犯下這件案子的人不是陳傑鴻，而是那個落水未死的「奪命設計師」**……對，一定是這樣沒錯，是我多心了。

只是周智誠沒有料到：S形刀傷竟無法讓警方將此案與「奪命設計師」連續殺人案連結在一塊；為了避免引起社會恐慌，隊長依舊不願重啟專案小組，也沒對外宣稱此案跟「奪命設計師」有關。

這個結果令周智誠十分失望，好在隊長還算體貼，提供了一個求助管道給他，也就是透過這個管道，他認識了姜巧謹。

然而，姜巧謹的出現讓這個人生計畫發生了變化，自殺的念頭在周智誠的腦中慢慢消失，而友實的影像也不像先前那樣的清晰可辨。他現在最擔心的一件事，並非是要如何抓到「奪命設計師」，而是往後該怎麼去面對自己的罪惡感。

姜巧謹的出現讓周智誠漸漸淡忘簡友實死去後留給他的空虛孤獨，他原先心中的炙熱復仇意念也逐漸冷卻，更令他重新找到了活下去的意義。

妳知不知道自從友實死後，我是怎麼過日子的？……那個時候我每天過得渾渾噩噩，不止一次想要自殺，我幾乎可以說是失去了活下去的意義……要不是想著要替友實報仇，我絕對不可能會活到現在……在認識妳之前，我人生只剩下一個目標，那就是找到「奪命設計師」，並且殺了他……

在復仇意志消退的同時，罪惡感卻在心中繁殖擴散開來，除了劉雨儂，後來又多了陳可珊、施忠元、沈百駒三名受害者，眼見被害人數越來越多，他先前用來說服自己、讓自己心安的說法——**犯下這件案子的人不是陳傑鴻，而是那個落水未死的「奪命設計師」**——也變得越來越沒說服力。

就讓這無法控制的一切順其自然地發展吧！

周智誠只能這樣告訴自己，以減緩心中的罪惡感。

後來案情轉向「創迷設計」，而陳傑鴻的名字一度出現的時候，周智誠確實感到相當緊張，因為他很擔心陳傑鴻被警方鎖定，然後遭到調查偵訊，供出他拿到「奪命設計師」連續殺人案相關資料的這件事。

到時警方會不會在陳傑鴻的住處搜出那些資料呢？——周智誠在心中煩惱著。

「看來兇手應該不是他了。」離開「錦采餐廳」後，張明鋒說道。

「是啊，手機鈴聲和不在場證明都可以排除陳傑鴻犯案的可能性。」周智誠附和道。

得知陳傑鴻有不在場證明，且手機鈴聲也與陳可珊命案中錄下的手機鈴聲不符，周智誠著實鬆了口氣。

後來《8週刊》的記者趙慕斌打電話來跟他要獨家內幕消息，這通電話給了周智誠一個絕佳的靈感，為了確保陳傑鴻不被警方懷疑，他很爽快乾脆地洩漏案情細節給趙慕斌，這麼一來，就能利用新聞報導轉移警方與社會大眾的注意力，同時提高將凌信齡定罪的機率。

周智誠很清楚：倘若凌信齡無罪釋放，那麼警方很可能會回過頭去檢視其他的嫌疑犯，這就不是周智誠樂見的情形了。

即便周智誠知道將偵查細節公開會把當事人凌信齡害慘，但是為了自保，他也顧不得一個無辜的人可能會因此蒙受冤獄之災。

然而，天不從人願，姜巧謹竟然將陳傑鴻身上的刺青與沈百駒身上的八道S形刀傷連結在一塊，更進一步找出陳傑鴻不在場證明的破綻。

眼見陳傑鴻的罪行就快要被揭穿，周智誠也開始心急了起來。好在姜巧謹願意給陳傑鴻一個機會，想先找他來對談，希望他能認罪自首。

「你在餐廳外面等，倘若陳傑鴻沒有跟我一起走出餐廳，你就偷偷跟著他，我猜他接下來應該會去湮滅命案相關證據，等到相關證據出現的時候，你就伺機將他逮捕。」姜巧謹當時這麼吩咐周智誠。

聽到姜巧謹的吩咐，周智誠暗自竊喜，同時在心中禱告陳傑鴻不要放棄困獸之鬥，不要向姜巧謹認罪，因為他決定利用這個機會，殺人滅口，也將他把「奪命設計師」連續殺人案相關資料外流給陳傑鴻的事一併埋葬。

真是諷刺啊，巧謹要我跟蹤陳傑鴻，提防他湮滅證據，但是實際上要湮滅證據的人卻是我——周智誠在心裡竊笑。

為了將「證據」徹底湮滅乾淨，周智誠選擇用縱火的方式來行兇，這麼一來，不但可以殺人滅口，還可以燒毀相關證據。

可惜的是，周智誠拿著殘留些許汽油的寶特瓶走出大樓的畫面竟被姜巧謹撞見，對此，他懊悔不已。

可惡，我應該更謹慎一點才對的——周智誠對自己生著悶氣。

後來事情的發展出乎周智誠的意料之外，正牌的「奪命設計師」竟是他們警方找來當特別顧問的林若蓮。

一槍、兩槍、三槍……直到彈匣裡的子彈打完，先是水果刀自手中滑落，掉在一旁，緊接著跨坐在姜巧謹身上的林若蓮僵直地朝旁邊倒下。

看見害死自己未婚妻的真正兇手，周智誠心中冷卻的復仇意念再度炙熱地燃燒起來，發了狂地朝林若蓮開槍，彷彿是藉由這種方式將這六個月來的怨恨完全宣洩出來。

「唔，對了，我還要跟你說聲對不起呢。」

「幹嘛跟我說對不起？」

「我那天誤以為是你縱火燒死陳傑鴻的，還對你講話那麼大聲。」

「喔……沒關係啦，妳不必道歉啦。」

「你當時為什麼不向我解釋清楚啊？」

「怪我囉，妳當時又不給我解釋的機會，辟哩啪啦地就講了一大堆，我嚇都嚇傻了，哪有時間替自己辯解？」

後來周智誠從醫院打電話給姜巧謹，姜巧謹在電話中提及這件事，他反應很快地順著她的話，把縱火燒死陳傑鴻的罪行全推給死去的林若蓮。

周智誠本以為這一切就會這樣結束，哪知道姜巧謹又再度扮演起名偵探，憑藉著林若蓮前男友的說詞，發現了林若蓮的不在場證明，進而揭發他的罪行。

——好像什麼事都瞞不了那個女人啊……

正當周智誠這麼想的同時，姜巧謹突然出現在他面前，她的身旁還跟著張明鋒。

2

「巧謹……」姜巧謹的出現讓周智誠嚇了一跳，他沒想到這張原先令他迷戀到難以忘懷的美麗臉孔，竟在此時帶給他莫大的恐懼。

「智誠，我都知道了。」姜巧謹淡淡地說。

好像什麼事都瞞不了那個女人啊……

光看姜巧謹和好友張明鋒臉上的嚴肅神情，周智誠就知道事跡已經敗露了，但是他還是不打算放棄最後一絲希望。

「妳在說什麼？我不明白。」周智誠故作不解地問。

「其實從一開始我就覺得奇怪，為什麼你只憑藉著韓德烈身上的黃色領帶和他未婚妻脖子上的黃色絲巾，以及簡友實的香水，就能推測出林若蓮就是『奪命設計師』？」姜巧謹自顧自地說著，「在我看來，要將這三條線索連在一塊是不大容易的一件事，可是你卻做到了。」

「難道太聰明也是一種錯嗎？」周智誠冷笑道。

「我後來跟張警員求證，他告訴我說林若蓮在我家行兇那天，他只有打電話告知我『奪命設計師』另有其人的消息，而他並未打電話給你。」姜巧謹對周智誠的反應視若無睹，「換句話說，你根本不知道『奪命設計師』另有其人，可是你卻能光憑藉著那三條線索就猜出林若蓮是『奪命設計師』——我認為這樣的推理太過跳躍大膽了，除非你早就知道『奪命設計師』另有其人。」

「巧謹，我真的不知道陳傑鴻不是『奪命設計師』……」

「我知道，你如果知道陳傑鴻是『奪命設計師』，你就直接把他逮捕，而不是將手上的資料交給他。」

姜巧謹話一說完，周智誠左邊的枴杖隨即自腋下滑落倒地，發出清脆的碰撞聲響。

姜巧謹見狀，彎下身子撿起枴杖，交給周智誠。

「謝謝。」周智誠表情木然地接過枴杖。

「剛剛說到哪了？……對了，我說你把手中的資料交給陳傑鴻……你知不知道我是怎麼推理出來這件事的？」

周智誠以緩慢到近乎無法察覺的速度搖了搖頭。

「是照片。」

「照片？」

「那天我去醫院看你的時候，你正好在看你和你未婚妻簡友實的合照，而我注意到一件事，照片當中簡友實的穿著，跟遇害當天一模一樣，同樣的紅色橫紋針織棉料短裙，同樣的黑色透膚絲襪，同樣的黑色漆皮高跟鞋，還有——」姜巧謹停頓了一下，用強調的口吻說出下一句話，「——同樣的白色襯衫。」

周智誠皺起眉頭，表示困惑。

「很奇怪，對吧？……你還記得我先前提出的關鍵疑點嗎？我說『兇手專挑身上有黃色物件的被害人來行兇』，然而，案發當時，簡友實身上卻穿著白色襯衫！

「我後來翻了一下簡友實命案的刑案現場紀錄，上頭記載的死者衣著是白色襯衫，而非照片上的橙黃色。

「雖然我有看過刑案現場紀錄，不過比起文字，圖像更容易在人的記憶裡留下深刻印象，再加上我一直找不到各個案子的共通點，所以一當我發現各案件中的被害人身上大多有黃色物件，我的記憶也就很自然地翻出簡友實身穿橙黃色上衣的畫面，來配合我的猜測，勉強讓各案件之間有了共通點。

「那為什麼簡友實身上的白色襯衫在照片裡會變成橙黃色呢？等我到了命案現場，我就知道是怎麼一回事了，因為簡友實陳屍的小巷內的路燈是散發黃色燈光，所以白色的襯衫在照片中就變成了橙黃色。

「而陳傑鴻的手冊裡記載，他也是受到照片的啟發，才會想到以顏色來串聯起這些命案……但是為什麼陳傑鴻也會犯同樣的錯誤？

「很簡單的道理，因為他看的照片跟我看的照片都是一樣的，我們看的照片都是警方拍攝命案現場的照片，所以自然會得到同樣的結論。」

「等等，姜小姐，」從一開始就保持沉默的張明鋒此時開口，「我記得國外案例有記載，有些變態的殺人犯會用相機拍下死者的照片，作為自己犯罪的紀錄或是當作犯案的戰利品……那，這些照片不可能是林若蓮拍下的嗎？」

周智誠看著他的好友，他知道明鋒提出這個問題是要替自己辯護。

「不，我排除這種可能性，原因在於陳傑鴻的手冊裡有這麼一段，」姜巧謹邊說邊自上衣口袋取出陳傑鴻萬用手冊的影本資料，「我唸給你們聽：『就在我絞盡腦汁，累到眼前視線一片模糊之際，田偕宇和簡友實的照片上遽然浮現黃色的影像，就在這一刻，我靈光一閃，翻出第三件案子倖存下來的被害人蔡榆如的資料，上頭記錄著她當時穿戴一條黃色的絲巾。』

「倘若是林若蓮拍的照片，那麼照片當中應該會出現蔡榆如穿戴黃色絲巾的畫面，但是陳傑鴻收到的蔡榆如照片當中並沒有黃色絲巾的存在，於是他才必須翻閱文字資料，其實也就是刑案現場紀錄——就跟我所擁有的資訊一模一樣。」

「這樣啊……」張明鋒露出失望的神情，並且滿懷歉意地朝他的好友看了一眼，似乎是在表示「我已經盡力幫你了」。

「那到底是誰把警方的資訊流給陳傑鴻？」姜巧謹繼續解說下去，「我突然想起《8週刊》記者趙慕斌的那篇報導，那篇透露命案細節的報導證實了警方有人違反『偵查不公開』的原則，洩漏命案細節給週刊記者，我就懷疑：洩漏資訊給陳傑鴻與週刊記者的員警會不會是同一個人？

「後來我到《8週刊》總部親自詢問趙慕斌本人，從他的口中確認了提供他情報的員警就是周智誠。」

聽到這裡，周智誠抬起頭，並深深做了個深呼吸。

「我猜測，你是想要向他們兩人求助，你希望藉由這兩人的幫助，來提供給你關鍵線索以突破案情，對吧？

「你或許是在調查陳傑鴻的時候，意外發現他有蒐集『奪命設計師』的相關新聞，所以你認為他對『奪命設計師』有某種程度的了解，但另一方面又擔心此人可能是『奪命設計師』的共犯，所以不敢直接向他求助，而選擇私下把資料塞進他的住處，打算監視他接下來的舉動。

「然而，你卻沒有料到陳傑鴻誤解了那些資料的意思，他還以為『奪命設計師』是要將殺人的任務交給他執行。」

說到這裡，姜巧謹一反先前冷靜沉穩的陳述口吻，以激動憤慨的語氣提出疑問：「可是我不能理解的是：你為什麼眼睜睜看著陳傑鴻殺人，而不出面制止他？」

「因為我怕！」周智誠微微低著頭，像極了一個做錯事等候老師處罰的小學生，「因為我怕我又得獨自一人去追查案情，我累了，快撐不下去了，沒有專案小組的協助，只憑我一個人，案情絕對無法突破。

「如果我把陳傑鴻的事情說出來，專案小組就不會再度成立，我又得繼續孤軍奮戰下去……更何況，我也不確定這件案子到底是誰犯下的，我當時真的還以為是銷聲匿跡一陣子的『奪命設計師』再度犯案了，所以……我乾脆保持沉默，任其自由發展。」

「智誠。」張明鋒一臉心痛地大喊。

「請你們相信我！」周智誠猛然抬頭，雙眼泛著淚光，「我當時真的不確定犯案的人就是陳傑鴻，我還以為殺害那些人的兇手是『奪命設計師』……」

「既然如此，你為什麼又要縱火燒死陳傑鴻？」姜巧謹冷冷地駁斥。

面對姜巧謹的駁斥，周智誠啞口無言。

「那天你在醫院根本就沒對我說實話，我還以為你縱火燒死陳傑鴻是為了替簡友實報仇，結果你別有用心，你根本就是為了避免事跡敗露，才會殺人滅口。」姜巧謹一臉冷酷地說。

姜巧謹冷酷且嚴厲的指控令周智誠眼眶中的淚水滿溢而出。

「人往往會變成自己所討厭的那種人——這句話真是我的最佳寫照啊。」周智誠懊悔不已地自我嘲諷，「……既然妳都已經看穿這一切，那逍遙法外對我來說也無多大的意義了……明鋒，我們走吧。」

我的人生原本是那麼美好，有友實陪在我的身邊，我對現狀沒有什麼不滿，也沒有什麼了不起的夢想，我只希望能跟友實共組一個家庭，也許生一、兩個小孩，就這樣平平淡淡地度過餘生，我要的不過就是如此……然而，這一切全被「奪命設計師」給毀了，他從我的身邊奪走了友實……我的人生從這一刻偏離了軌道，朝著另外一個我從未預期過的方向前進……

語畢，淚流滿面的周智誠費力撐著楞杖，大步地往前邁去。

張明鋒先是看了姜巧謹一眼，然後才跟了上去。

人們往往都說「希望知道真相」，但真相往往十分殘酷，殘酷的程度是一般人無法想像體會，有時甚至殘酷到會令當事人後悔知道了真相。

望著周智誠顛簸而行的背影，姜巧謹刻意武裝起的冷酷表情在瞬間崩毀，強忍許久的淚水也順勢潰堤。

3

「錦采餐廳」的服務生態度殷勤地替姜巧謹服務，一下子送水，一下子過來詢問餐點可不可口。

姜巧謹看得出來這名服務生十分開心，她心想：這名服務生一定沒料到她真的會信守承諾，再度光臨此店。

晚餐時刻，姜巧謹來這裡用餐，她點了一道椒鹽鯛魚飯，附餐是一杯綠茶，味道還可以，就價格來說，已經算是經濟實惠了。

「小姐，妳還要什麼嗎？」服務生在巧謹用餐完畢的時候走過來問，臉上依舊帶著羞澀神情。服務生的問題令巧謹會心一笑，因為她的確還想要喝點東西。她暗忖：自己的心意有這麼明顯嗎？

「不，我吃飽了，謝謝。」由於巧謹知道這家餐廳沒有賣她想喝的東西，所以她婉拒服務生的好意。

「小姐，上次的咖啡好喝嗎？」服務生在結帳時問。

「……喔，還不錯。」

雖然那杯咖啡因為自己的一個不小心掉在地上而沒喝到，但是巧謹不好意思把這件事情說出來。

在服務生熱切地揮手道別下，姜巧謹走出「錦采餐廳」，她在路邊伸手攔下一輛計程車，往她的下一個目的地前進。

十五分鐘後，姜巧謹下車走進「桃核餐廳」，她在吧台的位置坐下。

「小姐，妳想喝什麼？」酒保問道。

「一杯Margarita，謝謝。」

姜巧謹在等候的同時，腦中開始回想這兩個禮拜發生的事，不論是陳傑鴻、林若蓮或周智誠，他們背後都有一段心酸的故事，也都不約而同地因為各自的遭遇，偏離了原先的人生路徑，朝另一個方向前進，爾後再也無法回到過往的軌道。

從某個角度來看，這三人都有著共同的命運。

人往往會變成自己所討厭的那種人……

巧謹忘了自己是在什麼地方看過這句話，她只知道這句話很像德國哲學家尼采說過的一句格言：「與怪獸奮戰的人，要小心自己也變成了怪獸。」

在「奪命設計師」連續殺人案當中，周智誠為了盡早追緝兇手到案，替女友報仇，不惜墜入罪惡的深淵，甚至出賣自己的靈魂，他不但讓自己變成了怪獸，還製造出另外一隻更可怕的怪獸——如斯結局肯定是他在調查初期始料未及的。

「小姐，妳的Margarita。」酒保遞上一杯淡黃色的調酒，杯緣還撒上一層晶瑩白亮的岩鹽。

巧謹從未喝過Margarita，不過她曾在網路上看過Margarita這杯調酒的故事，所以當時她才能看穿周智誠的祕密：他藉由喝下Margarita來舒緩失去女友簡友實的傷痛。

巧謹拿起酒杯湊近唇際，然後緩緩傾斜杯身，讓淡黃色的調酒溶化杯緣岩鹽，酸鹹甜辣的滋味順勢流入嘴裡，哀傷的感覺也在瞬間直達心房。

周智誠因為思念死去的愛人和逝去的愛情，所以喝了半年的Margarita……那，現在自己點這杯酒來喝的原因呢？

巧謹認為：答案或許就跟周智誠一樣吧。

我也有著跟他一樣的共同命運——這個想法在巧謹的唇際凝聚成淺淺的苦笑。

參考文獻

● 呂亨英譯（William Lidwell, Kritina Holden, Jill Butler），二〇〇八，《設計的法則》，原點

● 朱耘譯（Adrian Shaughnessy），《如何成為頂尖設計師？》，二〇〇六，積木文化

● La Vie編輯部，《台灣100大設計力》，二〇〇九，麥浩斯

第二屆「島田莊司推理小說獎」決選入圍作品評語

日本推理小說之神／島田莊司

一名刑警在未婚妻被名為「奪命設計師」的連續殺人魔殺害後，玫瑰色彩的人生完全變了調。刑警帶著私人恩怨，執著地追查這起案子。

在偵辦過程中，他發現殺人魔似乎都鎖定身穿黃衣的人下手，而且，不知道為什麼，兇手都會在屍體上留下S形的割痕。這個行為到底有什麼意義？

刑警認為有必要從心理學角度破案，於是，開始尋找知名的心理學家協助。他遇到的這位最有能力的心理學家不僅具有傾國傾城之貌，更是一位私家偵探。

故事的設定實在太完美了，簡直讓人懷疑這一切是否具有高度智慧、又隱藏得十分巧妙的計畫殺人魔所設下的奸計。然而，作者似乎並不在意這一點，毫不猶豫地繼續在人見人愛的、期待戲劇化效果的設定下揮灑。

為了替未婚妻報仇而戮力辦案的刑警，和協助他的心理學家美女私家偵探，英雄和美女的搭配正是以往希區考克電影中常見的心理懸疑劇中最富有魅力的構圖，或者說是常見的商業手法。

熱血刑警由洛・泰勒（Rod Taylor）、加利・格蘭（Cary Grant）飾演，貌若天仙的女心理學家當然非蒂比・海德莉（Tippi Hedren）、伊娃・瑪麗仙（Eva Marie Saint）莫屬，搭配羅伯特・伯克斯（Robert Burks）所拍攝的宛如明信片般的美麗影像，再用配樂大師伯納・赫曼（Bernard Herrmann）令人陶醉的管弦樂加以襯托，男人的愛逐漸從舊情人轉移到身旁美女心理學家身上的內心糾葛一旦呈現在大銀幕上，絕對可以成為吸引觀眾購票進場的暢銷電影。我身為希區考克的粉絲，也很想看看這樣的電影。

進一步探究，就會發現這部作品有「艷賊」（Marnie）的影子。女主角瑪妮（Marnie）不知道什麼原因，從小就對紅色有異常的恐懼，同時也害怕男人，導演顯然期待藉由這樣的角色抓住觀眾的好奇心。也就是說，蒂比這名女演員本身的美貌和舉手投足的魅力，比作家筆下所描述的關於瑪妮精神障礙的文字更受到期待，這也是電影的宿命。

不斷攻擊這位超級美女的神祕恐懼，和她舉世無雙的美貌，對她而言，都是造成犯罪的間接因素。這份恐懼到底來自何處？謎團——女明星的美貌更襯托了查明真相的「本格型」構圖。

雖然這種手法僅止於電影，但從某種意義上來說，也是電影的便利之處。

刑警和心理學家認為有必要聽取時尚設計師的專家意見，他們找到一位女設計時，但她正是會因為黃色導致情緒紊亂的心理學犧牲者。

在希區考克的作品中，除了「驚魂記」（Psycho）以外，「迷魂記」（Vertigo）和「狂兇記」（Frenzy）都巧妙地將心理學的病例結合在懸疑中，希區考克是運用這種手法的高手，在這一點上，本作品中的黃色、S形的傷痕成為希區考克型的視覺謎團，和富有魅力的男女情愛一起構成了這個故事，最終引導向黃色領帶的結局，也和希區考克的「狂兇記」有異曲同工之妙。

從這個角度閱讀這部作品，應該並沒有誤會作者的創作精神。和《反向演化》一樣，這部作品向過度追求圖示化的日式本格推理高舉起異議大旗，同時刻劃出一部親切感人的戀愛故事。

這才是小說應有的面貌，即使是「本格推理」，也並非只要消除多餘的情節發展就是正道。除了思考力以外，也可以包含刺激情感的要素，也許這種觀點會在日後成為主流。

即使在抱有以上觀點的基礎上閱讀這個故事，也會發現作者對故事安排的用心，更不難體會到作者努力擺脫希區考克的模式。被刑警懷疑是兇手的人物出現，及其出現原因所衍生出複雜構造，或是刑警向美女偵探的表白，乃至失手殺人等，本作品的情節非常豐富多彩，雖然情節發展稍有不自然，但仍然可以讓讀者充分樂在其中。

在故事發展過程中，雖然也有本格推理的俯瞰式構圖和推理的邏輯性，但著墨並不深，但在閱讀本書過程中，將刑警和美女偵探戀愛故事的文字轉化為視覺影像，或許會發現另一種樂趣。

第**1**屆
島田莊司
推理小說獎
決選入圍作品

THE FIRST SOJI SHIMADA
MYSTERY FICTION AWARD

虛擬街頭漂流記

寵物先生 著

首獎

「假想」世界和「現實」世界，西門町的「過去」和「現在」，「人類」和「人工智慧」，以及「兇手」和「偵探」——作品中所配置的對稱性在彼此產生共鳴的同時，戲劇化地描寫出成為「謎——推理」的終點，也就是揭開眞相那一幕的悲哀構圖。
本作品是二十一世紀本格推理的指標作品，也讓華文推理獲得了可以和日本匹敵的地位。

——【日本知名推理評論家】玉田誠

在這個虛擬幻境裡，所有的感覺都只是假相！
只有眼前那具蒼白的軀體，是唯一的真實……

人為的創造永遠抵不過天降的破壞，西元二〇二〇年的西門町正是最好的證明——六年前一場大震災，讓西門町從此一蹶不振，曾經繁華的都市地標，最後卻成了衰敗的象徵。
眼看現實的榮景已無法挽回，政府於是委託一家科技公司，以二〇〇八年的西門町為背景，開發一個「看起來真實、觸摸起來真實、聽起來真實」的虛擬商圈VirtuaStreet，沒想到計畫還在最後測試階段，這個虛擬的空間裡，竟然發生了一件再真實不過的殺人案！
報案者是VirtuaStreet的天才設計人大山和部屬小露。兩人在做測試時，因為系統的數據出現問題而進入虛擬世界調查，結果看到了一具趴在街角的「屍體」！警方調查後發現，死者是後腦遭重擊而亡，然而，現實世界裡的陳屍地點是一個從內反鎖的房間，虛擬世界裡也找不到任何兇器。更奇怪的是，系統顯示案發當時，VirtuaStreet內只有死者一人——
不！除了死者以外，還有另外兩個人，那就是屍體的發現者，最清楚這整個虛擬實境的大山和小露……

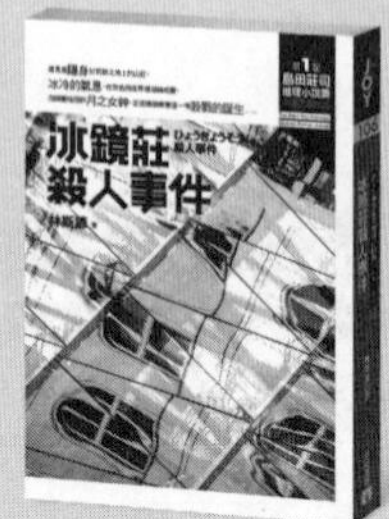

冰鏡莊殺人事件

林斯諺 著

《冰鏡莊殺人事件》是典型的本格推理，但設計上卻能推陳出新，整體的結構更是極爲繁複而細密。八件「不可能的犯罪」，林斯諺很巧妙地把大案和小案並列，顯得變化多端，另外屍體的「陳現」或「消失」的方式，也都極其特殊。而除了不可能的犯罪之外，連續殺人、身分變化，甚至部分敘述性詭計……內容「多元而豐富」，使這部長篇推理給人感覺十分紮實，事件一樁接一樁，幾乎全無冷場。

——【資深影評人、譯者】景翔

這是座隱身於荒寂之地上的山莊，
冰冷的氣息，在灰色的世界裡凝結成霜，
而頭戴桂冠的月之女神，正低頭俯瞰著這一場殺戮的誕生……

陷阱，你或許可以逃開；但，精心編織的謊言呢？

知名企業家紀思哲，意外地收到了怪盜Hermes的挑戰書，上面不但言明將盜走他收藏的康德手稿，甚至還大膽預告了下手的時間。
沒有多作考慮，紀思哲決定親手逮捕這個囂張挑釁的Hermes，並邀請眾多賓客來到他位於深山中的別墅「冰鏡莊」，一同為他作見證。其中，也包括了業餘偵探林若平。
但是來到「冰鏡莊」後，敏銳的林若平馬上嗅到一股不對勁，因為他發現，這山莊裡所有的人其實都各自隱瞞了一些秘密。隨著時間一分一秒過去，預定的時刻終於來臨，但怪盜Hermes不但沒現身，就連珍貴的手稿也好端端地放在桌上。就在眾人以為是開玩笑之際，一具具的屍體卻陸續被發現了：躺在紫色棺木裡、死狀猙獰的女人、中彈而死的男人、被麻繩勒頸窒息的女人……
循著蛛絲馬跡推敲，林若平這才恍然大悟，原來這整起事件都是個幌子，而他們每一個人，都只是被操縱在兇手手中把玩的棋子罷了……

第1屆
島田荘司
推理小説獎
決選入圍作品

THE FIRST SOJI SHIMADA
MYSTERY FICTION AWARD

快遞幸福不是我的工作

不藍燈 著

《快遞幸福不是我的工作》巧妙地把「網路小說」的書寫風格「借來」撰寫推理小說，它有案子(一個如假包換的謀殺案)，有布局，有轉折，有懸疑，最後也還有驚奇，故事男主角更從嫌疑犯掙脫，成爲自己破案的要角；小說還有各種陪伴的角色，包括一個極具偵探實力的法律系高材生朋友……這些元素與設定，當然都是你在推理小說裡早已熟悉的，但小說的腔調是新的。

——【PChome Online董事長】詹宏志

他是個「快遞」！但快遞的是浪漫的情歌。
沒想到這次竟然有人要他吹薩克斯風給屍體聽？
這麼「新鮮」的差事還真是史上頭一遭啊……

這不是阿駒第一次快遞情歌，但肯定是最驚駭的一次！

常有人問他，「情歌快遞」究竟是什麼？能吃嗎？他通常回答不出來，就像他現在瞪著眼前的屍體一樣，一整個無言！阿駒看到了這輩子都忘不掉的景象：一個赤裸女人的頭破了個大洞，斜躺在按摩浴缸裡，血和腦漿從她破掉的腦袋裡流得全身都是……
不用說，薩克斯風根本不用吹了！因為這個死狀悽慘的女人已經被警方抬了出去，他也被當成頭號殺人嫌疑犯，扭送到警局去了！阿駒立刻急叩好友Andy來幫忙！他頭腦冷靜、思緒縝密，還是法律系的高材生，而且最重要的是，他現在是自己唯一的一根救命浮木！
果然，Andy不但把阿駒保了出去，還跟小平頭警官混成了麻吉，挖到了許多內幕！據可靠消息指出，死者名叫Angel，是個援交妹，目前涉嫌最重的三個人則分別是：阿崑、Monkey和張俊宇，三人都和死者有過一腿！但其實，兇手是誰阿駒根本不在乎，他只想知道，陷害他去「發現屍體」的那個缺德鬼，究竟是誰？……

國家圖書館出版品預行編目資料

設計殺人 / 陳嘉振著.--初版.--臺北市：皇冠文化. 2011〔民100〕.11
面；公分（皇冠叢書；第4155種）
（JOY；131）
ISBN 978-957-33-2834-6（平裝）

857.81　　100015513

皇冠叢書第4155種
JOY 131

設計殺人

作　　者—陳嘉振
發 行 人—平雲
出版發行—皇冠文化出版有限公司
台北市敦化北路120巷50號
電話◎02-27168888
郵撥帳號◎15261516號
皇冠出版社(香港)有限公司
香港上環文咸東街50號寶恒商業中心
23樓2301-3室
電話◎2529-1778　傳真◎2527-0904
出版統籌—盧春旭
責任編輯—金文蕙
美術設計—王瓊瑤
行銷企劃—林泓伸
印　　務—江宥廷
校　　對—邱薇靜・葉瓊瑄・金文蕙
著作完成日期—2011年2月
初版一刷日期—2011年9月

法律顧問—王惠光律師

讀者服務傳真專線◎02-27150507
電腦編號◎406131
ISBN◎978-957-33-2834-6
Printed in Taiwan
本書定價◎新台幣250元/港幣83元